O CAMINHO DE ABRAÃO

JAMIL CHADE

O CAMINHO DE ABRAÃO

FÉ, AMOR *e* GUERRA *em* TRAVESSIAS SEPARADAS *pelo* TEMPO

Planeta

Preparação: Luiza de Monaco
Revisão: Dan Duplat e Maria Aiko Nishijima
Diagramação: Marcela Badolatto
Capa: Rafael Brum
Imagens de capa: Tyler Rickenbach / Fotolia
Ilustração de miolo: Provector / Shutterstock

CIP-BRASIL. CATALOGAÇÃO NA PUBLICAÇÃO
SINDICATO NACIONAL DOS EDITORES DE LIVROS, RJ

Chade, Jamil
O caminho de Abraão: fé, amor e guerra em travessias separadas pelo tempo - romance / Jamil Chade. - São Paulo: Planeta do Brasil, 2018.
304 p.

ISBN: 978-85-422-1123-8

1. Literatura brasileira 2. Síria - Guerra - Ficção I. Título

18-0330 CDD B869

Índice para catálogo sistemático:
1. Literatura brasileira

2018
Todos os direitos desta edição reservados à
EDITORA PLANETA DO BRASIL LTDA.
Rua Padre João Manoel, 100 – 21º andar
Ed. Horsa II – Cerqueira César
01411-000 – São Paulo-SP
www.planetadelivros.com.br
atendimento@editoraplaneta.com.br

Para o imigrante libanês Abraão, meu avô.
Para Marta, inabalável refúgio
do meu coração.

1. O CAMINHO

Se tem algo que eu posso levar como aprendizado de uma guerra é o fato de que, além dos muitos crimes, existe um volume ainda maior de insanidades. Numa noite abafada, meu cansaço excessivo funcionava quase como um anestésico. Mas não conseguia dormir em meio a mais de cinquenta detentos, talvez por medo de jamais voltar a acordar. Estava sentada abraçando meus joelhos dobrados. Era como se eu mesma estivesse precisando de um abraço como aquele. Não me via no espelho havia semanas e, de certa forma, isso era um alívio. Sabia que não tinha mais o mesmo olhar. Sabia que estava suja e, provavelmente, irreconhecível. Cada vez que me tocava, parecia estar passando os dedos sobre a pele insensível de outra pessoa, fisicamente rachada pela dor de uma alma destroçada. Os cortes em meus lábios misturavam a poeira às gotas de sangue, deixando-os quase negros.

Uma poça de água refletia as sombras macabras daquele local desumanizado e escondido da legalidade na Síria. Mas meu pavor era enxergar qualquer movimento de luzes naquela água parada, significando a aproximação dos terroristas que nos vigiavam e o fato de, uma vez mais, a noite ser marcada pelos gritos vindos do estupro de um de nossos corpos ou do roubo de nossas almas para sempre.

Já era madrugada quando aquele medo permanente estava prestes a se transformar uma vez mais em ameaça real. Quanto mais a sombra se aproximava, mais meu corpo tremia, mais aquela anestesia que eu sentia se transformava em uma dor profunda.

Entrando na cela, o homem desviou com cuidado dos demais corpos de mulheres pelo caminho e vinha em minha direção. Eu tentava não olhar, na esperança de que, ao fazer sua escolha, ele optasse por alguém que tivesse chamado mais sua atenção ou que o tivesse desafiado de alguma forma. Por dentro, eu estava gritando. Chorava em silêncio, sem permitir que meu soluço fizesse um ruído sequer. Minhas lágrimas se misturavam com o suor e as goteiras.

De nada adiantou. Quando vi suas botas surradas ao meu lado, sabia que seria arrancada dali. Era costume que nossos braços fossem tirados do chão e nossos corpos arrastados para uma sala ao lado. Vi essa cena dezenas de vezes, acompanhada do som das demais mulheres implorando para que fossem poupadas. Aquelas que tinham sorte voltavam com enormes hematomas e em transe. Outros corpos eram simplesmente jogados em uma enorme vala comum, enterrando gritos desesperados que jamais seriam escutados.

Meu caminho até aquele local imundo, aquele inferno, havia sido longo. Os segundos com aquele vulto ao meu lado pareciam se eternizar. Pensava em minha mãe, nos caminhos que me foram oferecidos. Nos atalhos que não peguei. Nas encruzilhadas e em minhas decisões equivocadas. Então, meu soluço foi interrompido por uma mão obscena que violentamente me carregou dali, fazendo com que as mulheres ao meu lado gemessem por mim.

Caminhar é intrínseco ao ser humano. É uma das primeiras grandes conquistas de uma criança. Hesitante nos primeiros gestos, ela intui que dar aqueles passos é algo tão necessário quanto se alimentar. Eles definem sua existência.

Nós geralmente caminhamos em busca de um objetivo, mas há também quem caminhe sem rumo. Alguns optam pelas trilhas menos percorridas. Outros, por atalhos. Há quem faça o caminho enquanto abre fronteiras em horizontes turvos e há quem prefira seguir uma trilha já desvendada e bem sinalizada. Caminhamos para pensar, para aprender, para entender, para respirar. Mas também, como foi o meu caso, para fugir.

Desde a infância, os caminhos sempre me fascinaram. Eu criava um conto para cada um deles, mesmo que meus horizontes fossem limitados e as trilhas, escassas. O que não faltava em nossa casa eram histórias: reais, imaginadas ou sonhadas.

Vivíamos num apartamento decente, ainda que pequeno para os seis moradores e todos que apareciam, sem avisar, em busca dos conselhos de meu pai e dos temperos de minha mãe. O ponto de encontro era sempre a cozinha, o que nos dava a impressão de que o cheiro de nossa infância era o do mar misturado ao das panelas. Meus avós viviam no andar de cima e faziam parte de todas as decisões de nossa família, principalmente quando não eram chamados para opinar.

A rua era uma extensão de nossa casa e o ponto de encontro das crianças do bairro. Duas mercearias, uma em cada ponta da rua, serviam de fronteiras para nossas brincadeiras. Dali não poderíamos passar, e os donos dos locais, amigos de casa, faziam questão de garantir que a ordem de nossos pais fosse cumprida.

Com tantos cheiros, convidados, histórias e parentes, tínhamos a impressão, durante a infância, de que jamais estaríamos sozinhos.

Vivendo em La Calade – um dos bairros mais árabes de Marselha, na região Norte abandonada da cidade –, o primeiro caminho de que me recordo com todos os detalhes era o que eu percorria todos os dias com minha mãe, indo de casa até a escola. Eram apenas três ruas, mas que guardavam uma eternidade na minha imaginação.

Eu o percorria escondida na saia de minha mãe. Eu era a primeira criança de nossa família a frequentar uma escola pública francesa – laica e republicana –, um modelo verdadeiramente desafiador para uma família que ainda custava a se adaptar à realidade europeia, mesmo doze anos depois de ter cruzado o Mediterrâneo.

Pela manhã, estávamos sempre em correria, principalmente quando meus irmãos menores também começaram a ir para a escola. Mas era durante a volta para casa que o caminho ganhava um tempero de comunidade. As pessoas com as quais minha mãe conversava, lamentava ou para quem sorria seriam, anos depois, as mesmas que me protegeriam ao longo de todo esse trajeto, sem que eu nunca soubesse.

Durante toda a minha infância, fizeram parte desse trajeto o punhado de azeitonas, de pistache ou de doces oferecidos pelos senhores que trabalhavam nas lojas e armazéns daquelas ruas, junto às poucas palavras que eu pronunciava, tímida:

— Como se diz, Hagar? — cobrava minha mãe.

— Schukran — eu respondia.

Nossa rua também era cheirosa, perfumada pelo sabor que saía das inúmeras cozinhas do bairro. Eu parecia não dar qualquer importância às orgulhosas fronteiras colocadas pelas famílias daquela comunidade entre os pratos argelinos de minha mãe, como shakshouka e o chakhchoukha, ou aquelas delícias que nossos vizinhos libaneses, tunisinos ou marroquinos preparavam. De fato, eu esperava todo o ano para estar ao lado de minha mãe para, juntas, prepararmos zalabia como sobremesa do período de Ramadã.

Se eu sempre escutava na França que a comida fazia parte de um estilo de vida do país, a realidade era que, entre as famílias árabes de La Calade, o que saía dos fornos das senhoras do bairro era muito mais que um prato de alimentos. Era a própria cultura em si. Era um cordão umbilical com uma terra de origem que, sem poder ser transplantada, era servida diariamente com todos os seus temperos. Em cada prato, meu pai encontrava sua casa. Em cada tempero, sua resistência.

Na cozinha de minha casa, não havia um só livro de receitas. Para minha mãe, tudo precisava ser feito com paciência e dedicação. Quando recebíamos convidados, o que colocávamos sobre a mesa não era comida, mas sim amor. Em casa, não existiam dúvidas: compartilhar o pão com alguém era estabelecer um laço humano de uma resistência única.

Daqueles vizinhos, ouvíamos como cada um dos vilarejos argelinos ocupados pelos franceses se manteve vivo preservando não sua bandeira, mas suas receitas.

Já na adolescência, eu adorava comparar como os mesmos provérbios árabes ganhavam conotações e nuances diferentes, dependendo da origem dos imigrantes que viviam em nossa rua. Não eram poucos os mais velhos que, ao sentar em volta de uma mesa, declaravam: "Baynatna khubz wa milah". Em outras palavras, há pão e sal entre nós.

Os marroquinos iam além e insistiam em saudar uma refeição com um solene: "Pelo pão e pelo sal estamos unidos". Mas eram dos egípcios as variantes que mais me impressionavam. No lugar de usar "khubz" para se referir ao pão, aquela comunidade usava a palavra "aish", a mesma que também significa vida.

Nosso bairro não tinha qualquer semelhança com a imagem que o mundo tinha da suposta sofisticação francesa. Eram blocos de apartamentos construídos com o objetivo de atender, justamente, às camadas mais pobres da sociedade. Oficialmente, todos deveriam ter a mesma altura. Mas, ao longo das décadas, puxadinhos, remendos e improvisos transformaram o horizonte em um acúmulo de camadas de diferentes projetos pessoais e sonhos frustrados de famílias. Era o que um amigo de meu pai chamava de "arquitetura da esperança".

Não por acaso, esses blocos eram os últimos a receber qualquer tipo de manutenção. O sol e a falta de recursos faziam com que as pinturas dos prédios de cinco andares, quase todos sem elevador, vivessem em um permanente estado de decomposição.

A tinta que insistia em descolar das paredes compunha um cenário de abandono, marcado por grades tortas nas janelas, barras enferrujadas que atormentavam as mães do quarteirão e roupas de todas as cores penduradas para fora. Os poucos jardins que existiam eram uma farsa. Sem cuidados, as "áreas verdes" eram terrenos abandonados, onde a terra marrom competia com o cimento por espaço.

Depois de muita insistência dos moradores, uma quadra de futebol foi construída. Mas o desleixo com a população era tão grande que, mesmo de cimento, o local tinha ondulações. Não demorou para que um de meus irmãos aparecesse em casa com o joelho ensanguentado.

Embora tenha nascido e crescido na periferia de Marselha, a mais árabe de todas as cidades francesas, sempre me senti francesa. Sempre no convívio de meus avós argelinos, passei a infância e a juventude assistindo aos meus pais dedicarem todos os recursos e a energia que tinham para garantir minha educação e a de meus irmãos.

Dos meus avós aos meus pais, passando pela comunidade de vizinhos e por meus irmãos mais novos, desde cedo compreendi que existiam muitas expectativas em relação a meu futuro. Eu era a criança mais velha e, mesmo sendo a única menina entre os quatro filhos, havia sido escolhida para garantir – ou melhor, permitir – que o futuro de todos fosse o mais tranquilo.

Não creio que tenha havido algum motivo especial para essa escolha. Provavelmente tratava-se apenas de uma esperança espontaneamente depositada em mim, ou talvez da força da tradição familiar, pelo fato de ser eu a primogênita. Nunca questionei essa realidade, concentrava-me somente em não decepcionar meus pais.

Enquanto crescia, percebia que a maior cobrança que eu tinha de enfrentar era a que partia de mim mesma. Não se tratava apenas de decorar a tabela periódica ou saber sobre a história de todos os reis da França. De forma inconsciente, eu me cobrava, fundamentalmente, a respeito das relações que mantinha com a sociedade. Em outras palavras, precisava mostrar que era tão francesa, tão europeia e tão comum quanto qualquer outra pessoa na minha classe.

Carregava comigo um nome que não deixava quaisquer dúvidas sobre a minha origem argelina. *Hagar*. E meu nome, no entanto, ia muito além de simplesmente soar árabe. Para aqueles que conheciam a língua, o significado era marcante: imigrante.

Anos depois, perguntei a meu pai o porquê da escolha daquele nome para mim. Melancólico e visivelmente frustrado por tudo que havia ocorrido, ele apenas disse:

— Decidimos com base na esperança de que a nova geração fizesse a vida longe das dificuldades que nós enfrentamos.

Para todos que não falavam árabe, mas tinham interesse em saber o que meu nome representava, a revelação de seu significado apenas reforçava o meu perfil de estrangeira em meu próprio país.

Nunca tive outro passaporte senão o francês. Na realidade, nunca percebi qualquer incoerência no fato de ser francesa, muçulmana e filha de imigrantes que falavam árabe em casa e haviam dado a mim um nome estrangeiro.

Não via qualquer incompatibilidade entre a minha escolha de não usar o véu e a das meninas que o usavam, tampouco qualquer contradição entre a religião que havia herdado e os cartazes espalhados pelo colégio que versavam sobre os pilares da república laica. Para mim, cada coisa tinha seu lugar e eu não sentia dificuldade em conciliar as diferenças e singularidades. Talvez não vislumbrasse qualquer conflito porque, por anos e anos, meu mundo se resumiu apenas àquelas ruas do bairro árabe e a minha escola repleta de outros como eu. Possivelmente vivia, eu mesma, uma falsa esperança de que fôssemos aceitos e de que as divisões entre nós, franceses, eram administráveis, dependendo do interesse político. Na verdade, eu temia certo cenário que muitos traçavam, mas me recusava a considerá-lo como realidade. Eu havia optado pelo que se pode chamar de *compossibilidade*.

A ausência do véu nunca foi um assunto em casa, provavelmente por conta da postura pouco rígida do meu pai em relação às tradições e aos hábitos. Não se passava um dia sem que ele citasse alguma passagem do Corão ou fizesse referências aos ensinamentos muçulmanos, mas sempre o fazia de uma forma bastante livre, ressaltando que a religião era o que levávamos dentro do coração, e não na cabeça.

Naquela época, as autoridades francesas ainda não haviam estabelecido a interdição, em sala de aula, de sinais ostensivos de religiosidade. Isso viria a ocorrer apenas mais tarde, em 2004, quando foram criados verdadeiros checkpoints nas entradas dos colégios. Sob uma perspectiva distinta, o mundo dos imigrantes a que eu pertencia se desvestia em laicidade, como se encenasse a tentativa desesperada e fracassada do estado de integrar uma sociedade já profundamente dividida.

Eu ficava indignada com o modo como algumas de minhas colegas eram constantemente humilhadas. Para não trair a minha própria decisão, eu evitava sair em defesa do véu como forma de prevenir certos tipos de assédio. Pensava em toda a pressão que essas meninas sofriam em suas casas, onde as famílias viviam o islã de forma mais intensa. Caso recusassem a utilizar o véu, eram consideradas indecentes por seus pais, enquanto nas escolas, se o levassem, eram tratadas como pessoas que não entendiam os valores da república. De toda forma e sob qualquer perspectiva, eram tomadas como radicais. Viviam entre dois mundos, sempre pressionadas e incompreendidas.

À medida que eu crescia, era impossível não notar que meu entorno era mais moreno, com um forte sotaque e com raros olhos azuis que a vitrine da sociedade francesa exibia e que víamos pela televisão. Na realidade, em algumas vitrines das lojas de meu bairro dificilmente lia-se uma palavra em francês. Ainda assim, eu rejeitava aderir ao sentimento de ódio pelo Estado francês que tantos adolescentes do meu bairro nutriam. Rejeitava igualmente os apelos de imãs mais radicais por uma revolta coletiva contra o Ocidente.

Ao longo dos anos, eu via como meus amigos, colegas de escola e mesmo os vizinhos agiam de maneira radical ou mostravam alguma simpatia por tendências mais duras. Não os condenava de forma cega por pensarem assim, mas estava convencida de que não encontrariam ali qualquer solução. De toda forma, nos anos 1990 essa revolta era apenas marginal, ou pelo menos seguia, de certa forma, abafada. A grande maioria de nós só desejava uma vida normal, capaz de acomodar todas as nossas complexidades e contradições.

Marcado por essa angústia incessante entre duas culturas, o ano de 1998 foi determinante para nossa rua. Estávamos em plena Copa do Mundo e vibramos duplamente quando a seleção nacional se tornou campeã. A França não era apenas o melhor time do mundo, mas também estava repleto de astros com ascendência argelina e muçulmana. Naquele momento – e por algumas semanas, ao menos – não havia como esconder um sentimento que surgia em nosso bairro – algo como uma esperança insuspeita – de que, finalmente, os franceses "de cima" reconheceriam a nossa existência e nos considerariam seus pares. Afinal, a maior conquista do esporte daquele país viera, justamente, dos filhos de seus muitos bairros periféricos, negligenciados e esquecidos.

Vestindo uma mesma camisa, Marcel Desailly, Youri Djorkaeff, Christian Karembeu e o louro Emmanuel Petit se uniam para uma só conquista. A tese de um país miscigenado que poderia funcionar finalmente ganhava espaço. Era a França "black-blanc-beur".

Entre todos os jogadores da seleção, era Zinédine Yazid Zidane o nosso símbolo maior. No dia 12 de julho daquele ano, lembro-me de ver na TV como a multidão numa Champs-Elysées lotada gritava: "Zizou président!". Ele que, como todos nós, havia nascido em Marselha e cujos pais vinham de Bejaia, na região da Kabylie, na Argélia. O pai de Zidane, Smaïl, cuidava de ovelhas em sua cidade natal e, nos anos 1950, decidiu atravessar o Mediterrâneo. Sua ideia era de voltar para a Argélia somente depois da declaração de independência. Entretanto, como muitos de nossos amigos do bairro, acabou ficando na grande cidade. Lá, Smaïl conheceu Malika, filha de argelinos e moradora de Marselha. Juntos, desistiram de retornar ao Norte da África e tiveram cinco filhos na França: Madjid, Farid, Nourredine, Lila e, claro, Zinédine, o futuro herói "francês".

Após a conquista da Copa, não faltavam senhores de nosso bairro tentando mostrar intimidade com a família Zidane, fosse contando histórias que os ligavam a um primo distante de Bejaia, fosse insistindo que Smaïl era cliente de algumas de suas lojas.

A ilusão de uma integração entre as diferentes minorias era questionada apenas por vozes que, na época, pareciam tão radicais quanto os comentários de imãs que pediam uma guerra santa. Lembro-me da fúria que senti quando Jean-Marie le Pen questionou o sucesso da seleção "nacional", dizendo que não tinha qualquer relação com a França, pois haviam colocado um argelino para agradar o povo árabe, um jogador da Nova Caledônia que nem sequer cantava o hino francês e alguns negros para satisfazer as pessoas das Antilhas.

De todo modo, eu estava determinada a ignorar a guerra que era alimentada por ambos os lados. Admitia para mim mesma, com frequência, que nós, imigrantes, éramos considerados cidadãos de segunda categoria e que não fazíamos parte da imagem que a França desejava passar ao mundo. No entanto, e apesar de tudo, insistia em deixar esse sentimento de lado e provar o contrário. Sentia-me europeia, ou pelo menos queria acreditar que era essa a minha identidade e já havia escolhido um caminho para provar essa minha condição: dedicar-me aos estudos.

Nunca me tornei uma das alunas mais inteligentes da minha classe, mas o meu empenho na escola, somado à pressão de minha família, compensava qualquer desvantagem. Talvez o medo de sair das fronteiras do nosso bairro tenha me levado a concentrar-me cada vez mais nos livros. O vaivém de meninos perambulando pelas ruas era, ao mesmo tempo, um sinal da falta de destino certo e um convite para que eu ficasse em casa. De forma inconsciente, eu sabia que o lugar mais seguro para mim era minha escrivaninha.

Foram anos de refúgio junto à mesinha que ficava apertada entre minha cama e o armário que dividia com minha mãe. Inicialmente, a mesa parecia enorme, mas gradualmente foi se tornando cada vez menor para todos os livros, cadernos e segredos que eu mantinha. Com a proteção de minha mãe, aquele santuário todo meu era também uma zona proibida para os meus irmãos. Felizmente, em nosso pequeno apartamento, meus pais tomaram a corajosa decisão de me garantir toda a tranquilidade. Mas, na realidade, isso era, no fundo, uma espécie de seguro que eles haviam feito para seu próprio sossego.

À medida que minhas notas chegavam ao final de cada ano, crescia em mim a certeza de que eu tinha capacidade para superar qualquer desafio. Meus pais também reconheciam que haviam tomado a decisão certa a meu respeito. Assim, quando anos depois chegaram as provas para admissão na faculdade, o resultado dos anos de investimento e confiança finalmente chegou. Eu acumulara notas suficientes para escolher qualquer faculdade que desejasse, na cidade que eu quisesse.

Nos tempos de colégio, não foram poucos os professores que me disseram estar seguros de que eu seria aprovada em qualquer exame universitário. Isso significava também uma vitória para a escola, que se via cada vez mais mergulhada no clima de gueto que se formava no bairro, agravado pelos índices de rendimento alarmantes de seus alunos – apenas três por cento deles seguiam dali para uma faculdade.

Era em minha casa que o sentimento de orgulho se mostrava, de fato, mais nítido. Em três gerações, seria eu a primeira mulher a ingressar em uma faculdade. Terminei optando por química, algo que em nada surpreendeu aos meus colegas. Os processos de manipulação da natureza sempre me fascinaram, assim como os experimentos tão singulares e suas surpresas. Anos depois, eu entenderia que todo aquele interesse fazia parte de uma dimensão egocêntrica, constantemente alimentada e que me permitia acreditar que eu poderia criar novas substâncias a partir de misturas inusitadas. Obviamente, nada disso me passava pela cabeça naquele momento, quando eu tinha apenas dezenove anos. Muito menos poderia intuir a constatação que só mais tarde eu viria a experimentar: de que a mistura de elementos ou composições não muda o que de fato importa, isto é, a natureza e as propriedades das substâncias utilizadas.

— Minha filha será uma cientista! — comemorava meu pai. — Al-Haytham, Al-Biruni e agora minha filha — brincava ele, fazendo referências a expoentes muçulmanos das ciências que haviam aberto caminho para importantes descobertas.

Em um bairro com uma enorme taxa de desemprego e no qual a população contava com um salário bem abaixo da renda nacional, minha conquista significava algo como uma pequena revolução para a família e para o restante de nossa comunidade. Por muitos dias vi que algumas mulheres da idade de minha avó vinham abraçá-la e parabenizá-la, como se a minha conquista tivesse sido, acima de tudo, uma vitória dela. E foi.

Em meio a todos os acontecimentos e celebrações, faltava apenas informar um detalhe aos meus pais e avós. Eu havia optado por uma faculdade situada numa cidade que eu conhecia apenas pela televisão e que despertava em mim tanto fascínio quanto medo: Paris.

Sim, eu estava sendo ousada. No entanto, sabia que aquele seria um passo necessário e seguro. Um novo caminho, dessa vez para longe da proteção daquela comunidade, mas não do que ela significava para mim.

Era com os pés e as mãos que o garoto reconhecia o seu mundo. Passos pequenos e movimentos seguros eram a melhor forma de percorrer o que, para ele, era o seu universo. Seus olhos eram capazes apenas de distinguir entre os diversos tons de negro, enquanto seus dedos deslizavam pelas diferentes texturas das rochas. A escuridão da caverna onde estava desde os primeiros dias de vida não lhe parecia ser um obstáculo. Jamais lhe fora mostrada a idolatria das cores. Na realidade, a caverna era tudo o que conhecia e, em termos de luz, ela não diferia muito daquilo que tinha vivido dentro do útero. Era como se a proteção e dependência de sua mãe, Amathlai, tivessem sido prolongadas. Por mais dez anos.

Abraão escutava, atentamente, as histórias que sua mãe contava. Algumas eram verdadeiras, e um número ainda maior delas, inventadas, além de alimentadas pela cegueira de uma noite interminável. Sem a possibilidade de visualizar formas, os outros sentidos acabaram por ser desenvolvidos de uma forma aguda, incluindo sua imaginação.

Mãe e filho estavam ali com um só objetivo: sobreviver. Contavam com a ajuda do arcanjo Gabriel, que, num sinal de que havia ali uma missão a ser cumprida, garantia que tivessem alimento dentro daquela gruta fechada. Suas aparições eram também os únicos momentos de luz, aproveitadas pelo menino para memorizar cada detalhe. Aquele era um anjo que, ao longo da vida do garoto, passaria a ser seu escudeiro mais fiel.

— Alguns me chamam de Jibril, outros de Gabriel. Venho com a garantia de trazer a verdade a seus corações, além de alimento a seus corpos. Não tenham medo de nada — explicou o arcanjo.

Mãe e filho haviam encontrado um local abandonado por pastores que, numa região afastada da cidade de Ur, percorreram as cercanias em busca de água para seu rebanho. Ambos foram levados para ali com o objetivo de fugir da morte, ordenada pelo rei Nimrod.

Na noite do nascimento de Abraão, foram os astrólogos que notaram, também em plena escuridão, que uma estrela sinalizava o nascimento de uma criança com o poder de dominar um império. Rapidamente, a notícia chegou a Nimrod, apresentando-se como uma ameaça.

Ainda que sem um destino determinado, Abraão parecia ter nascido com a responsabilidade de romper com um regime opressor que, inclusive em sua própria casa, havia transformado nobres em súditos. Ele pensava que Nimrod jamais deveria ter se tornado rei, pois era filho de Kus e nem sequer fazia parte da linhagem do velho Noé, da qual viriam homens considerados aptos a assumir o trono. Todavia, o poder físico e a astúcia de Nimrod o levaram a reunir milhares de seguidores por onde quer que fosse. Sem ter herdado qualquer direito, o tirano conquistaria seu espaço e se transformaria, mais tarde, no mais poderoso dos reis da Babilônia, controlando cidades como Babel, Erech e Accad.

Nimrod era como um poderoso caçador diante de Deus, e seu nome ressoa em hebraico com o significado de "o rebelde". Ele havia convencido seu povo a afrontar o poder divino, disseminando a ideia de que a satisfação e a paz interior residiam na coragem de cada indivíduo, e não em um ser imaginado. Segundo Nimrod, devotar-se a um único deus era um sinal de fraqueza e covardia.

Durante seu reinado, que durou sessenta e nove anos, foram construídas cidades como Hadaniun, Ellasar, Calneh, Ruhin, Telalon, Atrapatene, Harã e muitas outras. Foi a partir de seu governo que canais passaram a abastecer uma série de regiões miseráveis com as águas do rio Tigre. Seu poder gradualmente se transformou em uma espécie de idolatria, contando com a astrologia, que fora introduzida e manipulada para justificar muitas de suas decisões incompreensíveis. Nimrod foi o primeiro monarca na história a usar uma coroa. Ele ordenou que a fabricassem a partir de uma imagem que, segundo ele, havia visto no céu. Sob sua orientação, o fogo passou a ser sagrado e diversos ritos foram estabelecidos em homenagem ao poderoso rei.

A garantia de sua legitimidade vinha, porém, de seu comportamento cada vez mais tirânico. Apenas a submissão de seus súditos e a dependência por parte daqueles que o seguiam eram capazes de evitar que voltassem todos a louvar um deus que não fosse ele mesmo.

O desafio de Nimrod não se limitava apenas à sua linha hereditária. A crença em sua invencibilidade, amparada pelo fato de ter herdado tecidos de Adão, o levara também a desafiar a imagem de Deus. Com a ajuda da multidão que o seguia, ordenou a construção de uma torre que chegasse ao céu. Mais de dois mil anos antes de Cristo, a torre de Babel se erguia como símbolo de uma rebeldia e da crença absoluta de que o poder o tornaria imortal.

Erguida com tijolos queimados, seu objetivo, entre outros, era impedir que uma inundação ameaçasse seu povo. Na memória coletiva de todos, ainda reverberava a grande inundação ocorrida duzentos e um anos antes. Na ocasião, Noé havia construído uma arca que lhe permitira escapar da catástrofe, garantindo ainda a continuação da vida de dezenas de espécies animais. Nimrod, no entanto, faria diferente, optando por vingar a todos aqueles que haviam perdido suas vidas.

A essa altura, furioso com o desafio que lhe estava sendo imposto pelo rei Nimrod, Deus passou a considerar duas opções: destruir a todos ou puni-los de uma forma que os ensinaria a jamais unir forças novamente contra Ele. Sua escolha pela segunda sinalizava a convicção de que a morte impediria aquelas pessoas de se tornarem mais sábias e obedientes. Assim, decidido a romper a unidade que havia sido formada entre aquele povo rebelde, Deus fez com que do siríaco, língua única e falada por todos, surgisse um total de setenta e duas outras, distintas e ininteligíveis entre si. O caos foi imediato e seu efeito, irreversível: a obra da torre ao céu acabou abandonada, dada a impossibilidade de comunicação entre os homens de um mesmo reino. Da mesma forma, Nimrod viu ruir a legitimidade de seu poder, uma vez que se tornou um rei que já não mais era entendido por todos e nem mesmo entendia seu povo. Ele teria de impor novas formas de controle depois disso, a fim de garantir a manutenção de seu grande poder.

2. ENTRE DOIS MUNDOS

O que era um momento de conquista, de orgulho, havia se transformado rapidamente em um drama. Ou melhor, em uma encruzilhada.

Com apenas dezenove anos eu era, aos olhos de meu pai, uma menina indefesa e que corria o sério risco de perder a própria identidade ao viver numa cidade grande. Apesar do fato de que já vivíamos em uma metrópole, nosso espaço vital se limitava a um bairro e a um grupo fiel de amigos, ou seja, a um mundo sobre o qual tínhamos certo controle, ainda que de forma frágil e sujeitos a uma vulnerabilidade econômica escancarada. Para meu pai, no entanto, aquele era o *nosso* mundo.

O lamento de minha mãe ecoava, de certa forma, o de meu pai: uma vez mais a família haveria de conviver com as dificuldades da imigração, e ela, minha mãe, perderia sua única filha para as tentações de Paris, que, acreditava, viriam a corroer todos os princípios que por anos haviam sido cultivados em minha mente e coração. Eu, particularmente, achava tudo aquilo um absurdo. Afinal, não me fora dado aquele nome para que eu permanecesse em casa, circunscrita ao nosso bairro.

Engolia em silêncio comentários de meu pai alertando sobre o fato de eu não conhecer as dificuldades que existiriam fora da comunidade, além de temer que minha partida deixasse toda a família órfã de uma referência em casa, o que para mim parecia, novamente, um despropósito.

Dividida, minha mãe parecia estar perdendo uma aliada em sua missão de manter aqueles meninos num caminho correto. E aquela que me atribuíam era uma responsabilidade que me parecia pesada demais para meus ombros.

— Sem você por aqui, meu trabalho será muito maior — lamentava minha mãe, com as mãos desgastadas.

Meus avós, sempre mais tradicionais, tentavam esconder o motivo de sua resistência. Mas a surdez de ambos não possibilitava que mantivessem qualquer segredo entre eles, pois era impossível não escutar uma conversa que tivessem:

— Que tristeza ver uma mulher sair sozinha pelo mundo, sem marido e sem ter uma família formada — diziam.

Apenas meus três irmãos aplaudiam minha decisão – em parte porque se viam ávidos por justificativas para viajar até Paris ou mesmo para que finalmente vislumbrassem alguma chance real de se desvencilharem dos múltiplos cordões umbilicais daquele bairro.

Inconformada com a maneira com que todos reagiam, eu me sentia cada vez mais determinada a colocar em prática tudo o que me tinham ensinado: pensar de forma livre e independente, não precisar de ninguém para fazer a minha parte e contribuir para a evolução de nossa sociedade por meio do estudo. Mais do que qualquer coisa, eu estava decidida a provar que uma família de imigrantes muçulmanos não possui, necessariamente, um destino fadado à periferia.

Mas, qualquer que fosse a minha atitude, não havia como ignorar que eu havia, de fato, colocado minha família contra a parede. Ou ela se mostraria coerente, permitindo que eu seguisse meu caminho, ou priorizaria o dever de zelar pela unidade daquela comunidade, o que para mim não passava de um atestado de medo e fraqueza. De todo modo, a celebração da minha conquista havia se transformado em um profundo mal-estar que permaneceria entre nós por várias semanas após o fim do ano letivo.

Foi, então, numa madrugada de verão que encontrei meu pai sentado à mesa de nossa pequena cozinha. Fazia muito calor e a brisa do Mediterrâneo soprava longe demais daquele bairro para ser capaz de acalmar os ânimos e os pensamentos. Eu havia levantado para beber água e, como naqueles momentos em que os destinos são entrelaçados, deparei com meu pai e seus olhos vermelhos cheios de lágrimas. Talvez fosse o calor, talvez a preocupação de não despertar minha mãe. Talvez tenha sido apenas a incapacidade de encontrar uma maneira melhor de lidar com as coisas.

Naquele momento, nenhuma palavra foi dita. Num acerto mútuo, firmado por um longo abraço e um sinal positivo com a cabeça, ele se despedia de mim.

Os dias que se seguiram fizeram com que aquele acordo silencioso ganhasse forma. Ficou estabelecido que eu voltaria para casa a cada feriado e que manteria um contato regular com Mahmoud, um velho conhecido de meu avô que, desde os anos 1970, vivia em Paris com a família.

Ao pegar o TGV na estação Marseille St-Charles, em direção à Cidade Luz, eu sabia que deixava para trás uma família que havia construído cada parte de nossa casa pensando em uma oportunidade próspera para seus filhos. E essa oportunidade finalmente havia se tornado uma realidade, e a base que haviam estabelecido para mim dava agora seus primeiros brotos verdes.

Foram três horas e dez minutos de uma viagem durante a qual senti que meu humor oscilava entre o orgulho, o medo, a saudade e a vontade de comer o mundo. Eu era assolada por muitas dúvidas e, ao mesmo tempo, pelas falsas certezas que habitualmente usava para tentar rever algum equilíbrio. Ria, ainda, sozinha das conversas "secretas", mas em voz alta, de meus avós sobre mim.

A despedida havia abafado um pouco do orgulho que eu mesma sentia de minha conquista. Insistia na tese de que era profundamente injusto terem me colocado nessa trajetória e, ao mesmo tempo, criticarem-me por ter atingido o objetivo. *O que queriam que eu fizesse? Abandonar um sonho depois de tê-lo atingido?*, eu me perguntava.

Mas também me sentia envergonhada por criticá-los. Afinal, foram eles que me deram tudo para que eu pudesse estar naquele trem.

Lembro-me do verdadeiro pavor que senti ao desembarcar na Gare de Lyon. Foi quando me prometi que jamais chegaria à noite em uma cidade desconhecida. Não existia qualquer motivo para o medo que sentia diante daquela arquitetura de mármore. Entretanto, ao me dar conta de que estava naquela estação, entre seus milhares de anônimos, sem nenhuma referência além de um endereço escrito num papel, sentia que pavor era, na verdade, o nome que me ocorria para a solidão e a consciência de saber que, agora, tudo dependeria só de mim.

Talvez um pouco de sol tivesse ajudado. Ou como dizia a canção que meu pai tanto amava: "Il me semble que la misère serait moins pénible au soleil".

À medida que fui me habituando a uma das residências destinadas a estudantes e quando as aulas realmente começaram, pude perceber que estava me ambientando mais rápido do que imaginava à tal cidade grande. Já tinha até mesmo boa parte do mapa do metrô na cabeça. E, enquanto desvendava seus percursos, sentia que tanto o pavor quanto a solidão iam se desmanchando.

Dentro das salas de aula eu encontrava tudo o que esperava, desde a ciência pura e sua mira para o futuro até os diferentes modos de usar substâncias em novas composições. Era ali, talvez, o lugar onde eu menos me sentia ameaçada. Os anfiteatros e laboratórios figuravam para mim como espaços acolhedores e que em nada me intimidavam.

Desde as primeiras provas ficou claro que a experiência universitária não me traria riscos e que eu, de fato, havia acertado na escolha do curso. Tornei-me rapidamente uma referência na turma e, também, para o departamento, e não demorou muito tempo até passar a ser assistente de uma professora italiana que vira em mim certo potencial. Vestia a túnica branca, própria dos laboratórios, como quem se despia de medos e armaduras. Não precisava mais me proteger de preconceitos externos. Pelo menos era assim que eu me sentia.

Fora das salas de aula, entretanto, a Cidade Luz voltava a projetar sobre mim algumas camadas de sombras. Naquela cidade aprendi a reconhecer os franceses de todo o país, de todos os níveis sociais e de todas as origens. Descobri que, se havia o efeito cintilante das luzes da Torre Eiffel, existia também algo obscuro por trás da suposta sofisticação da sociedade parisiense. Alguma coisa muito parecida com o que existia em meu antigo bairro: o estigma dos franceses de segunda categoria, aqueles que, mesmo estando na capital do país, viviam na periferia do imaginário de sua elite.

Meu tempo na cidade mais visitada do mundo foi bastante significativo e marcou minha descoberta de que à sociedade não interessa saber para onde você pretende ir. Importa somente de onde você veio. Era essa certeza que muitas vezes fazia com que desaparecesse toda a segurança que eu forjava para mim dentro das salas de aula.

Eu me perguntava onde poderia me encaixar para não correr riscos de comprometer meu futuro e minha identidade. Com quem deveria sair? Que lugares poderia frequentar sem a ameaça de trair minhas ideologias?

Estava convencida de que, vestindo a túnica branca em um laboratório, eu poderia esconder as angústias que sentia como estrangeira em meu próprio país. Além disso, longe dos olhos da família e da comunidade em La Calade, o fato de ser uma anônima em uma grande cidade como Paris permitia que eu me reinventasse múltiplas vezes diante da mesma sociedade. Seria isso algo como uma segunda chance de nascer? De qualquer forma, ninguém ali me conhecia e eu poderia contar qualquer história a meu respeito. Qualquer palavra passaria a ser verdade no instante em que eu a dissesse. Não eram poucos os colegas de faculdade que usavam esse atalho, sendo que muitas vezes o faziam de forma ingênua, sem malícia. Outras, de forma bastante consciente e manipuladora. Não, esses não eram ainda os tempos das redes sociais. Elas estavam apenas começando e em nosso meio o termo "facebook" sugeriria apenas um encontro cara a cara.

Por outro lado, essa proximidade tão direta não era uma opção que eu estava disposta a considerar. Eu sabia que fora dos muros do

Bairro Latino de Paris a vida era mais vibrante. Eu podia contemplar o Sena de uma de minhas salas e eram frequentes os momentos em que me perdia em devaneios. Confesso que fui a algumas festas, onde cheguei a experimentar algumas ousadias. Talvez porque servissem para encurtar explicações. Ou talvez para simplesmente impressionar. De todo modo, logo me dei conta do extenuante trabalho que é ter de se lembrar de todas as mentiras que havia dito a cada pessoa, para evitar cair em qualquer contradição. Decididamente, eu não tinha essa paciência.

Descobri, ainda, e para minha total surpresa, que eu era uma mulher bonita. Um tipo que chamava a atenção. Uma garota que crescera blindada por uma família cujo forte sentido de proteção havia marcado os anos passados entre a casa e o colégio. A novidade viera, sobretudo, como um alívio diante das dúvidas e angústias constantes. Ainda assim, eu notaria ao longo do tempo que essa aparente descoberta de mim mesma se mostraria insuficiente diante de outros impasses.

Fora das salas de aula, longe dos apelos estéticos, imune às manipulações de identidade. Qual era, então, a questão contra a qual eu me confrontava todos os dias? Penso que sempre foi apenas uma: *A que grupo pertenço nessa sociedade?*

Eu vivia em um bairro bem próximo da faculdade. Sabia que ali era 11ème, uma forma encontrada pela cidade para repartir sua administração mas, que no fundo, se transformou em uma espécie de gueto árabe em Paris. O local tinha o cheiro de zaatar, exatamente como a cozinha de minha mãe. E, com tantos árabes e magrebinos espalhados pela cidade, parecia incrível que eu não conseguisse encontrar zaatar nos supermercados da região. Numa cidade caracol, do tipo imune à integração, o 11ème me permitia o acesso a produtos específicos, sim, mas também servia apenas para que eu me sentisse um pouco em casa.

A convivência entre os demais muçulmanos e estrangeiros era permanente e não faltavam companheiros e encontros para discussões em torno do futuro dos irmãos na Palestina, do impacto do governo de

George W. Bush na comunidade muçulmana nos EUA e ainda sobre o amálgama que já se desenhara entre terrorismo e islã.

Amigos de verdade eram bem poucos. Não se tratava de uma questão como sentir-me superior ou indiferente às pessoas, tampouco de não desejar acompanhá-las nos debates mais filosóficos. Eu simplesmente não conseguia – ou não sabia – compartilhar muitos dos pontos de vista que esses debates convidavam a vislumbrar. Eu já havia percebido como a ilegalidade da invasão do Iraque ou a busca por Osama Bin Laden eram temas que haviam aprofundado o radicalismo em ambos os lados da questão. Muitas vezes fomos chamados de simpatizantes de terroristas. Se isso me causava um profundo desgosto, servia também como um aprendizado de que, para o mundo, eu não era apenas francesa. Eu era, acima de tudo, árabe.

Foi assim até o dia em que a linha telefônica de nosso andar na residência universitária foi cortada por engano. Aquela linha era, para muitos de nós, o único contato com nossos pais, que, sem terem ainda o hábito de ler e-mails, dependiam de uma ligação por semana para se certificarem de que tudo estava bem com os filhos na cidade grande.

Coube a mim, na ocasião, negociar com a operadora. Depois de vários dias de ligações e esperas intermináveis, ponderei que o melhor era rescindir o contrato com a empresa e buscar um novo acordo com a concorrente. Foi o que fizemos.

Quando, já sem paciência, informei a decisão à operadora pelo telefone, minha interlocutora me lançou a seguinte pergunta:

— A senhora não é daqui, não é?

Sem entender exatamente o que ela me perguntava, pedi que explicasse melhor a pergunta. Ela o fez:

— O nome da senhora *não me parece francês. A senhora vem de qual país?*

Perguntei então qual era a relevância daquela informação diante da decisão que eu já havia tomado, ou seja, a de anular o contrato. A resposta foi ainda mais surpreendente:

— Bom, digo isso porque são vocês, árabes, que costumam adotar essas posturas radicais para lidar com a vida.

Senti uma onda de indignação que não cabia em mim. Pela primeira vez eu me sentia diretamente alvo de um racismo evidente e declarado. Desliguei o telefone sem dar explicações e refleti, não sem certa perplexidade, como meu nome era algo que não só me distinguia, mas também me discriminava socialmente.

A situação ao telefone era tão somente mais um sintoma de um sentimento já generalizado. Eu sentia que partilhava da mesma hesitação que outros já haviam demonstrado antes, ainda que de forma mais sutil e em ambientes mais sofisticados intelectualmente.

A cada debate sobre terrorismo, não faltava uma frase infeliz de alguém que insistia em dizer que éramos nós que estávamos causando um grande problema no mundo. Invariavelmente apontavam para os estudantes de origem árabe. Algumas piadas faziam diretamente referência a nossos "primos" terroristas.

Se por um lado aquilo me fazia arder de raiva por dentro, por outro eu percebia que alguns daqueles comentários eram uma reação ao que também acontecia do outro lado. A figura de alguns muçulmanos com os quais eu mantinha uma relação cordial dentro das salas de aula ganhava novos contornos fora delas. Pareciam rejeitar qualquer bajulação ao Ocidente e questionavam pesquisas e teorias unicamente por terem sido concebidas por cientistas europeus. Tão europeus quanto eu.

Eu notava que ali começavam a se formar, também, grupos que, de uma maneira mais discreta, defendiam a necessidade de uma mobilização que incluísse os imãs radicais. Eu me dispunha a lutar pelo reconhecimento de nossa condição enquanto franceses, de modo a combater os preconceitos, mas certamente não pensava em repetir os mesmos erros dos extremistas.

Não estava ali para perder tempo lamentando a injustiça, mesmo sabendo das condições de minha casa e da prisão a céu aberto que representavam muitos dos bairros da periferia. A minha era uma juventude que dificilmente teria como escapar daquelas condições. No entanto, eu não aceitava que aqueles guetos alimentados pela ausência do Estado fossem manipulados por grupos radicais dispostos a explorar o sentimento de exclusão que os afligia.

Ao longo dos meus primeiros anos na faculdade, cumpri a promessa feita aos meus pais de manter visitas regulares a nossa casa em Marselha. Era uma forma que eu havia encontrado de mantê-los tranquilos e apoiando minhas apostas de superar aquele mundo em que vivíamos. Nas primeiras vezes em que voltei para casa, lembro-me de como fui bombardeada com perguntas de todos os tipos por parte da nossa comunidade. Todos insistiam em saber com quem eu dividia o apartamento, como eram as aulas, o que diziam os professores e, claro, como eram os lugares icônicos de Paris que, ao longo de toda a nossa infância, fizeram parte apenas de nosso imaginário.

Com paciência, eu buscava explicar em detalhes como era aquela minha nova vida. Tinha a impressão de que, quanto mais falava, mais perguntas e curiosidades surgiam. A ânsia por saber como a filha mais velha havia se adaptado à realidade parisiense percorria toda a noite, acompanhada de um desejo único, que era constatar que eu continuava a ser a mesma menina de antes.

Não foram poucas as vezes em que embarquei no trem de volta a Paris numa noite de domingo, levando comigo uma sacola inteira de comida, carinhosamente preparada por minha mãe. Quando eu resistia a levar mais, minha mãe apenas brincava:

— Wafaret. Sobrará mais para mim.

Aquela marmita me trazia uma sensação extraordinária de pertencimento, e eu nem mesmo me importava com o cheiro intenso que ela deixava no vagão, constantemente lotado.

Essa rotina peculiar de viagens foi mantida por pelo menos dois anos. E os horários dos trens e os cenários atravessados de Norte a Sul do país se tornaram tão familiares para mim. Algumas vezes, chegava até mesmo a me frustrar quando não conseguia meus lugares favoritos nos vagões.

Com o tempo e de forma natural, a volta à antiga casa ficou cada vez mais rara. Em paralelo, os cursos e exames ficavam cada vez mais exigentes, tornando cada vez mais concretas as justificativas para permanecer em Paris. Na verdade, o turbilhão da metrópole era sedutor e eu já não desejava disfarçar o encantamento que sentia ao descobrir tudo o que aquela cidade poderia me oferecer. Do outro lado da linha, ao telefone, o tom de voz decepcionado de meu pai a cada viagem cancelada era rapidamente abafado por mim ou pela tranquilidade que nossa relação havia estabelecido. Essa confiança servia de anestesia para ambos. De um lado, permanecia latente a preocupação com a filha; do outro, a saudade que eu sentia do abraço acolhedor daquela família.

O que mais tarde me surpreenderia não seria a serenidade de meus pais ao aceitar o rompimento do nosso "acordo" inicial, mas o fato de partir de mim mesma a necessidade de encontrar tempo para voltar para casa. De maneira um tanto paradoxal, quanto mais integrada eu estava em minha nova vida, mais necessária para mim se fazia a presença da família. Se num primeiro momento isso não ocorrera de forma consciente, mais adiante eu me depararia com situações nas quais precisaria abrir espaço na agenda tumultuada para ouvir a voz de minha mãe e contar com sua escuta atenta às minhas confissões.

Com o passar do tempo, percebi que aquelas viagens a Marselha já haviam se tornado parte essencial do meu caminho. Não eram uma limitação de meu destino, ao contrário, passaram a ser a chancela para tudo o que eu vinha vivendo até então.

Numa dessas voltas à casa, fiz questão de não agendar encontros com quaisquer amigos do bairro, nem de sair com meus irmãos. Queria apenas estar enrolada nas saias da minha mãe, permanecer na cozinha com ela, observando-a em silêncio. Aquilo era mais do que uma volta à casa, significava todo um retorno aos princípios básicos que, diariamente, eu reconhecia ameaçados em Paris. Em outras palavras, tudo o que fundamentava uma comunidade solidária.

Enquanto estive fora, meus irmãos cresceram e os cuidados daquela senhora se tornaram cada vez menos necessários. Em vez de descansar ou reservar mais tempo para si, minha mãe transferira seu cuidado para as crianças pequenas de outras famílias do prédio. Quando soube disso, senti-me inconformada. Não entendia como, depois de criar seus filhos e de sofrer tanto para isso, entregava o resto de seu tempo para atender aos demais.

Na viagem durante um feriado de primavera, no entanto, pude finalmente entender o que antes não tinha ficado claro para mim: eu partia de um princípio equivocado ao ficar indignada com a atitude de minha mãe. Na verdade, e aos olhos dela, aquela era sua comunidade, seu tesouro maior e do qual a família era apenas o núcleo mais próximo. Para minha mãe, aquela comunidade era seu mundo inteiro. Ela havia se tornado uma referência para todas as jovens mães que tentavam conciliar o trabalho e os filhos, vivendo em um bairro que oferecia todas as tentações, ilusões e atalhos fracassados.

Durante anos ela disfarçara essa solidariedade, dizendo a meu pai que recebia aquelas crianças em casa para garantir a alegria de seus filhos.

— Hagar, você não se lembra de que nossa casa sempre esteve repleta de crianças? Elas não estavam aqui apenas por vocês — disse-me, certa vez.

Eu sabia que se tratava dos filhos de vizinhas ou conhecidas que não tinham opção e precisavam trabalhar.

— Nós tínhamos duas opções: ver esses garotos caindo na criminalidade ou recebê-los aqui e resguardá-los — explicou.

Aprendemos desde pequenos que o Corão ensinava a compartilhar e a estender as mãos.

— Emulai-vos na benevolência — dizia minha mãe, citando as palavras do livro sagrado e insistindo que tal gesto seria imitado por outras pessoas, em algum lugar.

Ela, porém, não cobrava de nós uma resposta ou algum reconhecimento. Contentava-se com sua fé e a certeza de que sua ação influenciaria os demais. O que eu não poderia imaginar era que esse gesto, anos depois, poderia me salvar e garantir a minha liberdade.

Na Babilônia, a submissão a uma autoridade irracional havia terminado, assim como a harmonia social imposta de maneira tirânica. A ambição desmedida de um soberano havia levado todo um povo à idolatria. Como consequência, com sua queda, o que restou para seus súditos foram o individualismo e a incompatibilidade que tornaram qualquer cooperação humana impossível.

Entretanto, Deus poupara alguns poucos de sua punição, permitindo-lhes manter e praticar sua língua original depois da construção inacabada. Entre estes estava o patriarca Eber, um dos ancestrais de Abraão. Ele havia se recusado a trabalhar na construção da torre e, como prêmio, pôde seguir utilizando seu antigo idioma entre sua família. Pouco tempo depois, todos os poupados da ira divina foram alertados por uma voz poderosa que vinha do céu:

— Retirai-vos de Babilônia para não serdes cúmplices em seus pecados e para não participardes das pragas que a atingirão!

Posteriormente, o nome de Eber daria origem ao povo hebreu e a seu idioma próprio, o hebraico, depois chamado língua de Canaã.

Depois de toda a discórdia causada pela intervenção divina na torre, Nimrod jamais dormiu tranquilo. Vivia constantemente preocupado com sua legitimidade e com o risco de que um dos sucessores ao trono – como Shem, filho de Noé – reivindicasse o império. Por anos, sua política foi forçar dezenas de famílias a abandonar suas terras, tudo por temor de que alguma delas pudesse dar vida à pessoa que, em algum momento, o sucedesse. Em consequência disso, hordas de pessoas foram obrigadas a deixar a região.

Uma família, porém, permanecera intocada. Terah, da oitava geração de Shem, e sua esposa haviam optado por não partir e, de fato, passaram a ganhar uma proteção especial. O rei já não parecia ver naqueles súditos qualquer ameaça, uma vez que sua lealdade era comprovada a cada dia. No fundo, a principal razão da confiança que Nimrod tinha em relação a essa família em particular se devia ao fato de que Terah já estava marcado como o único de seu clã a trair seus princípios e oferecer seus serviços ao rei da Babilônia.

Terah, que poderia de fato vir a ser um nobre, abriu mão desse direito para servir a quem, na verdade, deveria ser seu escravo. Sua sabedoria, porém, permitiu-lhe subir na hierarquia, ocupar cargo de ministro e até mesmo se transformar em um dos comandantes de guerra diretamente ligado ao rei ilegítimo.

Apenas um aspecto da vida de Terah o angustiava: a falta de um herdeiro. Por anos, o leal servidor orou ao próprio Nimrod – enquanto o tirano contava com a condição divina – pedindo-lhe um filho. Os ídolos pagãos criados pelo rei da Babilônia, no entanto, também pareciam surdos às suas preces. Nimrod comemorava secretamente aquela situação. A certeza de que Terah jamais o trairia não se sustentaria caso ele tivesse herdeiros, pois esses certamente viriam um dia a enxergar a injustiça e a submissão de seu pai diante de um impostor.

Ainda assim, sempre desconfiado de seu entorno e de seu destino, Nimrod ordenou que os astrólogos acompanhassem os céus de seu reinado a cada noite, de modo que pudessem antecipar qualquer sinal de que um rival pudesse aparecer.

Foi apenas quando Terah já estava idoso que os astrólogos puderam identificar que, todas as noites, uma estrela do Leste se fazia cada vez mais visível e incontornável no céu. Imediatamente, os sábios do reino foram convocados para tentar entender o que aquilo significava. Não havia dúvidas: o poder do rei estava ameaçado pelo nascimento de um menino que revolucionaria a forma com que a humanidade se relacionava com as divindades.

3. A PARTIDA

Era de se esperar que a formatura na faculdade fosse motivo de alívio para a maioria de nós, estudantes. Deixávamos o campus prontos para ocupar cargos importantes na administração pública, em centros de pesquisa, em empresas ou mesmo na academia, mas o fato é que estávamos no ano de 2009, vivendo o auge da crise econômica mundial e a drástica explosão do desemprego. E os jovens profissionais – a geração mais preparada, com mais anos de estudo e a capacidade de falar duas ou três línguas – eram, ironicamente, os mais afetados. Eu tinha consciência de que estava presa a uma realidade de impotência e vulnerabilidade.

A angústia prevalecia entre muitos de nós. Éramos uma juventude que temia frustrar os sonhos de seus pais, não podíamos concluir uma das faculdades de maior prestígio no mundo – a Université Pierre et Marie Curie, com seus dezessete ganhadores do prêmio Nobel – e simplesmente voltar para casa. Passamos, então, a perceber que muitos dos empregos que rejeitávamos, como os de professor em escolas primárias ou assistente em pesquisas de segunda categoria, passaram a ser alvo de uma concorrência inusitada.

Outros recém-formados, como uma de minhas melhores amigas, Rachel, optariam por continuar sua trajetória na academia, transformando a tese de mestrado em pesquisa para o doutorado. Eu jamais disse isso a ela, mas sentia que esse era um subterfúgio para evitar o sentimento de frustração, além de justificar a permanência em Paris. De toda forma, sempre havia a esperança de que, em quatro anos, o mercado de trabalho alcançasse alguma melhora.

Pessoalmente, eu sentia que havia ali algum problema. Eu já não suportava a academia e seus corredores. Foram seis anos marcados por horas de laboratório que haviam resultado, apenas, em documentos lidos superficialmente por meus professores. Ao fim desse tempo, era evidente a minha sensação de não saber exatamente para que eu produzira aquelas pesquisas e se elas, algum dia, deixariam as estantes das bibliotecas da universidade.

Havia também outro aspecto do mundo acadêmico que eu mal tolerava: a disputa entre egos. A disputa por espaço – e mesmo por corredores, muitos deles sempre vazios – significava obtenção de mais recursos financeiros ou novas bolsas. Mas, acima de tudo, significava status para aqueles mestres. Dentro de mim, um verso do Corão ressoava com força: "Mate o ego".

Uma coisa era certa, eu precisava abandonar aqueles corredores, ainda que não existisse um momento mais difícil para isso que aquele ano de 2009. Eu havia enviado cerca de vinte formulários para empresas e centros de pesquisas, oferecendo meu trabalho e minha expertise. Nenhum deles resultou em uma opotunidade, nem mesmo em respostas polidas, salvo a dos e-mails automáticos, próprios dos departamentos de Recursos Humanos. Por trás da escrita elegante e cordial, a mensagem era simples e dura: "Não entre em contato conosco. Se estivermos interessados, faremos isso. Boa sorte na vida".

E foi então que, enquanto finalizava minhas atividades em um dos nossos laboratórios, atividade a que me dediquei em meus últimos anos na faculdade, o telefone de minha mesa começou a tocar insistentemente. Era um dos meus professores, Eric Noel, que tinha uma extraordinária capacidade de ser direto – não chegava a ser indelicado, apenas exibia pouca ou nenhuma habilidade social. Ao longo dos anos, havíamos criamos uma grande empatia. Ele se tornara uma espécie de guru de empresas que tentavam atrair jovens talentos universitários para pesquisas no setor privado.

— Hagar, você fala árabe ou apenas é de origem árabe? — ele me perguntou.

Se não se tratasse de alguém íntimo, eu acharia que não passava de mais um ignorante tentando diminuir minha identidade francesa. Mas era Eric. Por isso, respondi com certa ironia e elegância:

— Professor Noel, boa noite. Como vai? Peço desculpas, mas não entendi muito bem a pergunta...

Antes que eu terminasse de falar, ele interrompeu:

— Hagar, você quer ou não trabalhar? Só me responda uma coisa. Você fala ou não árabe?

— Claro que eu falo. Como o senhor jamais percebeu isso? — respondi.

— *Isso não vem ao caso.* Deixe-me explicar o motivo do meu telefonema. Há uma empresa de cimento, uma multinacional, que está procurando alguém que possa assumir um cargo na Síria. Teria de ser já, mais exatamente para o mês que vem. Posso pedir que lhe enviem um e-mail? A pessoa que entrará em contato chama-se Sophie Pezard, é uma das chefes do departamento de Recursos Humanos. Ela me ligou ontem pedindo alguns nomes. Posso passar o seu?

A Farage era uma empresa totalmente desconhecida para mim. Cheguei a ficar um pouco envergonhada quando, no e-mail recebido já no dia seguinte, os dados da multinacional apareceram no fim da mensagem. Tratava-se, simplesmente, da maior empresa de material de construção do mundo, com noventa mil empregados em setenta e seis países. Como eu não havia notado que, em todas as obras de Paris, havia placas dessa empresa orgulhosamente erguidas?

O e-mail sugeria que eu fosse até a sede da empresa para tratar de uma oportunidade de trabalho em Damasco. Precisavam de alguém com "alto nível de energia, compromisso e disciplina". O que me chamou a atenção, no entanto, foi um outro trecho, no qual a empresa afirmava estar comprometida com a diversidade e a procura por "mentes brilhantes de diferentes culturas", como forma de fazer avançar a multinacional.

O que será que eles entendiam por diversidade? E por que este termo aparecia dirigido a mim, uma jovem francesa e apenas francesa? Ignoram o fato de que nem sequer tenho dupla nacionalidade. E qual a necessidade de buscar diferentes culturas? O gosto amargo do e-mail não se desfazia, mesmo enquanto escrevia ao professor agradecendo a indicação.

Caro professor...

Mas as palavras simplesmente não saíam. Uma vez mais, eu me sentia como quem ocupa as cotas de diversidade, uma candidata que jamais venceria uma disputa com outros franceses. Pensava se aquela suposta relação de confiança que eu havia estabelecido com o acadêmico não havia sido suficiente para romper a visão classista da sociedade francesa. Lutava comigo mesma para não compartilhar do ódio que vira tantas vezes no rosto dos meninos do meu bairro em Marselha. O ressentimento dos humilhados, dos excluídos. Fui dormir decepcionada com meus amigos, com meus seis anos de faculdade, com o mundo. Teria mesmo valido a pena deixar minha comunidade para ser sempre identificada por minhas origens?

Na manhã seguinte, abri os olhos sentindo a mesma angústia e sem qualquer direção. Não fiz questão de acertar o despertador, nem de sair da cama mais cedo. Faltavam dezessete dias para o término do ano letivo e eu já sabia que minha tese havia sido aprovada. Era somente o vazio após seis anos de certezas que me assustava e me prendia àquele colchão.

Ainda na cama, trouxe o laptop para perto e conectei-me. Na tela havia mais um e-mail da tal Madame Pezard, perguntando-me se eu havia recebido a proposta de trabalho. Em seguida, um outro e-mail do professor Noel, com um recado bem simples: "Não perca essa oportunidade". Decidi ignorar ambos e fechar o computador. O melhor era voltar para debaixo da coberta. Não queria lidar com aquela proposta que, embora tão promissora, havia transformado seis anos em pseudocertezas.

Eu já havia marcado para aquele dia um almoço com Rachel num bistrô não muito longe de meu apartamento. Embora estivesse determinada a ficar escondida do mundo, decidi ir ao encontro dela e desabafar. Antes que eu me sentasse e começasse a falar, ela puxou para cima da pequena mesa uma pasta com vários formulários de emprego. Ela sabia de meu desespero e havia passado a noite imprimindo anúncios de trabalho em nossa área. Enquanto Rachel me recebia e falava sem parar, eu folheava as páginas aleatoriamente, até que reparei numa frase que já tinha visto antes.

A mesma empresa que afirmava estar "comprometida com a diversidade" e que "buscava atrair mentes brilhantes de diferentes culturas" figurava ali, entre tantas outras listadas por minha amiga. Virei a página e me surpreendi ao ver que, na realidade, tratava-se de outra companhia usando as mesmas expressões. Ainda perplexa, continuei a vasculhar os anúncios de emprego que transbordavam das páginas, praticamente ignorando o que Rachel falava. Uma vez mais, para meu espanto, notei que uma terceira empresa também mencionava sua "busca pela diversidade".

Naquele instante, interrompi Rachel bruscamente e perguntei sobre a relevância da diferença cultural, tantas vezes citada nos anúncios. A resposta dela me deixou sem reação:

— Ah, isso faz parte daquelas frases politicamente corretas que todas as empresas multinacionais utilizam hoje, são uma forma de evitar que sejam acusadas de racismo ou discriminação.

Em minha total ignorância sobre processos de recrutamento no setor privado, confesso que não havia entendido que a frase da Farage, dirigida a mim no e-mail, era puramente institucional. De fato, eles sequer poderiam supor que aparência física eu tinha. Imediatamente me senti aliviada e passei a me permitir um sorriso no rosto.

Pude conversar com minha amiga sem precisar revelar nada sobre o drama que eu havia atravessado naquela noite, muito menos sobre como aquela desorganização de papéis sobre a mesa me havia esclarecido tantas coisas. No fundo, Rachel havia inusitadamente me ajudado a encontrar um trabalho, só não tinha ideia disso ainda.

Corri para casa e para o meu computador. Escrevi um e-mail que não deixava dúvidas: "Quando podemos nos encontrar?".

O encontro ocorreria três dias depois, na sede da empresa em Paris. A conversa transcorreu de maneira franca e direta. Financeiramente, a proposta era sedutora: oito mil euros por mês e todo o custo de acomodação em Damasco estaria coberto. Era mais do que todos os salários de minha casa reunidos. Eu residiria em um país sem guerras, estável socialmente e com uma classe média consolidada.

— A Síria não é o Iraque nem o Afeganistão — dizia Pezard, já me convencendo de que a situação no país era segura.

O cargo envolveria responsabilidades na produção e, por isso, buscavam alguém com sólido conhecimento técnico. Obviamente, o fato de eu dominar os idiomas árabe e francês era determinante, já que eu teria de, ao mesmo tempo, lidar com funcionários locais e fazer a ponte com a administração em Paris. Além de tudo, precisavam de um químico, um especialista. Não era por acaso que a vaga tinha problemas para ser preenchida.

A entrevista fluiu de forma agradável e os recrutadores pareciam visivelmente satisfeitos com minha formação. Até que me foi apresentada a lista de deveres administrativos para o futuro emprego em Damasco. Nela lia-se que a função do funcionário era garantir a "implementação de um sistema de administração, continuamente estabelecendo objetivos, revendo desempenhos e identificando formas de melhoria". Perguntaram, em seguida, qual metodologia de gerenciamento eu pretendia usar para esse objetivo. Um silêncio se instalou na sala.

— Sou apenas uma cientista, não uma administradora — respondi.

Obviamente eu nunca contara com qualquer treinamento no setor administrativo e não fazia a menor ideia sobre como implementar qualquer tipo de estratégia que o cargo exigia. Minha experiência não ultrapassava a dos laboratórios, das bibliotecas e das salas de aula. No meu esforço de garantir e compensar tudo com o trabalho, havia negligenciado a parte prática da vida e da minha formação. Todos os estágios que fiz haviam sido nos corredores da faculdade que, sendo uma referência mundial, sempre me oferecera certa tranquilidade.

A decepção da equipe de Recursos Humanos da empresa só não foi maior do que a minha. A conversa estava encerrada. O processo de seleção se encerrava ali. Com um aperto de mãos, ficou claro que todos lamentavam o fato de eu ser apenas uma cientista.

Eu me preparava, então, para anunciar em casa que aqueles seis anos de dedicação e estudo numa das melhores faculdades do mundo não haviam sido suficientes para me garantir um bom emprego. Havia chegado a hora de dizer que a aposta que fizeram em meu futuro resultara em nada. Eu sentia o quanto de mim e de minha família estava em jogo, e a realidade é que eu não tinha qualquer discurso razoável para esse desafio.

Ciente da previsão que o ameaçava pela iminência do nascimento de uma criança, Nimrod convocou seu súdito mais fiel, Terah, e ordenou que ele assumisse a responsabilidade de percorrer Ur e todo o reino em busca de todas as mulheres grávidas. Elas deveriam ser trazidas ao palácio real, que, em poucas semanas, se transformaria em uma grande maternidade. Em seu plano, todas aquelas que dessem à luz uma menina seriam inundadas de presentes e enviadas de volta às suas casas. Caso o nascimento fosse de um menino, a lei se mostrava clara e impiedosa: a criança deveria ser imediatamente sacrificada. E assim aconteceu com centenas de mulheres ao longo de meses.

Nada daquilo, porém, impedia a rota cada vez mais clara da estrela em direção ao palácio de Nimrod. Foi assim até que, em uma noite, o ponto brilhante fez um desenho particular no céu escuro de Ur. Era o sinal evidente de que momento havia chegado. O menino que ameaçaria o reinado de Nimrod tinha nascido.

O que o monarca jamais imaginara era que o pai dessa criança fosse justamente Terah, que sabiamente havia conseguido esconder a gravidez de sua mulher durante todos os meses de gestação. Aos olhos de todos, e também aos do rei, Terah, com setenta anos, nem sequer era considerado uma ameaça.

Durante meses, Amathlai rezou para que dentro dela houvesse uma menina, o que seria a garantia de que a criança sobreviveria. Mas, depois de um parto difícil, o casal se deu conta do grande desafio que lhes fora dado: do útero de Amathlai veio ao mundo um menino, Abraão. No coração do casal, o sentimento imediato foi de rebeldia, bem como da certeza de que nunca viriam a sacrificar aquela criança.

Na mesma noite do nascimento de seu filho, Terah fugiu de Ur levando sua esposa e a criança. Usou uma passagem secreta para chegar até uma caverna segura, situada no campo. Ali, saberia que mãe e filho estariam protegidos. Não tinha ainda um plano claro sobre como evitar os questionamentos do rei, mas sabia que a fuga era o único caminho possível.

Enquanto a família se refugiava no campo, a indesejada notícia chegava aos aposentos reais: havia nascido a criança que ameaçava o poder de Nimrod e ela era, de fato, o filho de Terah. Imediatamente, Nimrod ordenou que fossem enviadas mensagens convocando o súdito a comparecer diante do rei naquela mesma noite. A ordem era explícita: Terah deveria entregar a criança ao monarca.

Quando retornou ao palácio, após manter a salvo sua mulher e seu filho em uma caverna, Terah apresentou-se diante do rei com o filho recém-nascido de um dos campesinos que encontrara pelo caminho. Embrulhada em um pano de seda, a criança fora oferecida ao rei como sendo o herdeiro de Terah.

— Eu estava prestes a trazê-lo para o senhor — disse o súdito a Nimrod, erguendo o menino aos olhos do rei.

Foi com suas próprias mãos que, naquele momento, Nimrod tirou a vida do recém-nascido, na certeza de que, dessa forma, prolongaria seu reinado e, uma vez mais, enterraria qualquer ameaça contra sua legitimidade.

Restava a Terah uma única opção, criar seu filho em uma caverna. Para tanto, forjou as condições perfeitas para que a criança não crescesse vulnerável à idolatria vigente na época.

Terah cultivaria nele uma espiritualidade diferenciada, que só mais tarde seria revelada, quando finalmente pudesse deixar aqueles caminhos estreitos.

Uma década depois, a conquista de sua liberdade chegaria acompanhada por uma revolução. Primeiro, íntima. Depois, para toda a humanidade.

4. SERPENTES DO ÓDIO

Minha frustração não era a de uma menina mimada cujo desejo fora recusado. Eu não tinha crescido em uma caverna, blindada da realidade. Tinha, na realidade, uma família totalmente vulnerável aos impactos sociais da economia. Vivíamos o que seria o primeiro ano de uma das maiores crises sociais da história da Europa. No nosso bairro, entre os nossos amigos, essa mesma realidade seria exacerbada de tal forma que levaria centenas de jovens primeiro ao desemprego, depois à falta de esperança e, finalmente, ao ódio.

Ali, era difícil encontrar uma família que não tivesse sido afetada pela crise. Pouco a pouco, fomos descobrindo que amigos e parentes, moradores das periferias de outras grandes cidades europeias, viviam o mesmo drama. Não eram apenas os descendentes de árabes, mas também os africanos, os latino-americanos e os de outras tantas nacionalidades que mais sofriam com a crise. Para muitos, a única opção possível era a de migrar.

"Estou a arrumar as malas. Levo quase tudo e já não sei se volto. Quem emigra certamente quer voltar, mas poucos conseguem. Estou farto disto tudo, farto de estar desempregado, penso que de nada me servem estes diplomas. Quando há trabalho e oportunidade, são sempre temporários, humilhantes, precários, com os salários ridículos. A União Europeia caminha para o colapso, Portugal mergulha em mais uma crise funesta. Vou-me embora desta terra, vou para Luanda. Já não há mais nada aqui pra mim. Portugal, meu céu, meu lamaçal, assiste ao recital da minha fuga da tua varanda." Os versos do rap "Meu País"[1],

1. "Meu País", Valete; Single, 2012.

do português Valete, acabaram se transformando em símbolo de um movimento que ganhava dimensões inéditas por toda a Europa. O continente alcançara um índice recorde de desemprego e, diante da falta de perspectiva, um milhão de pessoas deixaram seu país de origem para buscar trabalho em outro lugar mais próspero. Vivia-se o maior êxodo do Velho Continente em meio século.

Meu olhar de cientista, que até então se definia exclusivamente pelas lentes de microscópios, passou a ser o da leitora ávida por entender a crise que a afetava intensamente. Passei a ler todo tipo de artigo de jornal que me permitisse compreender o que estava acontecendo em meu continente. Não demorou para que eu me desse conta de que, juntamente com o desemprego e o colapso de famílias nas periferias, esse Velho Mundo enfrentava uma nova realidade, aquela do novo fluxo incessante de migrantes e o consequente aumento da xenofobia.

Um dos primeiros sinais dramáticos se deu quando o Reino Unido iniciou sua campanha oficial de redução da entrada de imigrantes, ainda que fossem europeus. Londres acabou por lançar uma ofensiva para alertar, mais especificamente os imigrantes do Sul da Europa, que o Reino Unido não era o que eles pensavam. Fizeram de tudo para espantar eventuais novos moradores, inclusive alertando para a falta de sol. Vinda de Marselha, eu confesso que a propaganda chegava mesmo a me convencer de que não seria uma boa ideia ir para aquela cidade de chuva.

Nós, os supostos imigrantes árabes na França, também passamos a ser vistos como uma das causas da crise, ainda que esta tenha sido gerada por bancos nos quais os filhos de imigrantes dificilmente integravam as reuniões dos conselhos. O que mais me surpreendia era que a relação entre o desemprego dos franceses e a existência da nossa comunidade estava sendo forjada de uma forma mentirosa, perversa e manipuladora, servindo aos interesses de partidos de extrema direita, que pouco a pouco deixavam de ser uma sombra na Europa e passavam agora a fazer parte do poder estabelecido, ganhando eleições e apelo popular.

A mim tudo isso parecia tão absurdo quanto ver líderes tentar recuperar um passado supostamente puro, onde as pessoas viveriam em um suposto isolamento. Resgatar um passado que, na realidade, nunca sequer existiu. Na verdade, tudo não passava de uma ficção bem elaborada, através da qual eram vendidas ideias concebidas por charlatões e trapaceiros.

As meias verdades passaram a ganhar espaço, principalmente, nas mentes mais receosas e expostas às dificuldades econômicas. A fórmula era de uma simplicidade assustadora: fazer com que pessoas já bastante angustiadas se sentissem ameaçadas, para que se pudesse, então, atribuir a culpa a um grupo externo, já anteriormente estigmatizado. A estratégia ainda previa que a audiência se sentiria confortável com uma oferta "fantasiosa", tal qual a de banir o Corão de seu país. Esse discurso passaria a ser tão inflamado e repetido, que a ansiedade popular se transformaria rapidamente em ódio. E o ódio, certamente, viria a angariar votos e simpatia para a extrema direita.

Essa explosão populista fez com que a minha Europa passasse a ser uma terra fértil para que partidos xenófobos ganhassem força e extraíssem vantagens diante da crise econômica, da estagnação dos salários e da dívida interna. Uma vez que se combina a desigualdade com a recessão, o resultado só pode ser o ressentimento profundo.

Não muito longe de Marselha, na pouco conhecida cidade de Béziers, os primos de minha mãe me telefonaram uma noite para contar como temiam pelo futuro de seus negócios. A família, que também havia chegado da Argélia, havia aberto um restaurante de comida árabe que rapidamente se transformou em referência em toda a região. Lembro-me, impressionada, de quando vinham a nossa casa com bandejas enormes de cabrito.

Todavia, o prefeito local havia anunciado uma nova lei que impediria a abertura de novas lanchonetes de comida árabe ou turca. Teoricamente, essa medida não afetaria os estabelecimentos já em funcionamento, mas meus tios não disfarçavam o temor de que tudo aquilo fosse apenas o início de um movimento maior por parte do partido da Frente Nacional, de extrema direita. Supunham que o objetivo era deixar claro que, naquela França, aqueles "estrangeiros" não eram bem-vindos. Esse viés político não imprimia qualquer impacto real na vida dos cidadãos, tampouco resolvia o desemprego na França, mas, ainda assim, contava com o aplauso de muitos que apoiavam a defesa dos chamados "valores locais". Anos mais tarde, já em 2015, o mesmo prefeito apresentaria a proposta de mudança do nome da avenida central da cidade para o de Helie Denoix de Saint Marc. Tratava-se da homenagem a um militar que tentara dar um golpe contra o general De Gaulle, em 1961, para evitar que Paris aceitasse a independência da Argélia. A nostalgia e o medo do terrorismo e da imigração, somados à angústia gerada pela falta de emprego, criavam o sentimento coletivo que alimentava a ambição da extrema direita pelo poder. Ela não recuaria diante da oportunidade, mesmo que o preço a ser pago fosse o de assumir um país dividido.

Havia também um sentimento inominável disseminando-se entre nós, jovens universitários. Eu me perguntava constantemente: *Onde estão as pessoas que defendem esses lunáticos? Onde está essa parcela da população que não tem qualquer constrangimento em assumir sua xenofobia?*

Não era um mistério para ninguém o fato de que havia milhares de pessoas desiludidas com a Europa. Assim como eu, elas se sentiam frustradas com os partidos tradicionais, com as instituições e com as incertezas em relação ao futuro. Na verdade, nós, os jovens, buscávamos caminhos alternativos, enquanto nossos pais estavam visivelmente preocupados com a incapacidade que tínhamos de romper com os laços financeiros que nos atavam a uma geração cada vez mais velha e mais cansada. O sentimento generalizado de impotência se misturava com perigosas nuances daquele ódio ainda sem foco, mas já abrangente. Se manipulado de maneira conveniente, poderia tornar-se destrutivo.

Certa noite, enquanto eu me preparava para deixar a faculdade, deparei-me na cafeteria com um grupo de estudantes espanhóis que ainda estavam no meio da graduação. Nesse momento, lá estava eu de volta ao campus, mas agora como aluna de mestrado. Havia, inclusive, sido monitora de vários deles, alguns verdadeiramente brilhantes e destemidos. Quando passei por eles, notei a ira e ouvi os soluços amargos de Maite – uma filha de trabalhadores dos bairros modestos de Madri –, que havia acabado de ser informada de que seus tios tinham sido despejados do apartamento em que viviam. A polícia os tinha retirado de casa à força, justificada por uma ordem emitida pelos bancos na Justiça. Os tios de Maite já haviam perdido, antes, seus empregos e quaisquer rendas disponíveis. Na realidade, eles tinham sido desalojados de seus sonhos por uma crise que não daria sinais de ceder ou cessar. Sem casa e sem renda, essa e muitas outras famílias começavam a cumprir uma espécie de pena perpétua, com dívidas que certamente seus filhos não poderiam pagar e que se estenderiam como um purgatório social.

Naquele momento, os índices da crise espanhola superavam qualquer racionalidade. A cada quinze minutos, uma família perdia sua casa num país que tinha mais da metade dos jovens sem trabalho e um em cada quatro habitantes sem renda. Essas famílias espanholas viviam o drama diário de entregar suas casas às autoridades por serem incapazes de honrar dívidas ou pagar suas hipotecas.

Uma semana antes do ocorrido, Maite havia estado com sua família, durante uma reunião convocada por uma associação que defendia a população da face mais perversa do sistema econômico.

— A tensão estava à flor da pele e a vergonha pelo que haviam passado era nítida no rosto de cada uma daquelas famílias. Eu via como meu pai escutava atentamente os advogados, enquanto meu tio e outros suavam, olhavam para o chão e não paravam de roer de forma nervosa suas unhas. Num certo momento, uma das vizinhas do bairro precisou chamar um médico por conta de tanta tensão. Aquelas pessoas traziam consigo pastas e documentos como se fossem suas últimas posses. Seus rostos não escondiam as cicatrizes morais. Eles não eram criminosos, nem viciados, nem imigrantes ilegais fugindo da polícia. Havia alguns semianalfabetos, mas também profissionais liberais, ex-empresários, economistas e enfermeiras. Uma senhora, entre muitas, insistia em dizer aos advogados que eles só queriam a garantia de uma casa digna, onde pudessem viver.

Maite era uma verdadeira resistente. Buscava uma forma de voltar para sua família, temendo que a crise social se transformasse futuramente em uma tragédia. Como protesto, as vítimas dos despejos passaram a se jogar das varandas de seus próprios apartamentos, os quais estavam prestes a ser confiscados pelos bancos. Num país católico como aquele, a situação fora tratada por meses como um tabu, mas a proliferação dos casos tornou impossível que a sociedade os ignorasse.

A situação que a Espanha enfrentava era a consequência de anos de um crédito fácil e irresponsável, que praticamente levou milhares de famílias a viverem muito além de suas possibilidades reais. Pedro, o tio de Maite, havia pagado cento e vinte mil euros pelo apartamento. Fora obrigado a entregá-lo precisando, ainda, liquidar uma dívida de cento e cinco mil euros. Nem ele nem sua esposa tinham qualquer emprego ou renda na época. Com cinquenta e quatro anos, dificilmente voltariam ao mercado de trabalho. Isso significava, sem dúvida, o mesmo que uma condenação perpétua.

Diante disso, como não nutrir o ódio?

A generosidade, o ódio ou a liberdade não eram conceitos que um garoto que passara dez anos em uma caverna pudesse explicar. Aquele lugar era o seu universo e toda a sua existência. Ele não poderia avaliar se se sentia ou não como um prisioneiro, já que o sentido de liberdade nunca lhe havia sido apresentado. Por outro lado, tampouco lhe fora condicionado qualquer pensamento sobre o que eram a humanidade, suas regras e quem o havia criado e educado. Os limites da caverna eram, de certa forma, a garantia de liberdade intelectual e espiritual com que contava. A salvo das influências e determinantes sociais, dos hábitos da comunidade, bem como de seus temores e suas tentações, Abraão viveu sua primeira infância ignorando os limites em sua consciência, ainda que as paredes daquela gruta fossem concretas e reais.

O primeiro teste veio quando, finalmente, Terah decidira que já era hora de seu filho sair do refúgio. Àquela altura, pensava que Nimrod nem sequer se lembraria de que chegou a ser ameaçado uma década antes. Governando com plenos poderes, o monarca não tinha mais de se preocupar com recém-nascidos.

Com alguma ação da parte de Terah e a ajuda de fiéis amigos, a pedra que protegia aquela gruta foi levantada. A luz e o sopro do vento no rosto do jovem rapaz, somados aos sons da natureza, exigiram que Abraão passasse por uma verdadeira adaptação àquele novo ambiente para, então, poder continuar a caminhar. Ao contrário do que ocorria dentro da caverna, fora dela não existiam apoios nem fronteiras visíveis. Ao longo dos anos, ele viria a descobrir que a liberdade poderia também ser traiçoeira. Ela exigia responsabilidade, passos firmes e a chance de uma fuga.

Naquele momento, entretanto, a liberdade representava igualmente a descoberta de um segundo universo, completamente diferente daquele ao qual estava acostumado. As histórias de outros humanos eram, agora, finalmente confrontadas com a realidade do encontro com todos os personagens de que, por tanto tempo, ele ouvira falar. Seu pai havia sido verdadeiro. Seu abraço também.

Para alguém que não fazia distinção entre o dia e a noite, a primeira constatação fora a de que um astro luminoso garantia a luz para aquele novo mundo. Inicialmente, Abraão teve certeza de que aquele era o Deus que havia criado tudo o que agora passava a conhecer e que ganhava sentido. O menino também logo começou a entender que, quando aquele astro todo-poderoso desaparecia, o que se chamava de "dia", de fato, acabava.

Sua primeira noite foi permeada por perguntas e incertezas, todas cercadas pelas estrelas do céu de Ur. A ideia de que o Sol seria um deus logo foi substituída por uma nova certeza em sua mente, a de que a Lua, com seu poder de iluminar a noite, era notadamente o astro-rei. Afinal, mais significativo do que iluminar o que já se mostrava claro era derrotar a escuridão e desafiar a penumbra. Diante dessa ideia, Abraão pôde dormir tranquilo, aliviado por agora saber que, finalmente, havia compreendido o que lhe ocorria e quem realmente comandava o ritmo de sua vida.

E foi justamente a luz do Sol que, no dia seguinte, o despertou de seu sono. Sentando-se em sua cama improvisada num bosque, o rapaz desejava que alguém lhe desse uma explicação definitiva. Sua mãe e seu pai ainda dormiam, lado a lado, alheios ao som de algumas cabras que comiam sem qualquer preocupação. Era como se aquele levantar do Sol fosse previsível, já esperado. Percorrendo com os olhos a extensão do céu claro, Abraão já não podia divisar a Lua, nem os milhares de estrelas que vira antes.

Deve haver, ainda, outro deus, pensou o menino, um ente divino que comanda a Lua, o Sol e sua alternância. Haveria de ser um deus capaz de estabelecer o ritmo e a harmonia dessa mudança constante entre astros, uma divindade que determinasse o futuro a partir dos céus. Tendo a Lua e o Sol sob seu comando, certamente o Deus poderia sentenciar ou evitar confrontos e desentendimentos entre os homens. Abraão não tinha ideia de que, quando o restante da humanidade acordasse, a primeira resposta que lhe dariam era que não existia apenas um Deus, mas diversos deles, cada qual com uma responsabilidade específica. Cada um deles aguardando sua idolatria.

O jovem rapaz, entretanto, já estava convencido de que apenas um único Deus poderia ter tamanho poder como o de determinar todos os detalhes de toda vida sob seu comando. Essa constatação espiritual somente pudera lhe ocorrer porque o exercício da razão se dera de forma solitária e imune, em virtude de um isolamento tão perverso quanto liberador.

Por muitos dias, Abraão acompanhou o pôr do sol mantendo-se atento ao impacto que os últimos raios deixavam no horizonte. Passou a entender como a ausência de luz obrigava as montanhas a se definirem na paisagem. Compreendeu que, ao se desfazer, o brilho do Sol apenas permitia que uma perspectiva diferente se formasse a seguir. O escuro, que o remetia à gruta, era sua única lembrança viva. Mas aquela penumbra não era, de forma alguma, tão profunda como a cegueira que havia vivido. Durante noites e noites, o rapaz acompanhou o modo como a Lua dançava e a forma como seu poder celestial daria lugar, em tão pouco tempo e uma vez mais, ao Sol brilhante. Percebia que na base do poder limitado de cada astro firmava-se a existência ilimitada de um poder superior.

Sua cidade ficava a cerca de trezentos quilômetros do que viria se tornar, muitos anos depois, a conhecida Bagdá. Dois mil cento e dezesseis anos antes do nascimento de Jesus, aquela era a região chamada Mesopotâmia, centro de uma civilização que depositava em deuses pagãos sua crença e base espiritual.

Ur, naqueles anos, era uma verdadeira metrópole situada ao sul do rio Ufrato, hoje conhecido como Eufrates. Ocupada originalmente pelos acádios, fora fundada dois mil anos antes da chegada de Abraão. Dourada pelo reflexo do sol e pelo barro das construções, Ur figurava como uma cidade estratégica, por controlar qualquer tráfego ou passagem pelo rio Eufrates. O comércio logo se desenvolveu na região e o peso político da cidade ganhou uma nova dimensão. Era de Ur que os reis controlavam seus vastos territórios, ao mesmo tempo que dinastias se enfrentavam pelo domínio dessa mesma cidade. Na época do nascimento de Abraão, Ur era, sem dúvida, a cidade mais próspera de toda a Mesopotâmia.

A cidade contava com um rico bairro residencial e uma área comercial importante. O cemitério era considerado um local sagrado e ali se encontrava sepultado, além dos reis, todo o ouro que fazia parte de suas fortunas. Por séculos a cidade viu como os súditos mais leais de reis e rainhas – ou seus músicos e soldados da corte – seriam capazes de cometer suicídios coletivos ante a notícia da morte de um monarca.

Não eram os símbolos religiosos que determinavam a geografia da cidade-Estado, mas sim um monumento de proporções enormes, situado no centro e dedicado ao deus da Lua, chamado

Sin. O local era, sem dúvida, um dos pontos mais importantes para a idolatria do reinado politeísta. Seus fiéis acreditavam que ali seria a residência física de Deus na terra.

Em cada uma das obras erguidas ou das novas estátuas dedicadas a diferentes divindades, era possível identificar que áreas da cidade haviam sido vítimas da grande inundação alertada por Noé. Séculos depois, era notório que nenhum daqueles deuses ali representados teria o poder de evitar um possível declínio daquela cidade, especialmente depois de o rio Eufrates mudar o curso de suas águas, abandonando, misteriosamente, a abastada cidade de Ur.

Abraão não se sentia à vontade naquele local onde o politeísmo radical vigorava como lei. A presença de Nimrod também não colaborava para que sentisse em casa. Por alguns meses, chegou a perambular pelos mercados locais sem ser notado, mas ainda assim sentindo-se prisioneiro de uma ideologia que jamais pudera compreender, e cujos cadeados não eram evidentes.

5. CHAVEIROS

A crise econômica que nos assolava me fez descobrir que, assim como em meu bairro de Marselha, o sentimento de comunidade prevalecia em momentos mais duros. Essa era também a realidade das periferias de outras tantas cidades europeias. Dias depois daquele encontro com Maite na cafeteria, voltei a vê-la num dos corredores da faculdade. Imediatamente, perguntei-lhe sobre o desenrolar daquela situação. De forma doce, mas sem esconder a indignação, ela explicou que havia sido justamente o sentimento de resistência que havia dado forças à família, mesmo depois de terem perdido tudo.

Em meio às referências a policiais, juízes, ativistas, moradores e vizinhos, Maite me contou que alguns dos protagonistas nos processos de despejo eram os chaveiros, sempre chamados pelas autoridades para realizar a troca das fechaduras das residências, caso os moradores fossem expulsos. Esse expediente tinha a função de impedir a volta da família ao antigo lar, quaisquer que fossem as razões apresentadas. Quando, antes do despejo, havia resistência por parte da família em abrir a porta e permitir o desalojamento, era também o chaveiro o responsável por garantir a entrada da polícia.

Maite contou, ainda, que em seu bairro de Madri a associação dos chaveiros se organizou em uma recusa a aceitar trabalhos de trocar fechaduras de casas cujas famílias haviam sido desalojadas. Tratava-se de uma resistência inesperada e irônica. Afinal, os despejos significavam trabalho remunerado para aqueles profissionais que, reféns da crise econômica, viam seus serviços serem solicitados de forma cada vez mais frequente.

— Mas de que serve ganhar a vida à custa do drama dos vizinhos? — me dizia Maite, citando a explicação dada pelos próprios chaveiros.

Aquela história me incendiou por dentro.

— Quando você vai novamente à Espanha? — perguntei.

Com um sorriso nos lábios, ela me respondeu com um convite:

— Vamos sair de carro amanhã e protestar contra as expulsões, mas desta vez a manifestação será em Barcelona, que é bem mais perto do que Madri. Meu namorado vai dirigindo e vamos dar carona para uma amiga grega durante o caminho. Mas temos espaço no carro. Quer vir conosco?

Eu já havia concluído tudo o que tinha para fazer na faculdade. Não restava qualquer trabalho pendente. Também não sentia coragem de voltar para casa e informar aos meus pais que estava totalmente sem destino. Fazer a mudança de volta para Marselha e fechar o apartamento eram coisas que poderiam esperar mais uma semana. Não sabia explicar o motivo, mas a história de famílias inocentes atingidas por uma crise que não haviam criado tinha me afetado de maneira profunda.

No dia seguinte, durante a viagem, Maite e seu namorado me contavam todos os detalhes sobre como a Espanha havia chegado àquela situação dramática. Discutiam a respeito de como cabia à sociedade reagir. Ainda que a cultura fosse outra, aquilo não era muito diferente do que haviam sofrido as famílias de meu bairro quando foram expulsas da França por viverem de forma irregular no país. Muitos haviam hipotecado seus escassos recursos e seu futuro ao optarem por cruzar fronteiras com os passaportes errados. E experimentavam o mesmo desalento daqueles que entregavam suas casas, arriscando tudo por uma vida melhor. O sistema servia para punir justamente aqueles que assumiam esse risco. Mas em momento algum o vendedor de ilusões seria responsabilizado.

Pelo caminho, paramos para buscar Eleni, a amiga grega da qual Maite havia me falado e que tinha emigrado de seu país por causa da crise que havia engolido toda uma sociedade. Pelos jornais, apenas sabíamos dos dilemas sobre resgates da União Europeia, da dívida grega, dos impasses com os alemães e do risco de Atenas sair do bloco europeu.

Durante uma das paradas no trajeto até a Espanha, aproveitei que Eleni tinha ido ao banheiro e perguntei aos meus amigos espanhóis mais detalhes sobre aquela garota que simplesmente não parava de falar sobre a situação econômica e social de seu país, incluindo dados e mais dados a respeito das evoluções do PIB e das terríveis doenças que, depois de décadas, voltavam a assolar a população mais pobre da Grécia.

— Ela é economista. Filha de um dos líderes que haviam sido defenestrados da esquerda grega. Por não aceitar o que ocorria, foi afastado de todas as suas funções — comentou Maite.

Estava explicada a origem de toda a ira que partia daquela garota de cabelos vermelhos e olhos enfurecidos. No carro, escutávamos a tudo, calados, enquanto Eleni fazia algumas pausas antes de retomar o relato dos bastidores de um dos momentos mais críticos da história da Europa e de suas graves consequências sociais. Anos depois, aquele relato de Eleni faria todo o sentido, inclusive confirmando as tragédias pessoais que as reformas haviam desencadeado para milhares de famílias.

Naquele momento, no entanto, ainda achávamos que poderíamos frear tudo isso e que seríamos capazes de impedir que aquela injustiça escancarada continuasse. Naquela mesma noite, participamos de um protesto cujo objetivo era evitar um despejo em Barcelona. Nem eu, nem Maite e seu namorado sabíamos quem era a vítima, para nós bastava saber que a ação não era justa. Eu sempre tive vontade de conhecer Barcelona, pois sempre ouvia falar das maravilhas daquela cidade. Entretanto, naquele ano ela havia se transformado no centro de uma forte mudança cultural. Quando chegamos ao bairro Ciutat Meridiana, logo entendemos que aquela Barcelona não tinha nada a ver com a famosa referência "cult" da Europa.

Descobrimos que o despejo naquela noite vitimizaria um casal de equatorianos: Jaime Pizarro, eletricista, e María Guzmán, camareira. Ambos haviam chegado à Espanha em 2001. Conseguiram trabalho e, à custa de suas economias, puderam comprar um apartamento de cinquenta e cinco metros quadrados na Calle de las Agudes, em 2006. Aquele seria o mesmo ano da chegada dos gêmeos.

Inicialmente, a hipoteca que pagavam custava-lhes mil e cem euros por mês. Era factível. Porém, a alta nos juros – que o banco garantira que dificilmente ocorreria – os levou a uma parcela de mil e quatrocentos euros. Para piorar, no fim de 2009, ambos ficaram sem trabalho. Deixaram, então, de pagar a hipoteca e passaram, consequentemente, a ser alvo de processos. O banco credor sugeriu que renegociassem a dívida, oferecendo-lhes um novo financiamento. O problema era que o preço do apartamento passaria de duzentos e dez para duzentos e cinquenta mil euros. Do que sobreviveriam?

Quando chegamos ao local soubemos que eles não tinham dinheiro sequer para comprar as passagens e voltar para Quito. O corredor do apartamento e a porta do edifício estavam tomados por grupos de manifestantes que não só chamavam os vizinhos a protestar, mas também insultavam os fiscais e as autoridades que conduziam a operação.

— Eu não sou um criminoso, para que tanta polícia? — gritava Jaime.

Entre gritos, choros, empurrões e muito nervosismo, a família equatoriana se somava, em poucos minutos, ao sem-número de pessoas desalojadas na Espanha.

Mesmo com a mobilização de toda a rua, a expulsão foi efetuada.

— Só nos resta a desobediência civil organizada — defendeu Chema Ruiz, um dos líderes da Plataforma de Afetados pela Hipoteca.

Ruiz, que também fora expulso de sua casa, chegou a ser preso em um das manifestações que ajudou a organizar. Insistia que não restava outra solução senão a da mobilização.

— Não somos criminosos — dizia. — Há gente que perdeu tudo e ainda chega às reuniões carregada de culpa. Temos de fazer essas famílias entenderem que são elas as vítimas.

Diante dessas palavras, não havia como não pensar nos quatro milhões de pessoas que viviam em cortiços na França e que, com frequência, eram alvos de incêndios que disseminavam mortes.

Além de prestar solidariedade às vítimas, o grupo no qual eu me encontrava estava determinado a ir além. Uma das formas de pressionar as autoridades era realizar protestos diante das casas de deputados, políticos e senadores, exigindo que o Congresso modificasse as leis, e também dificultando as ordens de expulsão. Esses atos eram chamados de "escraches", e eram os mesmos que os políticos acusariam de ser perpetrados por "terroristas".

Terroristas? Apenas porque batiam panelas e exigiam que os cidadãos não fossem jogados na rua? Com ou sem nossa resistência, a realidade era que, para salvar os bancos, os governos europeus acabaram quebrando. O impacto da crise não era somente financeiro, mas também moral e ético. A festa havia terminado e por toda parte ouvíamos histórias sobre como tudo começaria a mudar.

De certa forma, a viagem até a Espanha me deixou claro que eu não estava sozinha. Durante aqueles dias, eu já tinha conseguido ter forças para voltar a Marselha e dar a notícia aos meus pais de que estava tão desempregada quanto os jovens marginalizados de nosso bairro.

Eu fazia parte do grupo de pessoas que havia alcançado o maior nível de escolaridade em décadas. Éramos a geração mais preparada intelectualmente. No entanto, o destino se apresentava de forma irônica e assistíamos à nossa entrada no mercado de trabalho exatamente no pior momento da economia mundial em setenta anos.

O momento não era mais de planejar carreiras brilhantes e ascendentes, mas sim de mostrar generosidade. Não se podia mais esnobar empregos. Era necessário torná-los úteis a toda uma família e, a partir daí, pensar em novos caminhos possíveis.

Não demorou muito para que o jovem Abraão pedisse a seu pai que lhe permitisse ir viver com Noé e Shem, na terra de Kedem.

Desconhecido por todos na cidade, o rapaz pôde percorrer incógnito as regiões montanhosas de Ararat até chegar à casa daqueles seus ancestrais, sobre quem havia escutado tantas histórias por parte de sua mãe, quando ainda vivia na gruta. Esse era um encontro não somente com sua origem, mas também com seu futuro.

— Sinto-me acorrentado. Falem-me sobre a liberdade — pediu-lhes Abraão, logo que chegou.

Durante trinta e oito anos, Noé transmitiu a Abraão todos os fundamentos espirituais de uma fé unificadora e que seria capaz de explicar todos os aspectos da existência humana sem que fossem exigidas diferentes lealdades ou hierarquias. Ali, entre seus ancestrais e imerso em novos conhecimentos, o jovem rapaz se transformou num adulto sábio. Protegido contra uma eventual revelação de sua identidade, Abraão pôde manter sua liberdade espiritual preservada.

Mas a liberdade não lhe foi suficiente. Aos quarenta e oito anos de idade, ao tomar conhecimento do que representara o caos gerado pela Torre de Babel anos antes, Abraão intuiu que havia chegado o momento da insurreição das mentes. A arrogância de Nimrod e seu desejo de desafiar os deuses proclamando a si mesmo como uma divindade, em resposta ao caos da torre, havia chegado a um limite. Àquela altura, o rei-deus determinara que seus súditos o adorassem através de ritos estabelecidos por ele mesmo. Com estes, vinha também a exigência de oferendas, e nem mesmo as condições de extrema pobreza eram consideradas justificativas para que se prescindisse da adoração. Absolutamente corrupto e manipulador, o regime havia se transformado em uma tirania religiosa.

Era preciso que a falácia que fundamentava essa idolatria fosse revelada e combatida, de modo que uma nova sociedade, mais justa, pudesse emergir. Decidido a deixar a casa de Noé, Abraão dedicou-se a percorrer o caminho espiritual que o havia levado à liberdade. E, agora, pretendia concretizá-lo, para iluminar aos outros esse mesmo sentido aprendido. Inspirado e conduzido uma vez mais pelo anjo Gabriel, Abraão tinha a intenção de entrar pelos portões da Babilônia proclamando: "Há apenas um único Deus e não existe algo ou alguém além dele. Ele é também o Deus de Nimrod, acima de Nimrod. Reconheçam isso como a verdade".

Os planos libertários de Abraão, seriam, no entanto, adiados. Logo que começou a percorrer as ruas buscando o centro da cidade, descobriu que seu pai teria a vida colocada em risco como punição por sua rebeldia. Naquela época, Terah já havia passado de ministro de Nimrod a um de seus principais sacerdotes.

Sem contar com a presença de seu filho por tantos anos, Terah havia transformado sua casa em uma pequena fábrica onde produzia estátuas de madeira, ouro, prata e pedras. Depois de anos sob as ordens do rei, Terah finalmente havia construído um comércio que prosperava exatamente por causa das regras arbitrárias que o rei impunha para o exercício de uma espiritualidade forjada. O pai de Abraão havia se transformado em uma referência durante o regime irracional no qual a adoração era a lei mais importante.

Segundo as regras arbitrárias de Nimrod, cada residência na Babilônia deveria adotar um deus por mês para adoração. E para os negócios de Terah isso era ótimo. Diante disso, Abraão constatou que transformar a sociedade implicaria não apenas derrubar um rei, mas enterrar tudo o que seu pai havia construído.

O dilema entre salvar a sociedade e arruinar a vida de seu pai exigiu do emissário do anjo Gabriel a mais profunda reflexão. Abraão sabia que sua liberdade não poderia acorrentar a de sua família, mesmo que diante da missão de desmistificar uma fraude e revelar ao mundo a verdade.

6. A VERDADE

Alguns dias depois, já em Paris, eu embarcava no TGV em direção ao Sul da França. Aquela viagem marcava meu retorno. E marcava também o fim de uma experiência que havia mudado minha vida.

Com a conclusão do mestrado, chegava ao fim a bolsa de mil e setecentos euros com a qual pude me sustentar de forma digna em Paris por um bom tempo. Como não tinha muitas posses, deixei para trás os poucos móveis que acumulei. A moça que assumiu meu lugar no apartamento acabou por comprá-los por um preço quase simbólico. O material acadêmico que eu levava comigo coube, praticamente, em dois pen drives. Em outras palavras, a bagagem que levava comigo era emocional e científica. Anos antes, eu havia deixado a casa de meus pais como uma menina. Voltava agora com a certeza de que era uma cientista, ainda que desempregada.

Ao longo das três horas que me separavam de casa, o turbilhão de pensamentos era abafado por uma angústia: como contar aos meus pais que eu não tinha um destino planejado? Nas últimas semanas, eu havia evitado estender as conversas ao telefone, justamente para não precisar tocar no assunto e ter de explicar esse vazio. Como reagiriam agora à minha revelação?

Não sabia dizer se os havia enganado ou não. A realidade é que compartilhava dos pensamentos de Adrienne Rich, ou seja, creio que mentimos não apenas com palavras, mas também com o silêncio. Ou seja, buscamos alguma saída naquilo que, de forma hipócrita, chamamos de omissão. Sempre me surpreendi com como os mentirosos pareciam sofrer de uma amnésia coletiva. Seria a amnésia o silêncio da consciência? Essa era a indagação de Rich, somada à ideia de que a inconsciência demanda sempre a verdade, assim como o corpo, por sua vez, a exige. Eu sabia que não teria como ignorar nem esconder minha nova realidade por muito tempo. E não desejava, tampouco, prolongar meu próprio sofrimento.

Quando ainda estava na graduação, eu havia recebido um livro de uma amiga no qual Rich situava as possibilidades existentes entre duas pessoas como uma "espécie de alquimia". A grande questão era que o mentiroso figurava como alguém que perdia de vista essas possibilidades, mesmo que num primeiro momento ela se mostrasse dura.

A contradição que eu pensava viver naquele momento era de que, apesar de ser uma cientista, jamais havia acreditado que poderíamos, na vida cotidiana, emular qualquer um dos princípios da ciência, em particular aquele que afirmava que sempre transformamos algo e jamais criamos algo novo.

Por anos e anos foram frequentes minhas divagações sobre as surpresas que a vida costuma nos reservar, como se invariavelmente a exatidão da ciência resultasse quase sempre em alguma abstração. Sim, já havia sido acusada pelos meus mestres de ferir certos dogmas na minha área, mas sempre acreditei que conseguiria separar a vida do laboratório de minha vida privada. Quando alguém me questionava sobre minha incredulidade em relação ao destino, eu citava o nosso pai. Quer dizer, o pai da química, Antoine Lavoisier.

Lavoisier se tornou conhecido nas salas de aula, e em todo o mundo, por sua frase que diz: "Na natureza nada se cria, nada se perde, tudo se transforma". Sua constatação, ainda que cientificamente correta, causava a impressão de que não havia espaço para nada novo, nunca. Se sua frase passou a ser divulgada como um pilar da ciência, muito menos conhecida foi a versão que eu havia adotado para mim mesma. Na defesa de minha tese pessoal, adorava citá-la para reforçar a ideia de que não podemos jamais prever o futuro.

Aristocrata, Lavoisier foi uma das vítimas do regime do Terror, após a Revolução Francesa. Provavelmente ele acreditava que o Antigo Regime, na França, poderia ser reformado sem que fosse necessária uma revolução sangrenta. Um de seus últimos atos, então, foi propor uma reforma da educação nacional, na esperança de que assim fossem criadas mais oportunidades para os menos privilegiados. Mas a realidade é que ele mesmo fazia parte de uma estrutura de poder que, por décadas, oprimira muita gente. Em 1794, o governo de Robespierre o condenou por ser um "traidor" e com cinquenta anos foi condenado à guilhotina em Paris, em 8 de maio, num dia de primavera.

Sua história, entretanto, não terminou naquele momento. Anos depois, descobriu-se que cientistas como Cadet e Baume, que não aceitavam a Teoria do Oxigênio de Lavoisier, haviam contribuído com falsos indícios durante seu processo. Oficialmente, Lavoisier fora condenado por três delitos: roubo do tesouro nacional, adulteração do tabaco nacional com água e ajuda aos "inimigos da França".

Parecia-me o ápice do paradoxo ver que alguém que acreditava na ideologia da ciência como verdade fora morto por notícias falsas. Ficou famosa a suposta frase do juiz Fouquier-Tinville que, ao estabelecer a sentença de morte, indicou que a "república não precisava de cientistas e químicos, e que o caminho da Justiça não poderia ser adiado". Inúmeros acadêmicos acreditam que essa frase nunca foi dita e que tudo não passou de uma propaganda manipuladora naquele momento de terrorismo de Estado. Entretanto, foi verdadeira a constatação feita por outro cientista, Lagrange, sobre Lavoisier: de que "levaram apenas alguns instantes para cortar sua cabeça, mas um século não será suficiente para produzir outra igual".

Anos depois, o governo francês admitiria que Lavoisier fora falsamente julgado e injustamente condenado, o que permitiu que fosse devolvida uma parte de seus bens à família. Um século depois, uma estátua foi erguida em Paris em sua homenagem. Como eu costumava dizer, nem assim seu destino foi consolidado em pedra. O autor da "obra", diante do que parecia ser uma falta de recursos, tomou emprestada a cabeça de outro membro da Academia de Ciências para completar a estátua.

Enfim, durante a viagem entre Paris e o Sul da França, o que não saía de meus pensamentos era a ideia de que não temos o controle sobre aquilo que nos vai acontecer. Longe da ciência natural, as regras da existência estão baseadas em ações. E eu sabia que precisava agir. Agir em minha casa, diante de todos, e contar minha situação. Agir com coragem, agora que havia abandonado o claustro do laboratório. Não poderia mais esperar até que teorias se confirmassem como estava acostumada a fazer na academia.

Não me via mais em busca apenas da verdade científica. Eu procurava um sentido para a minha vida. Meus amigos da Sciences Po costumavam citar Hannah Arendt ao dizer que a "necessidade da razão não está inspirada na busca pela verdade, mas na busca por sentido". Nada traduzia melhor o que se passava comigo.

Eu estava ciente de que teria de enfrentar alguns erros na minha vida nos anos seguintes, como acontece com todos, provavelmente por conta das tentativas de encontrar seu sentido, ou algum sentido. O que trazia comigo, porém, era a certeza de minha capacidade para corrigir e evitar novos erros, pois era isso que o método científico me garantia. Em outras palavras, eu tinha a capacidade de aprender que certos caminhos não levariam a um resultado positivo e que, portanto, não deveriam ser repetidos. Se eu buscava um sentido na vida, ele só seria completo se baseado na verdade. E era exatamente isso que complicava, e muito, a minha tarefa.

Apesar do constante apelo do pensamento à minha base científica, eu sempre me recordava do modo como meu avô nos recitava um trecho do Corão que dizia que deveríamos "arrojar a verdade contra a falsidade; e, então, esmagá-la, e ei-la nula". Nesse caso, a verdade certamente seria Deus. Mas meu Abu, como costumávamos chamar meu avô, sempre completava sua explicação com um outro trecho do livro sagrado, o qual dizia que Allah "criou os céus, a terra e o que há entre ambos senão com a verdade".

No fundo, eu sabia que de nada valeriam os meus anos na capital e todo o esforço de minha família se agora não tivesse a capacidade – e a honestidade – de voltar para casa com a verdade. Não a científica, nem a filosófica, tampouco a religiosa. Apenas a verdade moral, de filha, de neta e de irmã.

Quando desci do trem, toda aquela confusão mental acabou por ser interrompida por algo muito real: o longo e apertado abraço de minha mãe, seu amor incondicional, imensurável e quimicamente perfeito.

Babilônia era sedutora, mesmo antes de seus jardins suspensos. Nimrod havia transformado a pequena cidade administrativa em um centro urbano pleno de energia e que atraía os maiores cientistas daquela região. O local passou a ser um polo de matemáticos, químicos e astrônomos. Foi ali que surgiu a trigonometria, um método que, milênios depois, ainda seria usado, assim como os primeiros cálculos sobre a rotação da Terra.

Através de um complexo sistema de irrigação, as águas dos rios Eufrates e Tigre já estavam sendo desviadas para abastecer o cultivo de campos agrícolas e garantir o fornecimento de alimentos para uma nova cidade. Tudo isso evidenciava como a ousadia de Nimrod se refletia em cada canto e aspecto da região. Abraão sabia que derrubar aquela estrutura e ainda ganhar a mente e o coração dos súditos seriam tarefas árduas. As ruas repletas de comerciantes e de pessoas vindas de todo o reino, somadas à onipresença de divindades, faziam com que Abraão se sentisse pequeno. Provavelmente era o mesmo sentimento de milhares de pessoas diante do que aparentava ser o poder do líder local.

Quando Abraão chegou à cidade, já havia avistado de seus portões o restante das obras da célebre torre que Nimrod buscara construir como desafio divino. O objetivo de chegar aos céus tinha, pelo menos, dois significados: o primeiro era construir um altar cuja dimensão representaria a importância da nova religiosidade e o segundo era fundar o marco principal de um reino; pois a torre seria o símbolo de um império e da unidade de um povo.

Sistemático, Nimrod havia criado um sistema eficiente para a propagação dos cultos, do ensino religioso e das normas destinadas a regular as cerimônias de adoração. Sua meta era tornar ainda mais eficiente seu controle sobre os fiéis. Essa mesma estratégia foi adotada para o trabalho de decoração da torre. Os melhores arquitetos foram chamados para concretizar o desafio de erguer não apenas a mais alta torre já feita, mas também a mais impressionante. Nos salões interiores, os ornamentos seriam destinados a refletir os corpos celestiais, enquanto cada um dos astros ganharia contornos divinos, voltados para a inspiração religiosa.

À medida que a obra progredia, Deus refletia consigo: Coisa nenhuma os impedirá, no futuro, de realizar todos os seus projetos. A torre figurava como um desafio a todos os deuses e também como um alerta a respeito do único soberano a deter o controle de seu próprio destino: Nimrod. O rei se sentia seguro e tinha a convicção de que, se porventura Deus enviasse um novo dilúvio, toda a população e seus comandantes teriam como se salvar.

Centro de instabilidades políticas e religiosas, a Babilônia ainda passaria por fortes transformações ao longo de sua história. Todavia, naqueles dias da chegada de Abraão, não havia qualquer indicação de ameaça ao império.

Abalado, Abraão perambulava pelas ruas em busca de um caminho certo. Sabia que a presença de seu pai ali, em algum lugar remoto da cidade, era outro fator que exigia dele uma profunda reflexão, pois destruir o que Babilônia representava significava também fazer desabar a vida de seu pai. Seria esse um ato de coragem para salvar a humanidade ou o puro egoísmo de um filho que não reconhece o quanto deve a seu progenitor? Abraão questionava-se se sua missão, embora divina, tinha um limite real, fincado na relação humana entre pai e filho.

Abraão definiu, então, que antes de tudo deveria procurar por seu pai. E bastou perguntar em um dos mercados se alguém conhecia o fabricante de ídolos para que descobrisse que estava mais perto do pai do que jamais imaginara. Tomou coragem e foi em direção ao endereço que lhe haviam passado.

Em meio à multidão concentrada em um dos centros da cidade, Abraão avistou um senhor bastante idoso trabalhando em sua loja. Ele parecia tão dedicado a seu ofício, que não seria difícil crer que aqueles objetos sem sentido fossem, de fato, divindades. Abraão aproximou-se com passos hesitantes, sem saber ainda se seria aceito ali. Assim que seus olhares se cruzaram, envolveram-se em um longo abraço que rompeu com toda a incerteza, suspendendo o próprio tempo em um único instante.

Ambos, porém, não sabiam o que dizer nem como reagir quando aquele momento terminasse. Abraão temia que o pai o desprezasse ao saber que seu objetivo era destituir Nimrod. Terah, por sua vez, temia que seu filho semeasse o caos em uma sociedade que, ao menos superficialmente, mantinha-se sob controle.

Usando o que lhe restava da credibilidade e afeição paternas, o velho Terah tentou mostrar ao filho como a fabricação de ídolos não tinha nada a ver com uma manipulação das almas. Tratava-se apenas de oferecer algo que permitisse àquela população suavizar a dor da subserviência ao regime de um déspota. Era o alívio para uma vida grosseira e sem esperanças.

Sentindo-se incapaz de qualquer atitude diante do pai e daquela nova realidade, Abraão aceitou trabalhar com Terah e ver, com seus próprios olhos, o comportamento de milhares de fiéis que vinham ali buscar, cegos pela vontade de crença e de fé, algum sentido divino naqueles objetos de madeira.

7. A ESCÓRIA

Apenas dois dias depois da minha chegada, meu pai, de forma inteligente e acolhedora, me lançou uma pergunta que misturava fé e razão:

— E agora, quais serão os seus próximos passos?

Eu sabia exatamente o que ele queria dizer com aquela pergunta. Em outras palavras, ele me dizia: "Muito bem, minha filha. Fizemos todos esses esforços por você. E onde está o resultado?".

O fato era que eu não fazia ideia de como esses sacrifícios que eles fizeram por mim poderiam se transformar em benefício real para todos naquele pequeno apartamento. Também eu convivia com tantas perguntas: *Quando poderei ter minha própria família? O que fazer da profissão que escolhi para mim?*

Eu era a filha mais velha de um casal já consumido pelos anos e pelas dificuldades e ainda não estava casada, tampouco aceitava a ideia de que um pretendente me pudesse ser apresentado. Eu, que era o verdadeiro orgulho de meus pais, agora me tornara motivo de muitos questionamentos por parte daquela comunidade fechada. Mas sabia que tinha pais corajosos, que sempre souberam enfrentar as resistências sociais de seus amigos. Em certo sentido, eles também eram rebeldes, ainda que dentro de alguns limites. O comportamento de ambos me fazia pensar sobre como a noção de revolução dependia, acima de tudo, das fronteiras que são impostas a cada pessoa.

Quem os visse a distância poderia julgá-los como um casal tradicional, conservador e rigoroso. No entanto, eram pessoas que, mesmo sem terem cursado o ensino superior, lutavam pelas mudanças almejadas pelos universitários, ou seja, transformações que pudessem ter impacto cotidiano, real e significativo. Quando minha mãe cuidava das crianças do bairro ou quando meu pai assumia a responsabilidade de manter o diálogo sereno com policiais, em nome da comunidade, sabíamos que tudo isso representava a busca por caminhos que levassem a uma insurreição na mente de todos – incluindo a dos próprios policiais, que quase sempre se viam prontos a humilhá-los, ou dos jovens sem caminho, que os consideravam apenas dois velhos obsoletos. Para nós, em casa, a insurreição das mentes implicava a autocrítica, o dever de refletir sobre nossos próprios atos.

Foi com um silêncio respeitoso que os dois escutaram a minha explicação sobre a crise econômica, sobre minha busca por um trabalho que fizesse jus ao que eu tinha estudado e às minhas ambições acadêmicas. À medida que eu falava – imersa, agora, numa realidade tão diferente da dos laboratórios de Paris –, sentia que meu discurso parecia cada vez mais vazio e sem sentido, como se minhas exigências fossem as mesmas de uma menina mimada.

Quando, enfim, concluí minha fala, alguns segundos se passaram até que meu pai fizesse sua opção por um caminho quase espiritual, tudo para que eu compreendesse a dimensão da crise que enfrentavam. Sua intenção tornou-se evidente quando ele passou a me explicar a dua, o ato dos muçulmanos de suplicar ajuda a Allah em todo e qualquer momento do dia.

— Entre nós muçulmanos, fazer a dua deixou de ser somente um aspecto significativo de nossa religião ou apenas uma forma de conexão com Allah. A súplica, nestes tempos difíceis, passou a ser um instrumento real de esperança de que as coisas mudem. Eu e tua mãe sempre seguimos o profeta Maomé, o que nos encoraja a fazer dua. Saiba que você e teus irmãos sempre estão no centro de nossas súplicas. O profeta pregou que a dua de um muçulmano feita para seu irmão ausente é prontamente aceita. Diz-se que, quando a súplica é feita em nome de alguém que está distante, um anjo é designado para ficar ao lado desse alguém. Foi isso o que fizemos e continuaremos a fazer por você, mas agora precisamos também de sua ajuda.

Com a voz rouca, meu pai me contou como nos últimos anos tinha visto todas as suas esperanças se desmancharem, mais particularmente a de que nosso bairro pudesse, finalmente, se inspirar em meu exemplo, buscando uma integração positiva e reduzindo a pobreza há tanto tempo abafada. A crise que eu havia vivido enquanto tinha meus olhos num microscópio, eles haviam vivido com o coração nas mãos e a realidade batendo à porta diariamente. Assistiram a casos de amigos que viram os filhos presos por tráfico de drogas, por sinais de radicalismo islâmico ou simplesmente por terem um nome árabe e estarem no caminho de uma operação policial. Contemplaram o que era, até então, inominável para eles.

— Filha, até agora conseguimos evitar que tudo isso chegasse perto de teus irmãos. Mas já não sabemos por mais quanto tempo poderemos adiar a chegada desses problemas à nossa casa — disse meu pai.

Essa súplica era claramente dirigida a mim. Cansados, meus pais viam que suas crianças não conseguiriam alcançar o futuro tão sonhado por eles. E para piorar a situação, a tentação da pequena criminalidade era cada vez mais latente.

— Todos sabem que uma semana vendendo drogas aqui nas portas do bairro é o equivalente a mais de um mês de trabalho — finalmente falou minha mãe, saindo de seu silêncio.

Enquanto ambos esclareciam que eu precisava encontrar um emprego e ajudar de forma urgente a blindar nossa família, eu me perguntava como não havia reparado antes naquela transformação, mesmo tendo, por anos, visitado meus pais em todos os feriados. Será que eu havia optado, de forma inconsciente, por camuflar a realidade com a saudade que sentia da família e criar justificativas para não sair de casa durante os dias de visita?

Este meu retorno estava destinado a ser diferente. Dessa vez, eu não fiquei apenas um fim de semana prolongado na saia de minha mãe. Sem qualquer lugar para ir, tive tempo para redescobrir o nosso bairro e conhecer uma nova dimensão dentro dele.

À medida que as semanas passavam, a saudade que eu sentia de casa, a nostalgia do percurso até a escola e o amor incondicional de meus pais foram gradativamente sendo substituídos em mim por uma sensação estranha. O local onde eu estava era o mesmo de sempre, com as mesmas lojas, as mesmas pessoas, ainda que mais desgastadas. O que não era igual era o ar pesado que pairava sobre aquela parte da cidade. Não estávamos passando por um verão especialmente quente, mas o vento que vinha do mar nos finais da tarde parecia carregado do prenúncio de uma tormenta, de uma tempestade que nunca chegava a desabar completamente.

As janelas que batiam enquanto as mulheres tentavam fechá-las se assemelhavam ao desespero de uma sociedade que sabia estar sob ameaça. Éramos uma comunidade sob tensão, cada vez mais fechada em si mesma e ainda mais desconfiada das autoridades. Não adiantava fechar as janelas: a ameaça não vinha apenas de fora, mas partia também do seio de cada família.

Enquanto eu caminhava pelas ruas, ainda me impressionava com a quantidade de vozes pronunciando estritamente o árabe, assim como o comércio que ostentava quase exclusivamente fachadas em línguas estrangeiras. Tinha a sensação de que o local, que antes era apenas um bairro modesto, havia adquirido um aspecto de gueto. Ali viviam árabes, marroquinos, bolivianos, romenos e africanos, mas também a segunda geração desses imigrantes, teoricamente francesa. Como não imaginar que aqueles filhos da pátria se sentiriam, no futuro, enganados e traídos? A ralé prosperava, sim, mas por causa do desamparo político e da falta de alternativas.

Rapidamente, a revolta diante da segregação e do preconceito passou a contaminar uma juventude que não se reconhecia dentro da sociedade francesa. E, nesse contexto de objeção, florescia a violência. Seis anos depois de deixar minha casa, eu voltava agora a um bairro que havia se tornado perigoso e no qual a violência obrigou até mesmo um padre a abandonar a região. Primeiro, ele decidiu colocar grades nas janelas e portas de sua igreja. Depois, desistiu da luta quando viu que seu estacionamento havia se transformado em propriedade do submundo, ocupado constantemente por traficantes.

Após uma dessas caminhadas, deparei-me, ao entrar em casa, com um de meus irmãos, Fawzi. Sua vida era muito diferente daquela que eu tivera em sua idade. A universidade nunca fez parte de seus planos. Na realidade, sua vida não se beaseava em planejamento algum. Entretanto, numa família árabe, a preguiça não era aceita pelos pais, muito menos no que tangia aos meninos da casa. Fawzi foi obrigado por meu pai a trabalhar como carregador de caixas de peixes e também em algumas construções civis. O que sempre me impressionou naquele moleque, o penúltimo da família, era sua capacidade de denunciar, de forma clara e direta, a ironia da nossa sociedade.

— Que estranho, Fawzi! Nunca percebi que morávamos tão longe de Paris — eu disse, como que para testar sua reação.

— Longe não é tanto, mas fica em outro mundo — ele me respondeu, deitado no sofá, sem sequer me dirigir o olhar. — Hagar, isto aqui não é a França, não.

O cenário ali em nossa região lembrava muito o de La Courneuve, na periferia de Paris, que também havia se transformado no retrato do abandono de imigrantes e do fracasso das políticas de integração da sociedade francesa. Naquele bairro viviam trinta e cinco mil pessoas de dezenas de nacionalidades diferentes. Era um local que escancarava ao mundo o rosto miserável que a capital francesa tinha quando longe do glamour de suas luzes. Marselha, assim como Paris, parecia consolidar a fragmentação e a erosão da coesão social por que passava o país.

O homem marginal vivia suspenso entre duas culturas, entre dois mundos inconciliáveis. Sua face não era mais a do sacrificado imigrante que havia deixado para trás tudo o que tinha na vida, era agora tão somente a de alguém que não encontrava em sua nova pátria os direitos de que desfrutavam os demais cidadãos.

Ironicamente, cada vez que ligava a televisão, assistia a discursos vazios e a mensagens contraditórias, como a da iniciativa do governo de criar o Ministério da Imigração e Identidade Nacional. Por que esses dois nomes figuravam juntos? Por acaso meu pai imigrante significava algo como um dilema para a identidade do país? E a quem essa identidade servia? O que ela justificava? Sob qualquer ângulo, assistia-se a uma ruptura completa.

O número de muçulmanos na Europa aumentava a cada ano. Éramos sete milhões na França, mais uns quatro milhões na Alemanha e tantos outros no Reino Unido. Mas a quem eu precisava explicar que isso simplesmente não abalava meu sentimento de cidadã francesa?

O curioso era que, quanto mais se falava no assunto, maior era o número de populistas que apresentavam a questão como um embate do tipo "nós e eles". Esses políticos não hesitavam em sair em busca de votos utilizando o medo como principal estratégia. Buscavam o poder, mesmo que para isso tivessem de dividir uma sociedade. O resultado não poderia ser diferente: dez anos depois dos ataques terroristas de 11 de setembro nos Estados Unidos, éramos vistos como uma ameaça não apenas à segurança, mas também à identidade nacional.

Eu seguia buscando um trabalho e passava dias consultando jornais e websites. Numa manhã, meu pai se aproximou de mim, com um ar revoltado, e jogou sobre a mesa um exemplar do jornal *Le Monde*.

— Veja como vai ser fácil a nossa vida a partir de agora — disse, com ironia, e se retirou logo em seguida.

A manchete do jornal mostrava a real dimensão do desafio que eu e todo o resto de nossa comunidade tínhamos pela frente: setenta e cinco por cento dos alemães e sessenta e oito por cento dos franceses acreditavam que os muçulmanos "não estavam bem integrados na sociedade europeia". Pior: quarenta e dois por cento dos franceses consideravam a presença de comunidades islâmicas como uma ameaça à identidade nacional. O editorial daquele dia alertava ainda que "à medida que o islã se impunha como um fator permanente na sociedade europeia, a opinião pública se tornava cada vez cética".

Sim, os terroristas eram muçulmanos, mas não eram estrangeiros. Sim, os terroristas instrumentalizavam a religião, mas a verdade era que eu era tão vítima deles como qualquer outro francês. O desafio era fazer chegar essa mensagem a toda uma sociedade que considerava que uma pessoa com a minha fé não havia se integrado de forma suficiente. De certa forma, essas afirmações não estavam erradas, mas a realidade era bem mais complexa e ultrapassava julgamentos apressados e superficiais.

Se essas enquetes representavam o que pensava a opinião pública, então era um sinal de que poucos se atreviam a discutir mais profundamente a deterioração das condições de vida nas periferias, o que certamente criava um ambiente ideal para a proliferação de células terroristas. E não havia qualquer dúvida de que muitos jovens da periferia acabavam por se tornar criminosos. Mas insistia-se em ignorar que tudo aquilo tinha uma origem e um método de recrutamento de terroristas que, claro, havia sido favorecido pelo ambiente propício. E não adiantava lidar com a origem e o método sem antes abordar criticamente o ambiente que permitira que o vírus do radicalismo proliferasse.

A cada atentado cometido, ouvíamos discursos desconectados da realidade, a maioria deles prometendo fechar todas as mesquitas que tivessem um cunho radical. Havia ainda as exigências de que os imãs passassem a fazer suas pregações em francês, e não mais em árabe.

Para nós, que estávamos havia anos naquelas ruas agora consideradas ameaçadoras, era evidente que o governo estava cometendo um erro em seu julgamento. A radicalização e o recrutamento não aconteciam nas salas de culto. No teto de cada uma delas, uma câmera discretamente instalada filmava toda a rotina diária e se mantinha vinte e quatro horas por dia conectada à polícia local. Qualquer coisa que acontecesse na maioria das mesquitas seria de conhecimento imediato da polícia. Sendo assim, não havia qualquer chance de se pregar uma radicalização nos cultos, pois, diante de qualquer sinal ou movimento estranho, a polícia local contatava, no mesmo instante, os serviços de inteligência.

Entre nossos vizinhos e também entre os amigos de meus irmãos, a condenação ao radicalismo era constante. Ninguém a aceitava, embora todos, sem exceção, admitissem que as tentações eram reais. As dificuldades de uma vida marginalizada levavam centenas de garotos a cometer pequenos atos de delinquência. Alguns chegavam a ter empregos estáveis, como motorista de ônibus, por exemplo, mas seus salários eram insuficientes para manter famílias inteiras. Em um dado momento, a empresa responsável pelo transporte público de Paris chegou a ser obrigada a fichar seus funcionários, quase todos vindos de contextos considerados como propícios ao radicalismo. Eram medidas irracionais e inúteis. Bastava aumentar os salários, como costumava dizer uma de nossas vizinhas que adorava simplificar as soluções.

Noutro dia, caminhando com meu pai por um centro comercial, passamos por entre um exército de filhos de imigrantes – muitos deles desempregados – e sentimos o clima pesado, o qual era inutilmente abafado, de forma surreal, por alto-falantes que buscavam soar descontraídos, como se o clima pudesse ser o de praia e festa num verão mediterrâneo que simplesmente não existia para muitos ali.

— Nossas mesquitas são moderadas. Nossos amigos são pessoas de bem. O problema é que a autoridade já desabou há muito tempo — comentou meu pai, tentando encontrar explicação para a onda de rebeldia entre os filhos daquele bairro.

Para a sociedade e seu julgamento apressado, bastavam uma criação familiar mais dura e uma educação exemplar. A culpa então era, acima de tudo, de mães e pais que, para sobreviver, trabalhavam de forma integral e deixavam seus filhos sem qualquer atenção nem disciplina.

— Todos nós nos perguntamos como e quando perdemos totalmente o controle sobre esses jovens. Hoje eles estão se rebelando, Hagar, e não apenas contra a polícia ou contra a França. O que escuto cada vez mais em nossas reuniões na comunidade é que até mesmo os imãs estão sendo acusados por esses garotos de serem cúmplices do Ocidente. Eu, sinceramente, nem sei o que isso quer dizer exatamente.

Eu desconfiava que o que meu pai dizia era apenas parte da realidade a que se referia. E imaginava que ele tinha plena consciência disso.

Naquele mesmo dia, quando já estava em silêncio, toquei naquele mesmo assunto com minha mãe, nós duas à mesa da cozinha. Sua explicação mostrava como o radicalismo em nossas ruas sempre fora de conhecimento de todos, inclusive da mais alienada dona de casa. Com suas próprias palavras, o que ela me explicou naquela noite foi um verdadeiro tratado de sociologia.

Segundo o que ela me disse, as presas do radicalismo eram frequentemente levadas para apartamentos fora das mesquitas. Sem destino e sem identidade, os filhos de tantas famílias que sonhavam com um futuro melhor eram seduzidos em um esquema minuciosamente preparado e oriundo de um bairro manchado pelo radicalismo.

Os responsáveis pelo recrutamento jamais se apresentavam como radicais. Eram homens bem-educados, gentis com os mais velhos e que chegavam até mesmo a ajudar nas festas locais. No entanto, secretamente, ofereciam apartamentos para os jovens e ofereciam carros como prêmios para os mais dedicados, além de prometerem financiar viagens a Meca.

Num processo gradual e sofisticado, apresentavam-lhes primeiro um sentido de identidade. Diversos sites na internet eram sugeridos aos jovens para que conhecessem "o caminho". Nas redes, o conteúdo que lhes era apresentado visava, acima de tudo, a convencê-los a assumir que sua identidade era muçulmana, acima de qualquer outra informação no passaporte. O objetivo disso era romper a aliança e o pacto social que tinham com sua nacionalidade e sua comunidade de destino.

Mas esse era apenas o primeiro passo. Quando os jovens passavam a fazer parte de um grupo, na maioria das vezes criminoso, em pouco tempo veriam a si mesmos vendendo drogas e envolvendo-se com o tráfico de armas.

Para os que não entravam no crime, a sedução era mais sutil. Houve um caso em nosso bairro que acabou se tornando um exemplo dessa abordagem: um garoto de quatorze anos havia procurado um líder religioso local para perguntar o que podia fazer para não sentir desejos sexuais por sua professora na escola. Um site lhe foi sugerido como caminho para a cura. Após a busca, o que ele encontrou foi a orientação para deixar a escola. Imediatamente, um grupo de radicais que acompanhava cada passo do garoto passou a oferecer-lhe pequenos trabalhos e alguma remuneração. Como resultado, quatro anos mais tarde, o rapaz partiu para lutar ao lado de bandos terroristas.

Para minha mãe, o que a deixava mais sensível era o impacto disso tudo dentro de famílias que, fazia décadas, se conheciam e frequentavam a casa umas das outras.

— O sinal mais claro de radicalização é o rompimento com a família. Os rapazes são ensinados a achar que nem mesmo seus pais são suficientemente muçulmanos. A família natural, como a nossa família, é substituída por uma família jihadista. Filha, não é por acaso que a palavra usada pelos terroristas para falar dos demais combatentes é irmão — disse-me ela.

A única coisa na qual eu pensava enquanto escutava minha mãe era no destino de meus irmãos mais novos. No islã, aprendemos que cada um de nós em casa tem um papel a cumprir para garantir o dever de silat ur Rahim, ou seja, de manter os laços familiares. Eu sabia que tinha o meu e que não podia mais manter, de forma egoísta, uma visão voltada apenas para minha carreira e minha vida fora daquele bairro. Afinal, de que adiantaria um certo destino científico de sucesso longe dali, enquanto meus irmãos estivessem diariamente expostos ao risco de se tornarem presas de radicais? Eu poderia sair de meu bairro e viver em outro lugar, mas jamais me perdoaria se algo acontecesse com meus irmãos.

Sentia que minha responsabilidade com minha família era ainda maior do que aquela que me fora atribuída nos anos de escola. O desafio não era mais o de mostrar que a filha de uma família de imigrantes poderia ascender socialmente, ainda que por meio da academia. Eu, naquele momento, tinha de provar que meu nome não era um símbolo de resistência contra a França. Precisava atestar que, por ser uma cientista, e tão somente por isso, eu poderia ocupar qualquer cargo à altura das minhas competências dentro da sociedade francesa. Ainda estava convencida de que meu percurso profissional resolveria minha questão de identidade: vestindo a túnica branca em um laboratório, eu poderia esconder as angústias que sentia como estrangeira em meu próprio país.

Entretanto, ao voltar para a mesma cama na qual dormira quando era adolescente, eu acabava revisitando todas as incertezas que haviam me rodeado durante todos aqueles anos. Após ter ouvido meus pais atentamente, chegara a uma conclusão definitiva: tinha de encontrar um trabalho, e precisava conseguir isso o mais rápido possível, sem dramas pessoais, nem exigências catedráticas. Eu me sentia no dever de ser como uma camada de proteção para minha família, e não poderia me permitir deixar meus pais sozinhos diante de um desafio tão grande.

A missão daquele "vendedor de sonhos" era escutar as necessidades dos súditos de Nimrod, oferecendo-lhes o que quer que precisassem, fosse um remédio feito de água e sal, fosse um milagre justificado por um deus vazio e tirano. Durante muitos meses, Abraão buscou o contato com esses fiéis e nada era melhor do que a loja de seu pai para isso. O estabelecimento, que abrigava centenas de imagens de deuses expostas no teto e nas paredes, era uma espécie de depósito de desejos, o centro nevrálgico de um sistema que reforçava a ideia de que tudo dependia de forças externas e superiores, cabendo ao ser humano apenas o dever de orar.

Abraão passou a colher as histórias desses fiéis, escutando-as como um clínico ou um milagreiro o faria, sempre ciente de que sua função era encontrar a estátua adequada para a "cura" do mal que afligia determinada família. Para cada praga, para cada desafio na vida, havia uma receita adequada. Aos fiéis mais ricos, eram destinadas as estátuas maiores e mais caras. Para os mais pobres, restava oferecer-lhes a chance de levar imagens simples e a preços módicos, sob a condição de que voltassem para pagar a dívida assim que o problema fosse solucionado. As estátuas mais poderosas eram reservadas para as mais graves inquietudes, vendidas com a condição do pagamento em parcelas, por um período de tempo um pouco mais longo. Para famílias que desejavam ou precisavam mostrar sua dedicação ao regime religioso imposto por Nimrod, eram recomendadas imagens exuberantes ou feitas sob encomenda.

Abraão descobria aos poucos como se estabelecera o poder daquele sistema e como resultara na dependência de milhares de pessoas submetidas a uma mesma crença baseada em nada além de mitos. Ao mesmo tempo, questionava até que ponto havia sido ingênuo ao pensar que a população se rebelaria quando compreendesse que tudo não passava de uma fraude óbvia. Certamente a dor de tal descoberta faria com que os fiéis a recusassem com todas as forças.

A experiência na loja de seu pai confirmava o que ele vinha notando ao longo dos anos: a religiosidade imposta por Nimrod servia como um anestésico diante da opressão que seu governo impunha ao povo. Aquela era a única possibilidade de fortalecer o coração em um mundo sem afeto, de salvaguardar uma alma em condições desumanas.

No entanto, tudo não passava de ilusão e, por mais que alguns desconfiassem disso, não se sentiam capazes de reagir politicamente. O caminho para fora daquele sistema precisava oferecer também a garantia de que cada homem pudesse, posteriormente, recuperar sua liberdade. No contexto em que Abraão se encontrava, os habitantes do reino de Nimrod pareciam convencidos de que teriam de aceitar sua condição para o resto da vida.

Apesar disso, Abraão sentia cada vez forte em si o sentido despertado pelo alerta do anjo Gabriel:

— Você não precisa de provisões para o caminho, nem de cavalos para viajar, nem de guerreiros para as batalhas contra Nimrod. Não precisa tampouco de carruagens ou cavaleiros. Apenas sente-se sobre o meu ombro, eu mesmo o levarei a salvo até Babilônia.

Abraão finalmente entendeu que o arcanjo não falava de um mero meio de transporte. Falava, na realidade, sobre a força e a fé necessárias para o confronto com o rei daquela cidade.

Abraão passou, então, a dizer a verdade aos compradores que vinham até a loja em busca das mesmas ilusões de sempre. Apontava a eles as contradições que marcavam seus pedidos e suas expectativas. O objetivo não era destruir a religiosidade ou condenar aquela sociedade a um secularismo vulgar, Abraão sentia apenas que sua paciência havia se esgotado.

Um dos clientes solicitou a ele uma estátua. Em vez do objeto, recebeu de Abraão uma pergunta:

— Quantos anos você tem?

— Cinquenta — respondeu o cliente, sem entender o sentido de tal indagação.

— Como é que um homem de cinquenta anos vai idolatrar um pedaço de madeira que tem apenas um dia de vida?

Pouco tempo depois, uma senhora entrou na loja e solicitou a Abraão oferendas para os deuses. Imediatamente, ele agarrou um bastão e foi logo destruindo as estátuas da loja. Deixou apenas uma delas intacta e, então, colocou o bastão nas mãos da mulher. Quando Terah voltou e descobriu parte de seu armazém destruído, cobrou uma resposta de Abraão.

O filho explicou ao pai que, com a proposta da velha senhora, os deuses representados nas estátuas iniciaram uma batalha para ver quem receberia as melhores oferendas. Para dar um ponto final ao caos, a estátua maior se encarregou de destruir as demais.

— Filho, diga a verdade. São apenas estátuas. Elas não fazem uso da razão — disse Terah.

Aquela frase, em poucos segundos, destruiu séculos de uma prática inquestionável. Terah, num ato espontâneo, reconhecera que aqueles deuses eram apenas pedaços de madeiras.

— Pai, vocês negam o conhecimento e a razão a esses ídolos, mas, ao mesmo tempo, dedicam-se a venerá-los. Não percebem que o Eterno é o Único Deus e que não há outro além Dele. É o

Deus do céu, o Deus dos deuses, e é também o Deus de Nimrod. Todos vocês, homens, mulheres e crianças, deveriam reconhecê-lo como verdade. Reconheçam também que eu sou Abraão, o servo de Deus, o fiel ministro da sua casa.

Inconformado com as palavras do filho, Terah buscou argumentar, mas Abraão o interrompeu, convencido de que o momento da revelação havia chegado.

— Vocês servem a um ser humano que nada tem de diferente de vocês e prestam adoração a uma estátua de Nimrod. Não sabem que uma estátua tem boca mas não fala, tem olhos mas não vê, tem ouvidos mas não ouve? Não veem que ela não pode andar com seus próprios pés, que não há nela vantagem alguma, seja para si mesma, seja para os outros?

Terah compreendia que havia perdido sua autoridade sobre o filho. Entre assistir à ruína de seu estabelecimento e levar Abraão às instâncias superiores, optou pelo segundo caminho.

Sem resistir, o filho aceitou a postura do pai, entendendo que chegara o momento de confrontar Nimrod e acabar, de uma vez por todas, com aquela ilusão.

8. VOCÊ É ÁRABE?

Pelos seis meses e inúmeros dias de ilusões vazias que se seguiram, enviei meu currículo a dezenas de empresas e escrevi a todos que eu considerava que pudessem estar dispostos a me ajudar. Viajei duas ou três vezes de volta a Paris para estar com ex-professores e mostrar-lhes que estava desesperada por um emprego. A cada resposta negativa ou diante da ausência total de um retorno, minha angústia se intensificava.

Não faltaram ainda verdadeiros golpes no estômago, como quando uma ex-ministra do governo de Sarkozy criticou a forma como parte dos filhos de imigrantes falava a língua francesa e disse que todos nós deveríamos "procurar um trabalho". Certa vez, uma de minhas raras entrevistas terminou com o empregador admitindo que eu era diferente das demais candidatas. Quando lhe perguntei o que isso queria dizer, ele confessou:

— Raramente convocamos uma pessoa árabe para entrevista. Você foi uma exceção.

Árabe? Mas eu jamais saí da França!, pensei em silêncio.

Naquele dia, na caminhada após a entrevista, percebi o erro na minha reação inicial, mesmo que interna, e caí novamente no drama pessoal de minha identidade. A questão não era sair da França, mas sim conseguir um lugar dentro dela. Nunca fui sequer comunicada sobre o resultado, positivo ou negativo, daquela entrevista.

A cada fracasso e a cada golpe eu voltava a pensar em Sophie Pezard, a chefe do departamento de Recursos Humanos da Farage, a empresa de cimento que havia me oferecido um cargo em Damasco. Cheguei a escrever um longo e-mail a ela, falando sobre meu desespero. Mas, quando estava prestes a clicar para enviar a mensagem, optei por guardá-la em minha caixa de rascunhos. Aquela não me parecia a melhor solução. Significaria uma nova saída de casa e a impossibilidade de voltar com a frequência que me era exigida. Além disso, o posto certamente já havia sido preenchido. Seria uma perda de tempo. E mais um golpe que poderia ser evitado.

Enquanto buscava formas de ajudar minha família e, ao mesmo tempo, encontrar meu caminho, passei de novo a fazer parte da rotina da casa, da família e do bairro. Aquela espera interminável por respostas havia novamente me aproximado de minha mãe. Passava horas com ela na cozinha e também ajudava a cuidar das crianças que vinham até nossa casa praticamente todas as tardes. A paciência com a qual eu me via forçada a construir os meus dias também me jogou de volta aos conflitos e dramas de nossos amigos. Alguns deles eram verdadeiros membros da família e faziam parte da mesma leva de imigrantes argelinos de meus pais.

Num domingo de manhã, Zeid, dono de um armazém que ficava em nossa rua, bateu em nossa porta. Ele procurava por meu pai. Ainda sonolenta em meu quarto, eu ouvi as vozes e imaginei que se tratava apenas de mais uma operação policial daquelas que, em vão, tentavam descobrir se um estabelecimento era usado como fachada para o tráfico de drogas. Seu filho mais novo, Amin, de vinte e um anos, já estava preso havia quase um ano e fora condenado por fazer parte de um grupo de contrabandistas.

— Salam A'Alaykom. Sente-se, caro amigo — convidou meu pai, já percebendo que a tensão era alta. — Um chá vai lhe fazer bem.

Enquanto Zeid conversava com meu pai no cômodo ao lado de meu quarto, as paredes finas, tão típicas de apartamentos populares, permitiam que eu ouvisse toda a conversa. O que eu ouvia era nada menos que a narrativa do drama real de nossa comunidade.

— Preciso de sua ajuda — disse Zeid.

— 'Ala Rassi, pelo amigo, tudo — respondeu meu pai.

O comerciante acabara de voltar de uma visita a seu filho e estava transtornado. O rapaz havia deixado a barba crescer, mantinha um discurso de ódio e tinha contado ao seu pai que havia, finalmente, descoberto o sentido de sua religiosidade. Amin não estava cumprindo aqueles meses de detenção para refletir sobre seus erros, mas sim para se tornar um radical. Era cada vez mais evidente o fato de que uma nova geração de terroristas estava sendo criada diante de guardas e protegida por barras de ferro. Não se tratava mais dos distantes campos de treinamento no Afeganistão, Iêmen ou Sudão, mas sim das prisões dentro da própria França. Diante de guardas e protegidos por barras de ferro.

Ao acompanhar toda aquela conversa, descobri que meu pai – por sua posição voltada para a mediação informal entre nosso bairro e forças policiais – sabia dessa realidade como poucos.

— Nos últimos anos, o número de muçulmanos nas prisões europeias explodiu. A quase totalidade deles é de presos por crimes comuns. Antes marginalizados pela sociedade, percebem, na prisão, que a maior parte dos detentos e companheiros de cela partilham da mesma condição. O temor da polícia agora é de que o sentimento de injustiça, vulnerabilidade e pobreza dos detentos transforme as prisões em locais privilegiados de recrutamento para organizações terroristas — disse meu pai.

Zeid não disfarçava a tensão ao escutar aquelas palavras. Meu pai o incentivava, então, a continuar a visitar seu filho e não perder contato com ele.

— Eu vivo em seus olhos. Não posso perdê-lo — lamentou Zeid.

— Esse número elevado de muçulmanos nas prisões europeias — prosseguiu meu pai — é consequência direta do fracasso da integração social dos imigrantes. Em todo o continente, o número de muçulmanos nas cadeias é bem superior ao da proporção de pessoas de condição islâmica na população. O problema, nós o sabemos bem, Zeid, não tem qualquer relação com a religião. O problema é a pobreza. Onde há pobreza, há radicalização.

Meu pai explicava a Zeid que Amin não representava um caso isolado. Na concepção dos serviços de inteligência da Europa, ainda hoje são dois os casos frequentemente citados como exemplos do que a prisão pode representar. Um deles é o do acusado de atividade terrorista, como o inglês Richard Reid, que tentara explodir seu sapato em um avião, e outro é o do fornecedor de ferramentas para o ato terrorista, como no caso do espanhol José Emilio Suárez Trashorras, responsável pelo envio de explosivos para os atentados em Madri, em 2004. Esses dois homens foram convertidos ao islã durante seu tempo encarcerados. Muitos outros levantamentos também já haviam concluído que em quase todos os atentados terroristas há pessoas envolvidas que, em algum momento, estiveram presas, e foi na cadeia que se juntaram ao grupo de extremistas.

— Não existe hoje qualquer atenção especial voltada para os detentos, e essa lacuna moral é rapidamente preenchida por extremistas — continuou meu pai. — Se não houver uma reestruturação das prisões, os detentos não radicalizados serão inevitavelmente atraídos pelo discurso dos grupos radicais. Na França, é proibido identificar prisioneiros por sua religião, mas quando se conversa com policiais fica claro que estão cientes de que um vácuo perigoso fora criado. Contas extraoficiais indicam que mais da metade das prisões são atualmente ocupadas por muçulmanos, quando não passamos de pouco mais de dez por cento da população nacional. Na Espanha a situação é ainda pior, com mais de dois terços das prisões ocupadas por nossos irmãos muçulmanos. O mesmo se passa na Bélgica, no Reino Unido e na Holanda.

— Mas então o que vai acontecer agora? O que devemos fazer? — perguntou Zeid, parecendo estar cada vez mais mergulhado em seu drama pessoal.

Meu pai lhe contou, ainda, sobre o exemplo da Suíça, onde os muçulmanos também são maioria nas celas. Lá, um imã moderado é levado todas as sextas-feiras à prisão para falar com os prisioneiros e celebrar o serviço religioso. Entretanto, o número de muçulmanos é tão grande que cada prisioneiro só pode comparecer ao culto a cada duas semanas. Então, outra forma encontrada para evitar que as prisões se tornassem locais de proliferação do radicalismo foi propor trabalhos remunerados para os prisioneiros menos perigosos.

— Atualmente, o dilema da maioria dos países é o mesmo: reunir todos os extremistas em uma ou duas prisões ou espalhá-los pelo sistema carcerário? No primeiro cenário, o temor é de que se facilite a organização de um grande atentado. No segundo caso, de que extremistas se imponham e se aproveitem da vulnerabilidade dos outros prisioneiros para convencê-los a lutar contra o Ocidente, aumentando o grupo — explicou meu pai.

Depois de dizer isso, meu pai pediu que Zeid aguardasse um momento na sala e foi até seu quarto. Quando retornou, trouxe consigo um manual produzido pela polícia e destinado a prevenir e identificar a radicalização de jovem prisioneiros.

— Talvez isso lhe seja útil — disse meu pai, estendendo o manual a Zeid. — Veja, aqui diz que um dos sinais mais comuns é deixar a barba crescer, exatamente como no caso de Amin. Outros sinais poderiam ser o súbito interesse por livros religiosos ou a recusa em tomar banho com prisioneiros que não sejam muçulmanos.

Com a voz cheia de dor, Zeid disse a meu pai a decisão que prontamente havia tomado:

— Preciso informar isso à polícia. Preciso alertá-la antes que seja tarde. Mesmo que Amin tenha de ficar mais tempo sob observação, preciso evitar que ele passe de vendedor de drogas a terrorista.

E Zeid tinha razão. Reunidos diariamente na tranquilidade das prisões, grupos radicais trocavam informações, partilhavam práticas e, anos depois, sairiam de lá ainda mais instruídos e dispostos a colaborar com o aliciamento de mais companheiros ou mesmo a cometer atentados. O que o sistema carcerário francês havia criado era um exército silencioso, no qual grupos operativos pequenos, flexíveis e multinacionais nutriam um sentimento de lealdade por seus "novos irmãos" que se somava ao fato de que não tinham nada a perder.

Assim que ouvi Zeid se despedir de meu pai e a porta bater, levantei-me da cama para ir direto para a sala. Queria saber de meu pai o que tudo aquilo representava e, claro, escutar as partes que ele optou por não dizer a seu amigo de longa data. Porém, ao passar pelo quarto de meus irmãos, percebi que o mais novo deles, Anis, estava sentado em sua cama com as mãos sobre a cabeça. Entre todos nós, Anis era o mais quieto. Não chegava a ser tímido, mas era reservado e falava apenas o necessário. Aquela postura dele, para mim, pareceu como um grito de desespero.

— Anis, está tudo bem? — perguntei.

— Amin não é um terrorista. Ele nunca será! — respondeu.

Anis e Amin eram amigos desde os primeiros anos de escola. Passaram a infância brincando juntos no armazém de Zeid e, por anos, foram inseparáveis. À medida que cresceram, foram se distanciando, mas sem jamais perder a simpatia um pelo outro. Meu irmão sabia que seu amigo havia se envolvido no contrabando, mas nem por isso deixara de visitá-lo na prisão e, quando o via, sabia que o sorriso de ambos era sinal de uma permanente confiança mútua.

Mudei de ideia enquanto observava meu irmão. Em vez de continuar a conversa com meu pai, decidi pedir a Anis que me acompanhasse ao mercado de peixes do Vieux Port. Aquele era um lugar incontornável de Marselha, uma espécie de síntese da cidade e todas as suas contradições. Nas manhãs de domingo, eram as mulheres que vendiam o peixe fresco, que havia sido pescado naquela mesma madrugada por seus maridos. Colorido e com seu odor típico, o porto era um dos locais que mais me faziam sentir saudade do Mediterrâneo. Anis aceitou o convite e pouco tempo depois estávamos os dois naquele lugar onde gerações de moradores de ambos os lados do mar haviam um dia atracado e decido ficar.

Eu não queria retomar o assunto sobre Amin. Enquanto percorríamos as pedras repletas de histórias, eu insistia apenas em falar sobre como tínhamos a sorte de viver tão perto do mar. Não seria bom pressioná-lo a falar sobre o que esperava de seu futuro. Nenhuma pressão combina com o sol de outono.

Enquanto os barcos navegavam a um ritmo lento, nossa "missão oficial" era trazer uma encomenda que minha mãe havia feito a uma velha conhecida no mercado. Pouco a pouco, Anis voltou a se abrir comigo, mas não seria para revelar sua intimidade. Seu interesse ali eram os *pointus*, tradicionais barcos de pescadores que haviam se transformado no símbolo da cultura marítima e da arte de viver. Já não eram mais fabricados em grande escala, mas Anis parecia sonhar com a viagem a bordo de um deles, talvez para muito longe dali.

— *C'est l'instant, Messieurs, ou jamais, d'être audacieux* — lançou ele, numa referência poética a Verlaine.

Anis nunca havia sido um estudante exemplar. Retinha apenas o que lhe interessava naquela incessante imersão que a escola nos obrigava a realizar na literatura francesa. Hesitei em usar aquele verso para falar de nossa vida e, então, perguntar-lhe o que, para ele, significava ser audacioso. Preferi, uma vez mais, apenas sorrir. Ele me dizia silenciosamente muito mais do que se eu o questionasse. Aquelas pedras que nos cercavam guardavam em total confiança os segredos dos atuns estendidos ali desde a Antiguidade, as confissões de barcos medievais, os planos de piratas e mercenários, assim como as lembranças de milhares de pessoas que fugiram durante a Segunda Guerra Mundial em direção ao Norte da África. Aquelas pedras eram testemunhas de milhares de pessoas que jamais notaram que, ao caminhar por ali, deixávamos nossas pegadas invisíveis em solos que não se moldam aos nossos pés.

O que se destinara a ser apenas uma visita rápida ao porto ia se transformando, aos poucos, em uma caminhada sem destino, mas nem por isso sem sentido.

— Da próxima vez que eu for para Paris, você vem comigo! — disse eu, quando já estávamos a caminho de casa.

— Para quê? Eu pertenço a Marselha — respondeu Anis. — Esta é a minha prisão. Você não precisa se preocupar comigo.

Sua resposta não me impressionou. Assim como muitos outros garotos, meu irmão tinha a sensação de que não pertencia a nenhum outro lugar. Sua zona de conforto se limitava àquela cidade. Qual o motivo de sair, então, se a perspectiva era apenas de ser questionado em seus planos ou controlado por policiais? Ele expunha seus argumentos mantendo os olhos no chão.

— Não exagere, Anis. Todos temos nosso lugar.

— E, então, qual é o meu? Viajar de férias para ser humilhado? — questionou, deixando-me sem resposta.

Meu irmão então decidiu me contar sobre o drama de uma viagem que fizera com amigos para o Sul da Itália em um fim de semana. A fronteira ficava apenas a duas horas e meia de nossa casa, mas nossa fisionomia colocava em questão a posse de um cartão de identidade europeu, que, teoricamente, nos permitia cruzar aquele ponto sem sermos questionados. No caso de Anis e seus companheiros, a suspeita que pairava era de que levavam um carregamento de drogas. Por mais de duas horas foram revistados pelas autoridades e assistiram ao carro ser revirado.

— Irmã, chegaram a perguntar onde é que eu havia conseguido aquela identidade europeia — ele lamentou.

— E o que você respondeu? — perguntei.

— Na maternidade — ironizou.

Nossa conversa se estendeu do porto até a cozinha de casa e, em cada passo, Anis insistia em escancarar a hipocrisia dos governos europeus e o desprezo que sentia. E a distância entre sua indignação e o ódio era mínima. Chegando em casa, meu pai tratou de fazer parte do assunto.

— Filhos, não podemos nos esquecer de olhar, também, para o que ocorre do outro lado da sociedade. Não podemos ter vergonha de nossas origens e religião, mas não precisamos torná-las instrumentos de provocação e confronto. Para que haja uma convivência harmoniosa, precisamos que cada grupo exija de si certa humildade. Imagine um bairro onde jamais um muçulmano fora visto. De repente, blocos inteiros de apartamentos são ocupados e, quando as famílias residentes ligam a televisão, são subitamente informadas de que precisam estar atentas à radicalização islâmica. É obvio que essas pessoas terão medo e que sua reação imediata será de discriminação.

Enquanto aguardávamos o peixe que minha mãe preparava para nós, meu pai continuava a nos contar sobre como o endurecimento de algumas comunidades religiosas havia dificultado ainda mais a vida de todos. Para ele, parte da culpa também era daqueles grupos que insistiam em não aderir às regras locais e até mesmo recriar, na Europa, tribunais islâmicos e a aplicação da sharia.

Era evidente que os governos nos haviam traído e que deixaram milhões de jovens sem um Estado que os acolhesse. Outro motivo que levava as famílias a recorrer aos tribunais clandestinos era a impossibilidade do acesso à Justiça comum, bem como o medo de que os companheiros ilegais pudessem ser deportados. Em algumas comunidades já dominadas por grupos radicais, uma mulher que optasse por resolver seus problemas em tribunais convencionais acabaria por ser estigmatizada em seu bairro e por sua própria família. Mas, na opinião de meu pai, estruturas paralelas e secretas jamais funcionariam e apenas aprofundariam as desconfianças em relação aos muçulmanos.

Por mais áspera que fosse a conversa, a indignação de Anis diante da injustiça latente em qualquer desses cenários fazia com que me sentisse orgulhosa dele e também de fazer parte de uma família que conseguia falar abertamente sobre os dilemas que enfrentávamos e o mundo que nos rodeava. Sentia uma admiração enorme por meus pais por estarem abertos a escutar, por buscarem soluções, e não conflitos, e por nos mostrarem que ícones ocos ou falsas promessas jamais resolveriam os dilemas de nossa comunidade.

Nimrod se sentiu satisfeito ao ver que um de seus súditos mais leais, Terah, estava disposto, mais uma vez, a sacrificar seu filho em nome do regime teocrático, que era uma verdadeira falácia. O rei fez questão de que a audiência diante de Abraão ocorresse no salão principal de seu palácio e providenciou que seus principais conselheiros e ministros fossem convocados. Espalhou-se pelo reino a notícia de que Nimrod iria, por fim, desmascarar um de seus mais audaciosos detratores.

Intimidado pela grandiosidade da cerimônia, Abraão sentia o quanto precisava mostrar sua força. Não tinha armas, muito menos aliados. Sabia que Nimrod não poderia torturá-lo diante do povo, mas certamente faria tudo para humilhá-lo. Num tom solene, o rei se pronunciou, ordenando que Abraão venerasse o fogo. Em vez disso, o filho de Terah o confrontou.

— Mas a água apaga o fogo — respondeu, para a surpresa dos presentes.

— Então que venere a água! — exclamou Nimrod.

Em um tom desafiador, Abraão respondeu que eram as nuvens que controlavam a água. Nimrod logo o rebateu, ordenando, então, que ele venerasse as nuvens. Novamente, Abraão respondeu-lhe de forma ousada e concisa, afirmando que eram os ventos que dominavam as nuvens, levando-as de um lado ao outro.

— Venere então o vento — gritou Nimrod, já abandonando sua postura soberana.

— São as pessoas que enfrentam e vencem as ventanias — sentenciou Abraão.

Sua rebeldia fez com que o rei ordenasse a sua prisão. Abraão deveria passar quarenta dias enclausurado, sem alimentos e água. Nimrod pediu que seu povo estivesse presente quando a cela fosse aberta, para que testemunhasse a derrota do Deus a que Abraão se referira.

Chegado o dia, a prisão foi aberta. Para o espanto de todos, o detento estava vivo. Ignoravam que durante todo o tempo de encarceramento o arcanjo Gabriel garantira a Abraão a sua sobrevivência e fortalecera a sua fé.

— Deus faz coisas maravilhosas — disse.

Furioso, Nimrod ordenou que a população recolhesse toda a madeira disponível e construísse uma fogueira gigante. Nela, Abraão seria jogado.

— Se Abraão está correto e de fato existe um Deus real, que esse Deus venha salvá-lo — declarou o rei.

Sem que pudesse ser explicado, um fenômeno aconteceu

diante de todos. As chamas que subiam aos céus não queimavam nem sequer tocavam o corpo de Abraão. Os troncos levados ao fogo, por fim, se transformaram em flores e deles surgiram frutos. Para a estupefação dos presentes, ficara provado que Nimrod estava errado. O Deus de Abraão existia? Viera salvá-lo com um milagre? Aquele recinto repleto de dignitários havia sido testemunha de tudo e agora encenava uma confusão de vozes e discussões.

— Isso é bruxaria — declarava o rei.

Mas os conselheiros, nobres e dignitários presentes rejeitaram tal acusação.

— Trata-se do poder do Deus de Abraão, o único Deus vivo e que agora reconhecemos — disseram, somados aos gritos da multidão que se formara.

Diante do que todos reconheciam como um milagre, o irmão de Abraão, Haran, apresentou-se para declarar que acreditava no Deus que seu irmão trazia e que, portanto, estava pronto para sacrificar-se na fogueira. Haran o fez, mas não foi salvo, o que causou ainda mais tumulto no local. Terah se sentia devastado por haver presenciado, ao mesmo tempo, a salvação de um filho e a morte de outro.

Apenas uma explicação se impunha para o fato de apenas um deles ter sobrevivido: Haran precisou de provas para acreditar na religiosidade de Abraão. Ele aguardou a constatação do milagre para depois se aventurar no mesmo caminho. Num reino politeísta, a fé em uma só divindade exigia mais do que simples provas concretas. Haran foi punido por isso.

Caminhando em direção ao trono real e diante de um rei combalido, Abraão dirigiu-se a ele com uma voz que preencheu todo o recinto e abafou os murmúrios dos conselheiros:

— Ah, Nimrod, miserável monarca que nega a essência da fé, que não reconhece o Deus, vivo e imutável, e Abraão, seu servo, o fiel ministro de sua casa. Reconheça-o e repita depois de mim estas palavras: "O Eterno é o Único Deus, e não há outro além dele; é incorpóreo, vivo e eterno; não dorme nem cai no sono; criou o mundo para que os homens acreditassem nele".

Abraão, num tom ainda duro, exigiu também um reconhecimento de seu papel diante de Deus:

— Confesse também acerca de mim, reconhecendo que sou o servo de Deus e o fiel ministro da sua casa.

Enquanto a voz de Abraão ressoava no local, as estátuas dos ídolos desabavam e se estilhaçavam pelo chão de mármore do palácio. O caos entre os conselheiros reais fazia com que o barulho da destruição alcançasse uma dimensão ensurdecedora. Por mais de duas horas, o rei permaneceu desacordado diante da multidão atônita.

Quando recuperou a consciência, não hesitou em pedir uma explicação:

— Abraão, essa é sua voz ou a de Deus?

— Essa voz — respondeu Abraão — é a voz da menor das criaturas que Deus chamou à existência.

— Realmente, o Deus de Abraão é um deus grande e poderoso. É o rei dos reis — afirmou Nimrod, finalmente.

9. DESTINO: SÍRIA

Como cientista, sempre achei fascinante o caminho que os fluidos tomam para buscar uma saída. Sempre para revelar, no fundo, a verdade poderosa da física. Desviam de barreiras aparentemente insuperáveis e, com paciência, passam por gargalos, superando tantas teses inventadas. O impasse parece nunca ser um problema, muito menos quando existem forças externas, como a gravidade, fazendo seu papel. No meu caso, as forças externas estavam ali mesmo no meu bairro. Na sala de minha casa.

Numa noite, já sem saber o que fazer, esbarrei quase sem querer na pasta de e-mails arquivados em meu computador e ali estava aquele texto que eu havia escrito meses antes ao departamento de Recursos Humanos da Farage. A realidade era que eu não tinha mais nada a perder. Meu orgulho já havia ficado pelo caminho, assim como a lista de critérios que eu havia criado para determinar se um emprego seria interessante ou não.

Atualizei o texto, reli mais umas duas vezes e, em um silêncio que era rompido apenas por eventuais ambulâncias que passavam pela rua na rota do hospital de nossa região, enviei aquela mensagem que mudaria minha vida. Fui dormir sem qualquer expectativa, pensando apenas no compromisso que tinha na manhã seguinte: ir à feira com minha mãe.

Por algum motivo, quando acordei, não corri ao computador para ver se havia alguma mensagem nova como eu já estava acostumada a fazer ao longo dos meses em que aguardava uma resposta de empresas e universidades. Não estava desistindo, apenas tinha tomado consciência de que aqueles que recebiam meus e-mails não tinham a mesma pressa que eu. Tomamos um bom café da manhã e logo saímos em direção ao mercado que uma vez por semana era montado nas proximidades de nosso apartamento. Ir até aquela feira, para minha mãe, era muito mais que sair às compras. Era o momento de se informar sobre tudo o que ocorria na vida da comunidade, de esbarrar com pessoas, de questionar e, também, de se divertir.

Foi apenas na volta, quase já ao meio dia, que eu deixei as sacolas de compras na cozinha e fui ao meu quarto ver se alguma novidade havia aparecido. E, para minha enorme surpresa, havia uma resposta da Farage.

Num tom amistoso, a mensagem de Sophie Pezard deixava claro: o cargo ainda estava aberto, a empresa tinha interesse em falar comigo novamente e queriam que eu fosse naquela mesma semana para Paris. Eu não conseguia acreditar que, finalmente, alguém me estava abrindo a porta. Os golpes foram tantos que, mesmo diante daquela mensagem, eu preferia não criar qualquer tipo de expectativa. E me prometi que não contaria nada a ninguém, nem mesmo a minha mãe.

Inventei em casa que teria de ir a Paris para resolver uma burocracia da universidade e, no dia seguinte, embarquei no TGV, aquele mesmo que já me havia proporcionado amplas janelas a um cenário que mudava em alta velocidade. Eu havia telefonado a uma amiga que ainda vivia em Paris, pedindo para usar seu sofá por uma noite.

Diante de alguns executivos da empresa e, também, da Madame Pezard, eu não podia deixar de me sentir relevante. Ela havia organizado uma reunião com alguns dos principais diretores, numa das salas mais imponentes da sede da Farage em Paris. Eu me sentia intimidada, mas também feliz em ver que estava sendo, de certa forma, cortejada.

O projeto era ainda o mesmo: operar a nova fábrica que seria inaugurada no final daquele ano de 2010. Num primeiro momento, eu ficaria alojada em Damasco e, alguns meses depois, seria transferida para o Norte do país, para ficar mais próximo da produção. Não era um projeto qualquer. A meta era uma produção anual de mais de dois milhões e meio de toneladas de cimento por ano, com uma operação calculada em seiscentos milhões de euros. Seria, sem dúvida, um dos maiores investimentos jamais recebidos pela Síria. Seria dali ainda que sairia grande parte do cimento para a reconstrução do Iraque e do Afeganistão.

Uma vez explicado o projeto, passamos a falar dos obstáculos. O primeiro e mais óbvio era o fato de eu nunca ter estudado qualquer conceito de administração. Mas, para minha surpresa, a empresa, independentemente disso, estava disposta a fazer uma aposta em mim. Eu passaria por um treinamento intensivo durante seis meses na sede em Paris e, além disso, quando chegasse a Damasco, o executivo local me acompanharia por mais três meses. Só então, já na usina Jalabiya, eu assumiria as rédeas das operações.

Esclareceram-me, ainda, que, no fim das contas, eu seria apenas uma espécie de representante de luxo. Todas as decisões seriam tomadas por Paris, a coordenação administrativa seria feita por profissionais que seriam enviados comigo e a parte financeira ficaria a cargo de seus especialistas. No fundo, eu seria apenas o rosto da empresa na região. Com poucos poderes, mas com grande simbolismo.

Tratava-se, então, de uma proposta bastante diferente daquela primeira que me tinham feito alguns meses antes. Havia ficado claro para eles que dificilmente encontrariam numa só pessoa tudo aquilo que necessitavam: uma cientista, representante árabe no tecido social francês e com conhecimentos de gestão. Tivemos de ceder de ambos os lados. Eu aceitei a ideia de enfrentar um novo país e um cargo fora do laboratório. Eles, por sua vez, aceitaram que eu não administraria a operação sozinha.

Ainda assim, a oferta me intrigava: com tantas pessoas dentro da empresa capazes para fazer aquele trabalho, por que eu?

Ao longo de nossa conversa, foi ficando claro para mim que eles sofriam para administrar diferentes crises pelo mundo. No Egito, sinais de instabilidade no governo de Mubarak preocupavam a multinacional, ainda que seu representante no Cairo estivesse dedicado a garantir que as instalações continuassem a funcionar. Na Venezuela, as operações haviam sido nacionalizadas alguns anos antes e o prejuízo havia sido milionário. Na Nigéria, era o Boko Haram que ameaçava os investimentos.

A Síria, entretanto, era um local estável naquele momento e, com todos os seus principais quadros dedicados a salvar a empresa de tantas turbulências, a companhia precisava de um novo rosto para o plano estratégico no país de Al-Assad.

Entre os executivos, outra preocupação era com o meu árabe. Eles sabiam que, sendo de origem argelina, eu poderia não entender os sírios. E eles tinham razão para pensar isso. Mas, vivendo em Marselha e com um contato constante com famílias de diversos outros países de língua árabe, fomos ensinados em casa que deveríamos também aprender o fussha, o árabe padrão. Além disso, eu sabia que os sírios usavam um dialeto bastante claro e imaginava não ter grandes dificuldades para entendê-los.

Com uma conversa que fluía bem, eu começava a imaginar o meu retorno a casa para contar a todos a grande notícia, mesmo que ela envolvesse o fato de passar a viver tão longe. Eu ainda tentava me convencer de que aquele não seria o pior dos afastamentos. O pacote que me ofereciam era, de fato, atraente e eu não queria deixar Paris sem dar uma resposta.

Então, um aperto de mãos ao final do encontro selou meu destino. Naquele momento, com um sorriso estampado no rosto, eu só pensava em retornar a casa para contar a novidade ao vivo. O trajeto ao Sul da França era o mesmo que tantas vezes fiz durante os anos de faculdade, mas, daquela vez, parecia ter ganhado novas cores. Ensaiei no trem diferentes formas de contar aos meus pais e, em todas elas, deixava a notícia de que teria de me mudar para a Síria para o fim do relato.

Todas aquelas frases que eu havia memorizado, porém, fugiram de minha mente quando cheguei em casa naquela noite e, desligando a televisão da sala, fui logo contando aos meus pais, que já estavam quase dormindo no sofá. Lembro-me de que, em seu abraço, meu pai chegou a me levantar do chão.

A conversa que tivemos naquela noite mostrava que eles sempre souberam que eu partiria. Mas a ideia de eu morar na Síria, naquele momento, era mais um motivo de orgulho que uma preocupação. Eu teria duas semanas até que começasse os treinamentos em Paris e usaria aquele momento para estar o máximo de tempo possível com os dois. E não desperdicei um só minuto.

Também não perdi um só instante do treinamento pelo qual passei na sede da empresa em Paris. Fazia questão de ficar lá até o final do expediente e, assim que chegava de volta ao apartamento em que me haviam colocado, passava noites inteiras lendo manuais de administração, os balanços da empresa e os planos para a fábrica. Foram meses radicalmente diferentes de minha estadia na capital na condição de estudante. Não precisava me preocupar com dinheiro, pela primeira vez em minha vida. Não estava rica, mas as contas fechavam com tranquilidade e só isso já era um alívio enorme. Podia passar horas e horas lendo, sem pensar que aquilo era uma perda de tempo. Podia sair para jantar sem pensar que deveria estar usando aquele dinheiro para ajudar na renda de casa.

Para a satisfação da equipe de treinamento, eu devorava cada livro que me era apresentado e pedia sempre mais. Comecei também a consultar documentos profissionais em árabe, na esperança de me preparar para uma transição também no idioma que usaria. No fundo, eu seria uma ponte entre a empresa e os responsáveis locais, entre a matriz e os funcionários. E, claro, entre a direção em Paris e os políticos locais.

Não fizemos em casa uma despedida oficial. Jantares, sim. Mas jamais algo cerimonial. Minha mãe dizia que não queria chorar e apenas pensar que aquilo era algo temporário. Eu também tinha essa ideia, ainda que meu contrato inicial falasse em uma duração mínima de cinco anos. Minhas malas jamais foram exageradamente grandes. E desta vez não seria diferente, mesmo que meus superiores insistissem no fato de que a empresa pagaria por toda a mudança. Eu me perguntava: *Que grande mudança é essa que eles imaginam se só tenho roupas, um laptop e um punhado de livros que quero levar comigo?*

O desembarque em Damasco, o encontro com os representantes locais da empresa e os primeiros contatos com as autoridades ocorreram de forma exemplar. O governo nos havia estendido o tapete vermelho diante do que era o maior investimento estrangeiro que Assad receberia. Nem o fato de ser uma mulher solteira parecia ser um problema diante do que eu representava. Eu tinha um motorista e vivia em um hotel de luxo. Minha vida pessoal estava toda "resolvida" para que eu pudesse me dedicar integralmente ao projeto. O profissionalismo de uma multinacional contrastava com o amadorismo que parecia prevalecer nos laboratórios das universidades.

Por horas, eu ficava da janela do meu hotel olhando as colinas de Kassioun no entorno da cidade, acompanhada de uma trilha sonora de buzinas e chamadas à oração. As dezenas de pontos verdes dos minaretes espalhados em cada bairro compunham de forma inesperada com um pôr do sol que pintava o céu de laranja e vermelho. Eu jamais tinha saído da França. Mas aquele cenário não me era estranho.

Damasco era uma das cidades mais antigas do Oriente Médio, uma encruzilhada de civilizações que ainda poderiam ser identificadas em diferentes regiões da capital. Nos dias de folga, usava meu tempo para descobrir como bizantinos, romanos, gregos e os primeiros muçulmanos deixaram suas marcas e como o califado Omíada, do qual eu tanto havia ouvido falar, usou Damasco para ver uma sucessão de dinastias.

Os muros romanos ainda sobreviviam, assim como a orientação de uma cidade grega. Tudo isso, agora, num mundo muçulmano. A atual Grande Mesquita, incomparável, tinha sido construída num local que já havia sido usado para um templo romano e que, séculos depois, ainda foi uma basílica cristã. Eu olhava para aquela cidade como se estivesse descobrindo minhas fronteiras internas, as camadas que haviam sido criadas em mim numa escola laica, baseada na cultura ocidental, e um entorno permeado de referências islâmicas e africanas.

Como aquelas ruas, eu usava seletivamente em meu cotidiano o fato de ser filha de muçulmanos e de origem ocidental, de ser uma executiva de uma multinacional e de entender alguns dos principais códigos daquela cultura. Impunha uma barreira de respeito quando era necessário e me deixava ser protegida quando me convinha.

A fábrica de Jalabiya, porém, ficava numa região isolada. E eu lembro que, na primeira vez que fui até lá, pensei comigo mesma: *É claro que ninguém quer vir morar aqui*. A cidade mais próxima era Ain Issa, com apenas seis mil habitantes. Um local provinciano, conservador e pacato. Minha vida passaria a ser dentro da usina.

Para poder ter um pouco de vida social, eu não hesitava em viajar aos fins de semana para Alepo, a cento e cinquenta quilômetros, e visitar sua intrigante Cidade Velha. Os restaurantes serviam comidas parecidas às que meus avós preparavam, os hotéis tinham um charme único e as lojas de doces faziam lembrar as mercearias dos amigos de meus pais. Era ali também que encontrava ocasionalmente grupos de turistas, inclusive cristãos que vinham da Europa.

O caminho até Alepo me conduzia sempre por morros nos quais, segundo a lenda local, as primeiras gramas selvagens passaram a ser domesticadas. Eram os ancestrais do trigo e, na realidade, de nossa cultura urbana. Na espera de que crescessem, os produtores locais e suas comunidades passaram a erguer as primeiras cidades da região e seus mercados. Alepo, assim, começou a ganhar forma, como um entreposto comercial e centro de uma nova produção. Ao longo de décadas, esses comerciantes começaram a concentrar suas atividades numa mesma região da cidade, erguendo um dos bazares mais impressionantes do mundo árabe, o Souk al-Medina.

Séculos depois, o humor dos sírios ainda pintava de alegria aquele local repleto de tecidos coloridos, especiarias, seda e sabões com tradições milenares. Ali, por aqueles mais de dez quilômetros de ruelas, eu entrava com a intenção de me perder. Tanto no que se refere às orientações como nos cheiros, sabores e surpresas. Sem fazer grandes esforços, o local era o sinônimo de um grande anfitrião. Luminoso, aquele souk era tudo menos um museu, ainda que ali pudessem ser encontradas peças antigas e de valor inestimável. Um local de profunda diversidade e que não impunha fronteiras.

Eu me divertia com os garotos que vendiam café e levavam enormes containers nas costas. Sempre ganhava um doce de algum vendedor e tinha vontade de levar minha mãe comigo, para que ela também vivenciasse aquela experiência. A autenticidade do local não havia sido destruída pelo turismo nem pelos produtos chineses que ganhavam as prateleiras dos vendedores. Aquelas ruelas ainda serviam aos moradores da cidade. O shawarma não havia sido adaptado para satisfazer o paladar ocidental e os contos relatados pelos vendedores não tinham qualquer necessidade de ter relação com a verdade.

Era difícil saber havia quanto tempo aquelas famílias estavam sob o comando daquelas lojas. Algumas diziam estar no mesmo local há mais de cem anos, quando a saída dos judeus abriu espaço para que o comércio mudasse de mãos. Mas também existiam os cristãos, com suas igrejas que se mantinham em bairros com uma incrível pluralidade de etnias. Os séculos também tinham sido testemunhas de diferentes saques de Alepo, pelos mongóis, pelos bizantinos e pelas cruzadas.

Pouco a pouco, a cidade foi perdendo sua relevância. A rota da seda se desmanchou e as fronteiras foram desenhadas. O eixo econômico se transladou para o Sul, com o Canal de Suez, e o que poderia parecer um desastre econômico para a cidade foi, no fundo, o que fez aquele souk medieval sobreviver. A imponente cidadela com seus portões de metal era ainda um dos tesouros da humanidade, capaz de guardar em suas bases camadas da história das civilizações. Ali tudo parecia, na minha cabeça, inabalável. Capaz de resistir e moldar várias gerações.

O confronto aberto com um imperador até então inabalável como Nimrod significava que não existia lugar para dois mestres num mesmo reino, como Ur ou Babilônia. Terah, mesmo convencido do poder de seu filho, optou por deixar a região, em parte movido pelo desejo de não humilhar seu antigo guia. Abraão, então, recebeu um chamado para conduzir sua família para fora da região.

O destino era Canaã. E, naquela longuíssima viagem que iniciavam, os desejos do velho patriarca Terah e as limitações de uma mudança que envolveu centenas de quilômetros no lombo de animais acabaram ditando o ritmo de uma travessia que marcaria várias gerações.

A Mesopotâmia era uma das regiões mais férteis do mundo até então conhecido. Um sofisticado sistema de irrigação ainda levava a centenas de famílias a garantia de uma vida relativamente confortável por décadas.

A fertilidade do solo era de tal importância que, para grupos pagãos por onde Abraão passava, a boa produção agrícola era vista como a resposta e recompensa que a natureza dava ao fato de que mais da metade das crianças que nasciam não chegava aos cinco anos de idade, vítimas de doenças incuráveis.

Com o poder da terra vinha o fortalecimento de uma economia local e, portanto, do desenvolvimento. Os trabalhos com bronze, prata e madeira ganhavam dimensões de arte, reconstruindo zonas urbanas com traços de luxo. A escrita cuneiforme era disseminada e surgiam códigos legais estabelecendo as regras de uma sociedade cada vez mais complexa. Tudo isso séculos antes de Hamurabi apresentar suas leis.

A cidade ainda ganhava contornos de uma eterna festa, com amuletos que eram pendurados nas entradas das casas, em referência aos deuses da Lua, da Terra, da sabedoria, do sexo, da guerra e tantos outros rejeitados por Abraão. Com cada família tendo a liberdade para escolher a divindade que a protegeria em sua casa, o resultado era uma arquitetura diversa e colorida.

Terah e Abraão, portanto, abandonaram um local orgulhoso de seu passado, em seu pleno esplendor, em troca do desconhecido. Naqueles anos, mudar-se para uma nova terra não era algo nem comum nem fácil. A caravana não incluía apenas os dois homens. Abraão levou consigo Sara, sua mulher. E Terah *ainda chamou Ló, seu neto e sobrinho de Abraão, para os acompanhar. A mudança, portanto, não era apenas de uma família. Mas de toda uma comunidade, com seus animais, filhos, escravos e seus bens.*

Em cada região que atravessava, a caravana marcava o horizonte e chamava a atenção das comunidades locais.

Mas, no fim das contas, o confronto com Nimrod não havia sido o único motivo para aquela migração. Exuberante, a região havia atraído centenas de novas famílias que disputavam terras e acesso à água. A busca por pastos novos, portanto, também pesou na decisão de Terah.

Se Canaã era o objetivo, ninguém sabia exatamente quais eram as etapas até chegar ao porto seguro. Tampouco sabiam qual era distância exata até o destino final. Ao longo do caminho, portanto, não foram poucas as ocasiões em que Terah tentou convencer Abraão de que mais importante que o ponto de chegada seria a rota que tomariam, as famílias que construiriam e as sociedades que influenciariam. E, de fato, estabeleceram ao longo do caminho alianças duradouras, amigos fiéis e admiradores daqueles corajosos viajantes.

Mas, cansado, o velho patriarca sentia que talvez jamais chegaria a Canaã e que, então, precisava encontrar um local para passar os últimos momentos de sua vida.

Foi num final de tarde que, ao avistar um vilarejo calmo, à beira de um dos afluentes do rio Eufrates, Terah anunciou que aquela seria a nova base da caravana, exausta e surrada. No Norte da Mesopotâmia, o local escolhido era a cidade de Harã, que por si só significava "a rota" entre os acádios. A cidade era parte do trajeto obrigatório dos grupos que vinham do Sul e, como era estável, passou a ser um entreposto para comerciantes de Damasco e de diversas grandes cidades da região. Aos pés das montanhas de Masius, o pequeno local era, ainda assim, suficientemente desenvolvido para receber aqueles novos moradores.

Terah, porém, tinha outro incentivo para ficar em Harã. A

cidade tinha o deus da Lua como seu protetor, exatamente como acontecia anteriormente em Ur. Por mais distante que estivesse, portanto, o patriarca sabia que estava em casa, que as práticas religiosas seriam as mesmas que ele conhecia e que o deus com o qual se relacionou por toda a sua vida, uma vez mais, estaria ao seu lado.

A presença da Lua como um símbolo místico na região, de fato, perdurou por milênios e atravessou até mesmo o período em que o governador da Síria romana, Crasso, foi derrotado e morto na Batalha de Carras, nas proximidades de Harã.

Dois mil anos antes desse ocorrido, Abraão sabia que precisava continuar sua viagem até Canaã. Mas não podia mais desobedecer a seu pai, mesmo vivendo em um terreno mais difícil, montanhoso e árido. Foi apenas quando Terah morreu que seu filho, assumindo o comando do clã aos setenta e cinco anos de idade, entendeu que sua missão entrava em uma nova fase.

10. OS ESTUDANTES DE ASSAD

Agora, na usina Jalabiya, era eu quem estava no comando. Diante de meu computador, o que mais me assustava era a dimensão daquela produção. Entender cada etapa da fábrica e, acima de tudo, estar ciente de todo o sistema de fornecimento de materiais e as rotas para o escoamento do cimento. Aos poucos, comecei a ganhar a confiança dos executivos em Paris, ainda que meu papel efetivo fosse limitado. Mas eu não me queixava. Queria aproveitar aquela situação para aprender.

O começo de 2011 havia sido um período difícil para a empresa. Em fevereiro, o governo de Hosni Mubarak no Egito caiu e, com ele, mais de duzentos empregados de nossa filial no país tiveram de ser evacuados. Era o auge da Primavera Árabe, uma onda de protestos por países da região que mexia com todos nós. Tunísia, Líbia, Bahrein, movimentações no Marrocos e questionamentos até mesmo na Argélia. Aqueles ditadores que haviam saqueado seu povo estavam sob pressão diante de uma juventude que se havia decidido se rebelar contra tanta injustiça. Eram desempregados que clamavam por um futuro. De certa forma, o que ocorria na vizinhança reforçava a aposta da empresa na fábrica que eu liderava.

Na Síria, eu via como as autoridades estavam preocupadas com a movimentação na região, alertando nas entrelinhas que o regime de Assad não iria tolerar o que eles chamavam de "importação" da revolta. De uma forma um tanto quanto arrogante, os representantes do governo local insistiam que a Síria não era o Egito. Afinal, tinha uma forte classe média, amplo serviço de saúde e, na avaliação deles, uma convivência harmônica entre diferentes grupos étnicos. "Não há motivos para protestar aqui", diziam as autoridades, como forma de convencerem a si mesmas que não teriam a cabeça cortada.

De nossos escritórios, do chão da fábrica, das caçambas dos caminhões, porém, ficava claro que existia entre os funcionários uma vontade imensa de ver o fim daquele reinado da família Assad. Nas minhas idas e vindas a Alepo, o que eu também havia descoberto era que, no centro daquela cidade, o século XXI dividia espaço com a Idade Média. Em meio a um souk mantido com a mesma estrutura por mais de quatrocentos anos, jovens acompanhavam pelas redes sociais e vídeos nas telas de seus telefones o que ocorria no centro do Cairo.

O conflito pelo poder no Cairo escancarou a face mais suja de um regime ditatorial que, nos últimos trinta anos, manteve o país de oitenta milhões de pessoas com punhos de aço. Mas bastou a abertura de uma brecha para o local que era o símbolo da estabilidade se transformar em uma terra de todas as contradições. Era latente, em Alepo, que a reação não seria a mesma que nos faziam acreditar as autoridades.

Os acontecimentos naquele início de 2011 revelaram uma estabilidade no Egito que não passava de uma ficção. Na realidade, era uma estabilidade imposta, conveniente aos europeus que têm em sua porta uma das regiões mais explosivas do mundo. Conveniente aos americanos que, por meio de uma propina militar bilionária, garantiam seus aliados na região. Conveniente à elite política do país e sobretudo aos militares.

Mas, naquele momento, a tal estabilidade estava prestes a desmoronar. Víamos em vídeos clandestinos como as ruas do centro do Cairo tinham se transformado em um cenário de guerra civil e de um país totalmente desgovernado. Bairros controlados por diferentes facções, sob o pretexto de estarem defendendo suas casas, dividindo espaço com forças militares, polícia secreta e simples moradores que foram buscar em suas cozinhas facas e outros objetos para se defenderem.

As imagens que chegavam até nós ainda mostravam que a ausência cínica da polícia nas ruas havia sido um dos motivos para tanta violência. Em seu lugar, homens com as mesmas jaquetas de couro, fumando ininterruptamente e que não disfarçavam o fato de estarem ali apenas para intimidar. Eram membros da temida polícia secreta, controlada fazia vinte anos pelo então vice-presidente Omar Suleiman, o suposto responsável por levar o país para a democracia. O Exército, com sua aura de ser a proteção de todo um país, também mantinha sua própria lógica. Apreendia equipamentos de jornalistas e ativistas de direitos humanos. Sua fictícia neutralidade apenas servia para permitir que aqueles que estavam desarmados fossem massacrados.

Uma terceira força, entretanto, se somava ao caos das ruas. Tratava-se da milícia pró-Mubarak: violenta, determinada a manter a ditadura no poder e sem qualquer limite a seguir ou nem mesmo regras humanitárias internacionais a respeitar. Checkpoints improvisados em esquinas eram formados sem qualquer legitimidade aparente. Suas armas eram facões, lanças, paus, cães e correntes de ferro.

Diante desse cenário de guerra civil, a oposição também se armou e, para muitos garotos na Síria, aqueles heróis egípcios começaram a se transformar em modelos. Eles não tinham tanques, mas contavam com a tecnologia da internet para convocar as manifestações. Funcionou até que o regime teve a grande ideia de desligar todos os servidores do país. Nos dias que se seguiram, precisaram passar do mundo virtual ao real. Para não serem massacrados, improvisaram uma resistência, transformando a praça Tahrir numa cidadela medieval.

Eu via como tudo aquilo ali era cuidadosamente estudado por meus empregados, por jovens no fundo de lojas. Eles relatavam como sendo atos de coragem a cadeia humana que protegia a oposição das milícias pró-Mubarak no Cairo. Suas armas eram as pedras do pavimento das próprias ruas onde estavam. O que era um movimento espontâneo e sem liderança começou a ganhar uma forma mais estruturada, exatamente pelas necessidades de defesa. Usaram carros incendiados, placas de metal e outros objetos que encontravam para formar muralhas.

Uma das imagens que mais me impressionou foi a de uma catapulta, posicionada numa das ruas controladas pela oposição. Na ponta daquela "arma" estavam cestas de supermercados, fornecidas pelos lojistas, lotadas com pedras. E elas eram atiradas quando o perigo se aproximava. Ao lado de uma das catapultas, era possível ver uma faixa enorme colocada na fachada de um edifício. Ela simplesmente dizia: "Queremos internet". A arma medieval era mais uma vez usada, mas desta vez para defender a democracia e as liberdades, virtual e real.

Exaustos e irredutíveis, os manifestantes sabiam que haviam finalmente revelado ao mundo que o Faraó estava nu. E que vivia em um castelo de areia.

Não havia como pensar que aquele movimento ficaria restrito a um país. E, de fato, numa manhã de março de 2011, uma pichação num muro de uma escola de Deraa, no Sul da Síria, daria início a uma reviravolta na história daquele país. E, é claro, em minha vida.

"Sua hora está chegando, doutor."

A frase era um recado ao presidente sírio, Bashar Assad. O tratamento "doutor" era uma referência ao fato de o chefe de Estado ser oftalmologista. Os supostos autores da pichação – crianças da cidade de Deraa – foram presos. A resposta veio em forma de uma marcha silenciosa, no dia 15 de março do mesmo ano, também reprimida.

O que havia sido resolvido no Egito em apenas dezoito dias, com a queda de Mubarak, acabou por se transformar no colapso de um país como poucas vezes o mundo havia visto, sem reagir. Milhões de pessoas deixaram suas cidades, suas casas. A Síria se transformou no cenário da maior crise humana das últimas décadas, colocou o Oriente Médio numa encruzilhada e transformou o que era um conflito interno em palco de uma guerra internacional.

Em um país onde uma ditadura abafou diferenças religiosas e qualquer oposição por quarenta anos, a perspectiva de uma queda do governo levou diferentes grupos a uma disputa interna pelo poder. A oposição também se dividiu entre aqueles que se recusavam a ser armados por Washington e os que alertavam que apenas uma guerra tiraria Assad do poder. Rápido como fogo em um campo seco, a resistência daqueles jovens se espalhou pelo país.

Ao mesmo tempo, a comunidade internacional dividiu-se e escancarou os limites da ONU em agir para cumprir seu mandato de garantir a paz no mundo. Rússia e Irã se recusaram a abandonar seu aliado em Damasco. Europa e Estados Unidos passaram a financiar a oposição. Nenhum dos lados prevaleceu e nenhuma das potências fez o suficiente para convencer seus aliados no conflito a mudar de posição. Enquanto isso, acumulavam-se as provas de crimes contra a humanidade, do uso de armas químicas e de fornecimento de combatentes e armas vindos do exterior.

Para o profundo constrangimento do mundo, a Síria queimava e ninguém parecia ter nem a vontade nem a capacidade de parar aquele banho de sangue. Víamos pela televisão que, na distante Suíça, mediadores da ONU se alternavam para declarar o fracasso de negociações. A crise era, de várias maneiras, a paródia do colapso político no mundo.

Mas o que eu via com maior preocupação era o fato de que aquele impasse entre grupos rebeldes e o governo havia deixado um vácuo de poder perigoso, principalmente em muitas cidades do interior. E, assim como na química, esse espaço jamais permanece vazio. No caso da Síria, quem o preencheu foi justamente o Estado Islâmico, um grupo jihadista que transformou a Síria em sua base, modificou o cálculo de potências em todo o mundo e se transformou na maior ameaça à segurança internacional.

Sabíamos, mesmo em uma região longe do front, como jovens combatentes da oposição moderada síria estavam migrando para unidades mais ricas, mais bem armadas e mais radicais. A incapacidade dos grupos rebeldes que pediam democracia acabou por levar muitos combatentes a aderir às organizações terroristas, com muitos recursos, armamento pesado e maiores chances de sucessos militares. Mas também víamos que esses grupos extremistas não caíam do céu. Eles foram estimulados, e até mesmo financiados, por indivíduos de alguns Estados do Oriente Médio.

O Estado Islâmico começou como uma filial da Al-Qaeda em 2004. Ganhando autonomia, os jihadistas rapidamente se desligaram do grupo criado por Osama bin Laden. Usando recursos do petróleo e da venda de bens culturais, além de contar com certa ajuda estrangeira, o

EI conseguiu se expandir rapidamente e convocou para a jihad jovens de mais de oitenta países, que passaram a engrossar suas fileiras. O grupo passou a conquistar cidades no Iraque e ganhou filiais na Líbia e em vários pontos da África. Em julho de 2014, o EI declarou seu califado e colocou governos de toda a região em estado de alerta. Naquele momento, já controlava um terço do território sírio, a maioria deserto, algumas cidades e campos petrolíferos. Nessas regiões, a população era de apenas vinte por cento da anterior à guerra.

Mas, de volta a 2011, o Norte, onde eu estava, seguia sob forte segurança do Estado e Assad havia investido esforços para não perder a região. Nas reuniões que mantínhamos entre a matriz, meus diretores e eu mesma, a percepção era de que, por mais grave que o conflito fosse, ele não duraria muito tempo. Ninguém se atrevia a dizer com todas as palavras. Mas abandonar seiscentos milhões de euros simplesmente não estava nos planos.

Naquelas conversas, entretanto, também comecei a descobrir que a fábrica em que funcionavam as operações que eu liderava não era apenas um empreendimento privado. O governo de Assad tinha uma participação naquele investimento, algo que ninguém jamais havia comentado comigo. Eu comecei, então, a descobrir que, mesmo numa empresa que publicava seus informes financeiros, que tinha suas ações na bolsa de Paris e que contava supostamente com um enorme departamento de auditoria, os segredos existiam e sabiam ser preservados.

Num mapa que eu guardava pendurado atrás da porta de meu quarto, riscava com uma caneta vermelha os nomes das cidades que eram citadas nos noticiários como sendo alvo de confrontos. Talvez fosse uma forma de me tranquilizar, colocando visualmente o fato de que o front estava longe de mim, pelo menos naquele primeiro ano de guerra. Não eram poucos os funcionários locais que questionavam até quando os franceses ficariam ali, garantindo-lhes um raro emprego num país à beira do precipício.

Muito mais difícil era convencer minha mãe de que a guerra na Síria não estava tão espalhada como os jornais franceses diziam. Ao telefone, chegamos a ter conversas duras, o que sempre me deixava arrependida assim que desligava. Eu insistia para ela que uma empresa daquele tamanho jamais tomaria a decisão de permanecer sem que levassem em conta a segurança de seus funcionários. Contei a ela o que havia ocorrido no Egito com a evacuação de duzentas pessoas e como já estávamos recebendo os primeiros planos de uma eventual saída, o que obviamente era uma mentira naquele momento. Além disso, eu insistia que, nas conversas com a direção, a ordem era clara: iríamos ficar.

Sua resposta era, porém, desconcertante.

— Você não está sendo obrigada a nada, Hagar. Nunca obrigamos você a fazer nada.

Ela insistia em me dizer que eu poderia pedir demissão quando quisesse e voltar para casa.

Na realidade, ela estava confrontando a possibilidade de eu estar me escondendo atrás da decisão de meus chefes para justificar minha decisão pessoal de permanecer na Síria. E eu sabia que era isso que estava fazendo. Mas via um abandono do posto ou mesmo um questionamento da operação como um fracasso. E uma demonstração de fraqueza demasiado prematura diante do primeiro obstáculo que eu teria encontrado. Na realidade, eu via aquela situação como uma oportunidade única de mostrar à direção em Paris que era confiável e que minha lealdade deveria ser recompensada. E de fato foi. Ao ver declarada a guerra civil na Síria, meu posto passou a entrar na categoria daqueles que representavam certos riscos e, do dia para a noite, passei a ganhar o dobro. Aquilo era mais dinheiro do que eu jamais havia imaginado ganhar.

Imoral, enquanto um país se incendiava, nossa fábrica via uma produção sem precedentes para fornecer ao governo cimento para a reconstrução de prédios que eles mesmos haviam derrubado. Víamos também como, de forma estratégica, os militares sírios passaram a formar um escudo nas estradas que davam acesso à nossa fábrica, garantindo a proteção a um local importante para a economia da guerra.

Em Paris, meus diretores faziam as contas do que poderíamos

ganhar com a guerra e chegavam a informar isso a investidores, como se nossa posição "privilegiada" no terreno fosse uma garantia de que venderíamos muito. Em cada reunião que fazíamos, a orientação era a de manter a eficiência da linha de produção. De baixo dos escombros, porém, os corpos dos mortos que se amontoavam não pareciam interessar aos executivos em Paris, que preferiam não falar do assunto aos investidores. Não cabia a mim, portanto, questionar aquelas ordens.

— Sai da tua terra, da tua parentela e da casa de teu pai para a terra que eu te mostrarei. E te transformarei em uma grande nação, te abençoarei e engrandecerei o teu nome. E tu, então, serás uma bênção.

As palavras de Deus a Abraão soavam como uma promessa solene de um futuro comum entre o Senhor e o novo patriarca. Um convênio que duraria gerações e abriria um novo capítulo para a Humanidade. Abraão, ainda em Harã, sabia que aquele chamado era, no fundo, uma ordem. Ele tinha uma missão a cumprir e não lhe cabia questionar. Retomaria aquele caminho que, anos antes, havia traçado.

— Abençoarei os que te abençoarem, e amaldiçoarei os que te amaldiçoarem; e em ti serão benditas todas as famílias da terra — prometeu Deus.

Abraão já havia completado setenta e cinco anos e a reviravolta em sua vida não era algo que havia sido fácil. Teve ainda de convencer sua mulher, Sara, de que a riqueza, bens e status que tinham adquirido naquela cidade teriam de ser abandonados. Viviam de forma confortável em uma das principais cidades daquela região. Teriam de abrir mão de tudo para, uma vez mais, seguir em direção a um destino que parecia se repetir em sua história: o desconhecido.

Com a ajuda de Ló, seu sobrinho, Abraão tomou o caminho de Canaã, a terra prometida pelo Senhor, com a garantia de Sua bênção.

Sim, as terras em Ur e depois em Harã não eram das mais acolhedoras para certos tipos de culturas, mas Sara insistia que jamais haviam passado fome ou necessidades, e tomar o caminho do desconhecido significava um risco elevado demais para um homem de setenta e cinco anos. Mas nada o convenceria a desobedecer ao chamado.

O percurso envolveria, então, uma importante preparação, diante da incógnita de uma terra nova. Ao partir em viagem, levou consigo não apenas seu cajado, sua esposa e seu sobrinho, mas também as almas de todas as gerações que o precederam. Levava consigo, em seus ombros, parte da Humanidade. Em cada passo que Abraão dava por vales e montanhas, abria novos capítulos de uma história em que o real e a imaginação, a fé e o destino desenhavam o mesmo traçado.

Partir para Canaã era sua demonstração a Deus de que deixaria sua vida ser conduzida por poderes celestes, mesmo não sabendo exatamente o que faria diante da reivindicação de posse de uma terra já ocupada por outros, abrindo, então, caminho para um confronto até hoje não resolvido. Mesmo assim, Abraão atravessou Siquém até o carvalho de Moré, onde estavam então os cananeus em sua própria terra. Avistou aqueles campos verdes, profundamente diferentes da cor marrom à qual estava acostumado.

— À tua semente darei esta terra — anunciou o Senhor quando Abraão chegou ao local prometido.

Antes mesmo de saber em que condições viveria, o patriarca imediatamente se pôs a edificar um altar em uma das montanhas a oriente de Betel.

As fronteiras da terra prometida por Deus eram, de fato, generosas. Ao explicar a parcela de propriedade que lhe caberia, o Senhor disse-lhe que os descendentes do próprio Abraão controlariam um território que iria desde os rios do Egito até o Eufrates. Sob o controle do patriarca, portanto, estaria todo um continente e suas dezenas de tribos, desde o deserto da península arábica aos faraós egipcios, damascenos, habitantes de Ur, descendentes dos babilônios e toda uma população que se contava com o mar para sua subsistência.

Mas, numa das primeiras noites em sua nova terra, Abraão avistou sinais de fogueiras nos picos dos montes que o rodeavam. Era dessa forma que aquele povo local se comunicava entre diferentes vales, alertando para eventuais invasões estrangeiras ou riscos iminentes.

Naquela noite, praticamente todas as cúpulas das montanhas estavam acesas, no que seria interpretado por Abraão como um claro recado a ele e seus homens de que aquela ocupação sofreria resistências. Um sinal de que existiriam limites ao que ele poderia argumentar como sendo a "palavra divina" ou um chamado de um destino de um povo escolhido.

Canaã, de fato, era ocupada por diversos grupos, cada qual com seus interesses e rivalidades. Mas que, por séculos, tinham conseguido coabitar de maneira relativamente pacífica. A chegada de Abraão, porém, significava um golpe no frágil equilíbrio da região e nos complexos acordos de acesso de cada um dos grupos aos recursos hídricos.

Vista a partir da região dos damascenos, na Síria, ou da Mesopotâmia, Canaã era a terra do sol poente, os países baixos. Mas, com a chegada de Abraão, Canaã passaria a ser sinônimo de uma terra em disputa, uma realidade que perduraria por milênios.

Abraão sabia que aqueles povos eram descendentes de Cam, neto de Noé. Ali viveriam os jebuseus, amorreus, girgaseus, heteus, arqueus, sineus, arvadeus, zemareus e hamateus. Estavam espalhados desde Gaza até Sidom, de Gerar até Sodoma. Ao Norte, a verdadeira fronteira eram as montanhas geladas. Ao Sul, o deserto.

Não eram tribos quaisquer. Os heteus, por exemplo, se valiam de um poderoso exército, assim como cidades fortificadas, uma *importante cultura e códigos legais que estabeleciam regras para as relações entre seus cidadãos.*

Beirando o mar Morto ainda estavam os amorreus, com seu império que chegou a se estender da Babilônia ao Sinai, passando por Hebron e Siquém. Abraão ainda teria de enfrentar os girgaseus, às margens do rio Jordão, tradicionalmente conhecidos como um grupo que não poupa sangue para resistir a invasões. Na região do que um dia seria Jerusalém estavam os descendentes de Jebus, enquanto os guerreiros filisteus buscavam seu espaço.

A união de todos esses grupos era frágil, salvo algumas práticas religiosas que existiam antes das convenções posteriormente estabelecidas por Abraão e seus descendentes. Uma delas era a de sacrificar uma das crianças da família cada vez que uma casa era construída. Seu corpo seria colocado como uma fundação daquela nova residência, garantindo que os descendentes sempre soubessem que a posse de uma terra ia muito além das pedras e argila usadas nas obras.

Assim, ressoava nos sonhos e pesadelos de Abraão a promessa que Deus lhe fizera:

— A teus herdeiros eu darei esta terra.

Mas qual será "essa terra"?, questionava o patriarca consigo mesmo. Sim, ele cumpria naquele local uma missão divina. Mas como justificá-la diante dos eventuais massacres que poderiam ocorrer em nome de Deus?

11. A CORRUPÇÃO

Na primavera de 2013, minha realidade mudou e os massacres que antes pareciam distantes agora podiam ser praticamente cheirados de onde estávamos. O Estado Islâmico havia se aproveitado do imobilismo da ONU e das potências internacionais e crescido de forma avassaladora, conquistando várias novas cidades. O processo de paz havia fracassado na cada vez mais distante Genebra e, com o passar do tempo, região após região sucumbia diante da violência dos jihadistas. E não seria diferente em Jalabiya.

Eu via de meu escritório, e com frequência cada vez maior, colunas de fumaça negra ao fundo. Na minha cabeça, elas pareciam cada vez mais próximas, a ponto de parecer possível sentir o odor de queimado. Eu tinha consciência de que era apenas minha imaginação, mas aquelas pareciam alucinações vindas de um desespero latente.

Apenas uma coisa era capaz de frear a violência do EI: a corrupção. A partir de um acordo secreto, o grupo terrorista havia chegado a um entendimento com nossa empresa. Eles permitiriam que nossa operação constinuasse apenas sob pagamento de um elevado "imposto". Em outras palavras, tratava-se de propina em troca de segurança. Os valores eram milionários e certamente serviam para financiar ataques terroristas e crimes de guerra. Em meio ao turbilhão de um conflito, as escolhas nem sempre podiam ser as mais racionais.

A fábrica era uma das mais importantes e modernas de todo o Oriente Médio. E mantê-la em operação era uma prioridade para a direção em Paris, inclusive para permitir que o investimento ali feito fosse amortizado. Aquele também era um sinal de que a maior empresa de cimento do mundo – tão bem cotada na bolsa de valores – não abriria mão de sua produção nem diante de um quadro de violência extrema. Pessoalmente, eu achava tudo aquilo absurdo, mas, convivendo com um dos símbolos do capitalismo francês, sabia que minha posição crítica não se alinhava à mentalidade da cúpula da empresa, principalmente porque não eram seus integrantes que tinham suas vidas ameaçadas.

Certa manhã, logo que cheguei ao escritório, um dos chefes do departamento de vendas me disse que precisava me mostrar alguns dados. Segundo ele, nossa produção enfrentava uma queda grave e passara de dez mil toneladas de cimento por dia para apenas seis mil. O que nos salvava era que, em parte, a guerra tinha elevado o preço do produto em toda a região. Se nos primeiros anos de conflito vendíamos sacos com cinquenta quilos por cerca de duzentos e cinquenta libras sírias, em 2013 os valores já chegavam a quinhentos e cinquenta libras.

A instabilidade na produção era um reflexo direto do que eu via pelas minhas próprias janelas: a conquista cada vez mais clara pelo EI das cidades e estradas nos arredores da fábrica. O que antes era apenas uma guerra distante e com a qual lucrávamos – o que era destruído, nós reconstruíamos – acabou chegando até os portões de nossa empresa. Os tambores da guerra ressoavam em nossos estômagos e já haviam tirado nossa paz.

Raqqa, cidade situada a menos de cem quilômetros da fábrica, havia sido tomada pelo EI e se mantinha sob seu poder desde junho de 2013. Pouco tempo depois – e para nosso desespero – passou a ser a capital do grupo terrorista.

A cada conference call com a sede, a orientação dada era a mesma: continuar produzindo e mantendo o diálogo aberto com todos os grupos na guerra para que nossos funcionários fossem poupados. "Nós não temos lado", os executivos de Paris me diziam insistentemente. Cinicamente, essa era a forma de afastar riscos e manter os lucros estáveis, bem como o acesso aos mercados. Com a ajuda de um grupo de fixers sírios, tentamos manter o discurso de que as principais estradas seriam mantidas abertas para que os empregados pudessem transitar entre suas casas e o trabalho em segurança, mas todos sabíamos que o real motivo era garantir a circulação dos caminhões com cimento. A crueldade dos negócios nos obrigava a priorizar as toneladas em vez de vidas.

A tranquilidade e a estabilidade do início de meu tempo na Síria me pareciam um passado distante. A sensação agora era de tensão permanente e se traduzia em olheiras cada vez mais profundas, acompanhadas do consumo intenso de xícaras e mais xícaras de café. Durante as conversas ao telefone, eu me dava conta do quanto me tornara incoerente e pouco clara em minhas ideias. Não por acaso, passei a evitar ao máximo falar com minha mãe ao telefone. No caso de meus chefes, porém, eu não podia simplesmente rejeitar uma chamada.

O conselho da empresa, em Paris, sabia de meu desespero e, num gesto conciliador, optou por enviar até mim um especialista em crise e segurança já no fim de 2013. De origem síria, o mediador era obviamente um homem experiente em guerras. Com um evidente excesso de confiança em si e rugas que marcavam seus quase setenta anos, Mahmoud Jaloudi não via qualquer inconveniente em dormir na fábrica e insistia em alertar a todos que, para todos os efeitos, ele simplesmente "não existia". Essa era uma forma de deixar claro que seu trabalho de diálogo com terroristas só funcionaria se seu perfil fosse mantido em total sigilo. Jaloudi viajava constantemente, deslocando-se entre Manbij, Raqqa e Gaziantep, na Turquia, onde podia estar em segurança.

Sua experiência também era evidente e, ao mesmo tempo, impressionante. Seus relatos apontavam que ele fora enviado por multinacionais tanto para o Irã como ao Iraque nos anos 1980, com o objetivo de garantir a retirada dos funcionários de construtoras estrangeiras e ainda recuperar reféns. O que me preocupava nele, entretanto, eram seus métodos de pagamento dos referidos "impostos", termo utilizado por ele próprio. A esse respeito, no entanto, ninguém na fábrica tinha espaço para opinar.

Quando assumi a empresa na Síria, rapidamente identifiquei os três executivos que, de fato, tinham uma grande influência nos negócios da companhia e detinham poder sobre ela. Eram eles: Mahmoud Al-Khalifa, que mantinha o título extraoficial de gerente de produção, Tamer Cham e Abdulla Maalouf. Os três eram intermediários que, conhecendo o negócio como poucos, permitiam que a empresa pudesse operar de maneira equilibrada em uma época de conflito. Quanto mais a guerra avançava, mais a empresa dependia desse trio, que conseguia se articular, a um só tempo e satisfatoriamente, com o governo, a oposição e os terroristas.

Seus acordos com grupos armados eram mantidos em sigilo, enquanto os lucros eram sempre repartidos entre os três. Não era raro as contas de nossa filial serem questionadas por Paris, o que sempre me levava ao constrangimento de pedir explicações ao trio. A cada resposta dada, eu experimentava a constatação de que éramos todos dependentes de um grupo que atuava na semi-ilegalidade, para dizer o mínimo.

Os recibos de valor bem elevado para o abastecimento de certos materiais, por exemplo, eram explicados pelo trio como sendo custos extras para liberação de cargas sequestradas ou simplesmente propinas pagas aos diferentes grupos armados. No entanto, jamais saberíamos se aquela carga havia realmente sido sequestrada ou a propina paga.

Esse trio de atravessadores que se alimentava da guerra era um grupo sui generis. Tamer Cham, que contava com apenas vinte e oito anos, era chamado por todos de Doutor e tinha dupla nacionalidade, síria e canadense. Estudara na escola de direito de Harvard, onde chegou a ser convidado, anos depois, a dar uma palestra sobre Resolução de Conflitos. Como fachada para suas atividades, ele se apresentava apenas como consultor para assuntos ambientais. Eu achava incrível o modo como conseguia convencer os demais de que era, de fato, um empresário com reconhecida credibilidade.

Mas, dos três, quem mais me preocupava era Maalouf. Nascido em Raqqa, era ele quem nos garantia o abastecimento de energia e gasolina, ainda que a um preço tão elevado que chegava a ser imoral. Aos olhos dele, minha presença no comando da filial na Síria era uma afronta. Constantemente, ele achava algum pretexto para me lembrar que, como estrangeira e mulher, eu certamente não era capaz de entender o que acontecia nos negócios.

A chegada do mediador Jaloudi, portanto, não me parecia uma má ideia. Se se mostrasse um aliado, poderia contrabalançar o poder do trio que detinha o poder. Entretanto, com o tempo, Jaloudi foi notando a impossibilidade de dar certas ordens que pudessem ameaçar a influência – e a renda – daqueles atravessadores.

Assim que chegou, sua primeira missão foi apenas a de, com a ajuda de nossos motoristas, avaliar e, se possível, reelaborar as rotas que poderiam ser usadas para transportar o cimento até os mercados. Obviamente, os intermediários não teriam como contestar a pertinência daquela medida.

Certo dia, reunidos em nossa garagem, abrimos os mapas e, lado a lado, motoristas, Jaloudi e outros funcionários passaram a trabalhar juntos. O que buscávamos saber era como poderíamos evitar os checkpoints do EI. As rotas envolviam ou o trajeto entre Jalabiya, Alepo e Sarakeb ou o que passava entre Jalabiya e Raqqa. Outro destino importante era ainda o de Deirez-Zor.

Com o mapa em mãos, Jaloudi poderia negociar com o grupo islâmico o valor a pagar e o número de checkpoints que os caminhões teriam de cruzar. Todas as estradas periféricas que pudessem ser usadas seriam aproveitadas. Mandamos também alguns representantes para conversar com fazendeiros locais com o intuito de convencê-los a permitir que usássemos as estradas de terra em suas propriedades, pois seriam úteis para evitarmos os controles. Todavia, em outras situações, não havia qualquer alternativa a não ser aceitar as regras do EI.

Para fabricar o cimento, usávamos calcário e argila, mas em 2012 a empresa egípcia que nos fornecia a pedra encerrou suas atividades na Síria em razão da guerra. Esse imprevisto foi um dos meus primeiros desafios e passamos, então, a obter fornecimento de companhias locais, controladas por curdos. Precisávamos ainda de pozolana e combustível pesado e passamos também a comprar esses produtos de empresas pequenas da região, as quais obtinham os barris de petróleo justamente sob domínio do EI.

Toda a tensão dos negócios era ainda aprofundada por uma questão ética. Sem qualquer sombra de dúvida, nós nos víamos financiando diretamente o terrorismo. Sentia nojo quando, pela internet, lia comentários sobre como a França havia condenado esse ou aquele ataque terrorista. Enquanto veiculavam essa falácia, seu próprios políticos mantinham suas campanhas financiadas justamente pelo capital que era gerado mediante pagamento de propina ao EI.

Eu tentava obstinadamente me blindar de toda aquela ação e de seus efeitos. Procurava me convencer de que a empresa estava mantendo os pagamentos em dia e que eu não tinha qualquer relação com aquela prática. Pois, se dependesse de mim, tudo aquilo certamente já teria terminado.

O maior problema que eu enfrentaria, no entanto, ainda estava por vir. Pouco tempo depois, ao tomarem conhecimento de que a fábrica era comandada por uma mulher francesa, os negociadores do EI passaram a exigir de Jaloudi que fosse eu, em pessoa, a intermediária para a entrega do dinheiro destinado à corrupção.

As tentativas de convencer os terroristas de que esse jamais poderia ser meu papel foram inúteis. Jaloudi concordava com meu ponto de vista, mas o EI não cedia diante de qualquer argumento. Fui então convencida de que o esquema duraria apenas alguns meses e que, de fato, eu estaria ajudando a salvar vidas, principalmente as das famílias de nossos empregados.

Em Paris, o conselho da empresa também havia recusado a minha hesitação, alertando de forma constante que essa etapa da negociação era de responsabilidade minha. O tema jamais fora tratado como corrupção na sede na companhia. Para falar de valores, sempre se referiam a "impostos e encargos de transporte". A hipocrisia ainda os fazia solicitar que em eventuais e-mails e informes destinados à sede o tema dos pagamentos fosse sempre evitado.

A ideia de pagar propina ao EI me consumia o espírito. Não foram raros os momentos em que me senti doente, vomitando aquele mal-estar como se minhas defesas tentassem expulsar do meu corpo toda aquela sensação de traição. Eu vivia sufocada entre a contradição de meus princípios e minha função numa multinacional. E a isso somava ainda a responsabilidade que tinha pelas famílias de nossos empregados.

Depois de três noites mal dormidas e permeadas por pesadelos, decidi que assumiria a tarefa da entrega do dinheiro. No fundo, essa não era uma escolha, ou talvez eu tivesse convencido a mim mesma de que não havia alternativa. Os recursos seriam colocados em vinte sacos de cimento num caminhão e seriam entregues em uma estrada abandonada, nas proximidades da fábrica.

Foi assim que efetuamos a primeira transferência de recursos de que participei, contando ainda com a ajuda de outros quatro empregados. Viajando na caçamba do caminhão, eu era a garantia dada ao EI de que o processo de fato envolvia a direção do grupo. Estava ciente de que, se algo de errado acontecesse, eu seria sequestrada ou morta, o que representaria um duro golpe para a multinacional. A partir de abril de 2013, mês após mês, realizaríamos as entregas de dinheiro dessa forma, sempre sob forte tensão e ameaça de metralhadoras apontadas em minha direção.

Durante uma dessas entregas, a transferência de dinheiro acabou se transformando em derramamento de sangue. Depois da contagem, um dos combatentes informou a seus chefes, de forma equivocada, que o dinheiro no caminhão não era o suficiente. Imediatamente, um de nossos homens foi baleado como um sinal de que não poupariam ninguém se a fraude estivesse comprovada. Era a primeira vez que estava sendo confrontada com uma execução e bem diante de meus olhos. Não pude conter um grito desesperado, o que fez com que os terroristas imediatamente apontassem suas armas de volta para mim. Fiquei completamente perturbada ao ver aquele corpo, ainda gemendo, caído no chão. Com a confusão instalada de forma inexplicável, tomei coragem de enfrentar aqueles jovens e saí do carro aos berros, exigindo que o dinheiro fosse recontado diante de nós. Era como se a recontagem fosse nos trazer de volta a vida daquele funcionário. Mas eu simplesmente não poderia aceitar que fôssemos todos massacrados por uma mentira. Ensaiei caminhar até o corpo jogado pela estrada, mas fui agarrada pelo braço por um de nossos homens, que me impediu de cometer mais aquela imprudência.

Aquela minha reação inesperada talvez os tenha imobilizado por alguns instantes, o que, provavelmente, salvou a minha vida. Mas havia um certo limite. Afinal, eram eles que estavam armados.

Pelo chão, uma poça de sangue formando-se ao redor do homem morto, sacos de dinheiro espalhados e a areia conduzida pelo vento compunham um cenário esquizofrênico. Contrariados e surpresos, os jihadistas começaram a recontar a propina, em um silêncio tétrico.

A recontagem provou, então, que não existia qualquer fraude. Mas obviamente não receberíamos qualquer reparação ou mesmo algum pedido de desculpas pela desconfiança ou pela perda de um de nós. Tampouco nos foi dado o direito de recuperar o corpo da vítima, que estava destinado a ficar ali, estendido na estrada. Demos a volta com o caminhão para retornar à fábrica, e a imagem do morto, visível no retrovisor, foi ao poucos desaparecendo com a distância e a poeira. Mas, em minha cabeça, a cena ficou gravada, e me assombraria por anos.

Foi naquele mesmo retrovisor que eu me confrontei comigo mesma de maneira que jamais havia acontecido em minha vida. Na imagem que balançava com o movimento do caminhão, eu não conseguia mais reconhecer meu próprio rosto. Meus atos tinham acabado de gerar a morte de uma pessoa. Ele estava sob minha responsabilidade. Não podia aceitar que ele fosse uma mera vítima da guerra insana que ocorria ali. Era meu funcionário.

— Chega, não posso mais continuar. Eu não sou essa pessoa — murmurei.

A meu lado, o motorista e um outro funcionário não escondiam uma enorme surpresa em seus olhos. Sempre respeitosos, um deles romperia o silêncio e a hierarquia para me alertar que eu não tinha outra opção.

— Se a senhora não prosseguir com os pagamentos, a vida de toda uma comunidade poderá ser massacrada — ponderou ele. — Inclusive a da senhora.

Minha esperança era de que, em poucas semanas, a empresa se desse conta do absurdo e ordenasse a evacuação completa dos empregados. Mas, para minha frustração, isso jamais ocorreu. Por certo tempo e de uma forma abominável, conseguimos manter uma produção relativamente estável, com nossos empregados seguros e as vendas garantidas. Havia apenas um problema: a guerra avançava e, a cada mês que passava, a ambição do EI se tornava maior. E estava claro para todos que o sistema de produção que vínhamos mantendo estava com seus dias contados caso nossa região passasse a ser alvo do grupo terrorista. Somente duas instâncias não consideravam essa possibilidade: os atravessadores, porque lucravam com a guerra, e a sede da empresa, que nem sequer conhecia a guerra.

Nos meses que se seguiram, aquele grupo terrorista parecia imbatível. Havia ganhado territórios em diversas áreas do país e acompanhávamos o movimento de grupos mais radicais de oposição ao regime de Bashar Al-Assad também optando pela união ao Estado Islâmico. Também recebíamos informações de que o califado se organizava de uma maneira cada vez mais parecida à de um Estado, com serviços de cobranças de impostos, com sua polícia religiosa e, claro, com as regalias de sua cúpula.

A partir de março de 2014, a cidade de Manbij foi finalmente tomada pelos jihadistas. Ali vivia grande parte de nossos empregados. O que estava em jogo agora não eram apenas sacos de cimento, mas a vida de mais de uma centena de pessoas.

Caberia ao nosso mediador voltar a agir e garantir que a empresa pudesse dar continuidade à operação. Dias depois da tomada da cidade, uma oferta nos foi feita: o valor pago ao grupo terrorista tinha de ser dobrado e, em troca, poderíamos restabelecer o fluxo de trabalhadores entre suas casas e a fábrica. Nas reuniões que tivemos com a sede em Paris naquele início de primavera, era reforçada a ideia de que estávamos pagando um seguro, o que, obviamente, soava como uma situação fora do comum. Internamente, eu tinha a sensação de que estávamos apenas comprando tempo na forma de sacos de cimento. Por mais que jamais tivéssemos atrasado um pagamento, ficava claro que o EI não via a hora de tomar a fábrica para si.

Com o passar do tempo e o avanço do grupo terrorista sem qualquer resistência em muitos dos vilarejos, cada nova mensagem trazida por Jaloudi tinha o impacto de um golpe em nosso moral. Aquelas foram semanas dramáticas e de uma profunda angústia. À medida que o calor do verão no Oriente Médio chegava sem pedir licença, o cerco à fábrica deixava de ser um temor e se transformava em uma realidade.

No dia 29 de junho de 2014, recebi um e-mail de Jaloudi logo cedo. Era, talvez, o primeiro sinal claro de que o fim estava próximo. Ele havia colocado em cópia o departamento de Recursos Humanos da fábrica e, na mensagem, revelava como sua equipe de mediadores tinha dificuldades até mesmo para manter o diálogo com a cúpula do EI.

Ele contava como a visita a Raqqa para a negociação dos futuros pagamentos havia fracassado. Não pela falta de dinheiro, mas sim pela falta de interesse dos terroristas. "O representante sênior do EI ainda não está de volta. Dizem que ficou em Mossul, mas eu o encontrarei quando ele retornar", Jaloudi apontava, na esperança de nos tranquilizar.

A partir daquele instante e pelos próximos dois meses, o escritório da fábrica passou a ser minha casa, enquanto minha vida era colocada cotidianamente à prova. A cada fim de expediente, meu temor era de que jamais voltasse a ver parte daqueles funcionários que precisavam voltar para suas residências.

Não eram apenas as elevadas temperaturas que pesavam sobre nossas cabeças. Em meus pesadelos, sentia que me asfixiava com a fumaça negra que, pela minha janela, já se tornara um cenário constante. A cada amanhecer, eu me questionava: *Será que terminaremos o dia de hoje vivos?*

No auge daquele verão, em 28 de agosto de 2014, uma mensagem de Jaloudi finalmente sepultou nossa fábrica: "O Estado Islâmico pede a lista de todos os nossos empregados. Tentei obter uma autorização para adiar o envio, mas o pedido foi recusado", avisava o mediador, que sugeria uma conference call urgente com a liderança da empresa. No dia seguinte, a conversa chegou a durar onze horas. Participei de tudo como interlocutora entre ele e a direção em Paris. O decreto de Jaloudi foi reforçado por um ultimato dado por Abdulla Maalouf, responsável naqueles meses por obter pozolana. "Já faz dias que não pagamos os impostos, que já chegam a 7,6 milhões de libras sírias, cerca de 30 mil euros", dizia num e-mail endereçado a mim e à direção em Paris, dias depois. "Por favor, entendam que esse dinheiro deve ser pago a fornecedores que trabalham com o exército islâmico e a empresa não deve tentar enganá-los". Maalouf queria dar a impressão dentro da empresa de que estávamos com uma dívida quando, na realidade, tratava-se apenas de um valor que, da noite para o dia, havia se multiplicado.

Naquele mesmo dia, chegaria mais um de seus e-mails, contando que Cham, o Doutor, havia tentado de tudo para "acalmar as partes", incluindo os curdos. Precisávamos de dezoito mil euros até o final da semana e do restante até o final do mês "se quiséssemos continuar a operar".

Tínhamos claramente duas opções: pagar o que devíamos ou nos prepararmos para uma fuga. Naquela mesma noite, por ordem de Paris, eu levaria mais uma vez um saco de cimento lotado de dinheiro para os representantes do EI. Poucas vezes me senti tão suja como naquela noite. Mas, como responsável pela fábrica, eu tentava me convencer de que era aquele pagamento que garantiria a vida de meus funcionários e também a minha. Naquela altura, eu nem voltava mais para minha casa, e meu escritório havia se transformado, de fato, no meu único refugio.

Dois dias depois, um dos chefes do serviço de motoristas me telefonou para avisar que os passes emitidos pelo EI para o livre tráfego de caminhões haviam sido entregues. No documento, selado com um carimbo oficial do grupo terrorista, as autoridades do EI diziam aos seus "irmãos em armas" que permitissem a "passagem desse veículo que carregava cimento da fábrica da empresa francesa, como parte de um acordo firmado em Raqqa". O documento fora emitido pelo Bayt Al-Mal, o que podemos chamar de Ministério das Finanças do grupo radical, responsável por coletar o dinheiro dos pedágios, impostos e propinas, de modo a redistribuí-lo pelo território ocupado e pelas unidades no exterior.

O que era para ser um motivo de comemoração e certo alívio foi, no fundo, a mensagem final do grupo terrorista. Pela primeira vez, os passes tinham data de expiração: 19 de setembro de 2014. A propina geralmente nos oferecia o passe por um período de meses, mas desta vez tinham nos oferecido apenas sete dias.

Decidi não assustar os motoristas e funcionários e telefonei imediatamente para Jaloudi. Sua voz era o espelho do fracasso, confirmando minha impressão inicial:

— Temos de preparar uma evacuação, Hagar. Não há mais qualquer garantia.

Eu não sabia se me sentia aliviada ou apavorada. A realidade era que, de uma forma ou de outra, eu acreditava que aquela irracionalidade um dia chegaria ao fim, e então finalmente eu poderia voltar para casa em paz, contando com o apoio da empresa que havia me contratado. Era um pensamento obviamente egoísta, já que eu também era responsável pela vida dos mais de cem funcionários que, da noite para o dia, ficariam sem renda e totalmente vulneráveis aos grupos extremistas. Não foram poucas as mulheres que, diante do risco da chegada do grupo radical, temiam ser violentadas sexualmente. O estupro havia se tornado uma arma de guerra e os jihadistas se valiam dela para que a estrutura de uma comunidade pudesse ser irremediavelmente abalada em apenas poucos dias.

Organizamos a evacuação de todos nos dias que se seguiram. Pouco a pouco, fui pedindo que departamentos inteiros deixassem de se apresentar ao trabalho, enquanto acelerava os pagamentos de salários, tudo em total silêncio e discriçao. Em alguns casos, a despedida era permeada de lágrimas. Em outros, sobravam acusações por parte dos trabalhadores sírios de que eu os havia abandonado à morte.

Eu havia organizado minha própria fuga para o dia 18 de setembro, prevendo que o fim da autorização do tráfego de veículos tivesse algum significado mais amplo. Eu seria a última a sair. E meu instinto estava certo: o Estado Islâmico invadiu a fábrica no dia seguinte.

Entretanto, não encontraram nenhum cimento disponível. Todo o estoque havia sido vendido num mercado clandestino com a ajuda de Cham. O atravessador ficaria com parte do cimento produzido em troca da venda que estava organizando. Mais uma vez, seu objetivo era lucrar com a guerra. Naquela altura, eu não me importava mais, tudo o que queria era fugir.

Semanas depois, fomos informados de que o EI havia, inclusive, destruído a fábrica. Antes, porém, retiraram do local todo o maquinário e o transferiram para sua capital, Raqqa.

Uma seca inaudita que se abatia sobre a região escolhida como residência por Abraão estava tendo um impacto devastador sobre os agricultores locais e pastores de ovelhas. A generosidade, em alguns casos, era substituída por um sentimento de zelo e de autopreservação, e a moral, pela delinquência.

Abraão e Sara não foram poupados, mesmo com toda a capacidade que tinham de reunir forças celestiais. Ao seu redor, era a morte que rondava. Por onde andavam entre os vilarejos locais, o rosto da seca era a fome. Alguns garotos, já com idade de sete anos, mal conseguiam se mexer. Não sorriam e não tinham reação sequer para afastar as moscas que os atormentavam. Já não tinham lágrimas em seus olhos profundos. E nem mesmo energia para chorar. Quando abriam os olhos, em um movimento lento, nem sequer se podia saber se realmente enxergavam, nem o que de fato viam.

Abraão pensava que, se as chuvas voltassem dentro de alguns dias, aquelas crianças talvez pudessem ser salvas. O corpo se recuperaria, mas suas condições mentais estariam afetadas para sempre, e seu futuro, sequestrado. O local era testemunha do atestado de óbito de reinos locais e de toda a impotência da terra em atender suas populações. O processo da fome que se via em cada rosto era dos mais perversos. O corpo humano encontrava maneira de se defender bravamente da fome. Sua arquitetura era desenhada para comer o mundo, mas na ausência de alimentos começa a devorar a si mesmo. O braço de alguns não tinha mais de dois centímetros de largura. Seus músculos já não existiam.

A seca ainda geraria um rompimento na família e na comunidade liderada por Abraão. Cada qual, na busca por sobrevivência, acabou por seguir seu próprio caminho. Jacó, por exemplo, tentou a sorte em Goshen. Já Isaac foi atrás de terras em que pudesse plantar.

Mas Abraão optou por um trajeto mais ousado. Ele e Sara seriam os primeiros de seu clã a apostar no Egito como solução. Membros de sua comunidade já haviam mandado buscar no delta do Nilo grãos para que pudessem manter vivos seus animais e uma pequena produção de pão.

Com sua vida o levando de região em região, o patriarca sabia que uma mudança significava a abertura de oportunidades para sua família, mas, ao mesmo tempo, representava riscos. Ele seria um estrangeiro numa terra onde não teria nenhum parente de sangue. Dependeria da hospitalidade da população local e seria um refugiado, expulso de sua terra não por uma guerra. Mas pela própria natureza.

Abraão, ao longo de sua vida, havia costurado de forma muito hábil relações com líderes de comunidades ao longo de sua rota. Mas, a cada mudança, sabia que se colocava novamente em uma posição vulnerável. Teria, uma vez mais, direitos limitados em terras estrangeiras. Seria, uma vez mais, visto com desconfiança. Teria, uma vez mais, que construir relações e provar que vinha em missão de paz.

O Egito não era um destino que Deus havia recomendado. Para Isaac, inclusive, o Senhor já havia chegado a dizer que aquele caminho não deveria ser tomado. Mas, no caso de Abraão, o que imperou foi um silêncio das forças divinas depois de tantas demonstrações de obediência a Deus por parte do patriarca. Abraão considerou que havia chegado o momento de salvar sua própria família e não imaginava qualquer argumento capaz de impedi-lo de rumar para uma terra fértil.

Sara, por sua vez, era mais realista. Para ela, Deus não havia demonstrado nenhuma simpatia pela ideia da viagem. Sabia que ficar não era uma opção viável, mas tinha consciência de que seguir as ordens de Deus nem sempre significava tomar o caminho mais fácil.

A opção por partir, portanto, era um atalho para superar os desafios impostos pela natureza. Um sinal de que a fé poderia se cansar de esperar, principalmente diante da ausência de um sinal claro.

A travessia de meses até chegar ao Egito certamente seria cansativa, mas recompensada pela possibilidade de poderem voltar a se alimentar. O refúgio ao Sul poderia ser um reinício de uma vida.

Entretanto, uma vez já em seu caminho, atravessando o Sinai em direção ao delta do Nilo, Abraão receberia um alerta de pastores locais. Se chegasse com uma mulher com a beleza de Sara no Egito, ele seria morto e sua esposa levada pelas autoridades ao faraó Abimelech. O patriarca sabia que não podia voltar atrás, tampouco deveria assustar sua mulher.

Ele, assim, aguardou até que a terra do Nilo apareceu em seu horizonte para explicar a Sara os perigos que corriam.

— Sei da mulher linda que você é. Quando os egípcios colocarem os olhos sobre você, vão dizer: "Essa será nossa esposa". Eles, então, irão me matar para poderem ficar com você.

Confusa, Sara parecia não entender qual seria o plano.

— Precisamos dizer que você é minha irmã. Assim, você será bem tratada e eles não me matarão — explicou Abraão.

Sara não via aquela decisão com bons olhos. Ela se passaria por outra pessoa para salvar a própria vida ou a do marido? Se a vida de Abraão fosse poupada, será que ele estaria disposto a entregá-la? Para ela, a atitude de seu marido parecia egoísta. Ele ofereceria sua esposa como preço a ser pago pela própria proteção, mesmo que isso lhe custasse sua dignidade.

Para que um refugiado fosse aceito no Egito, era obrigado a contribuir com o governo do faraó, entregando a ele suas propriedades e seus animais. Ou ainda qualquer outro objeto que os anfitriões desejassem. A beleza única de Sara, portanto, não passaria despercebida. Em troca da proteção do monarca, Abraão não teria como dizer não se lhe pedissem sua mulher. Assim, e como previa o patriarca, Sara se transformaria em uma concubina do faraó.

Tudo aconteceu como ele havia imaginado e a estratégia parecia ter funcionado. Sua esposa passou a viver no palácio real e ele recebia proteção suficiente para começar a acumular bens uma vez mais. Passou a ter camelos, cordeiros, mulas e até mesmo empregados. Muitos daqueles bens eram presentes do faraó ao suposto irmão da nova concubina real.

A vida havia reservado uma surpresa inesperada àquele senhor de mais de cem anos. Sim, ele temia ser julgado por suas ações, mas se protegia sob o argumento de que jamais tinha planejado tal destino. A promessa de Deus ao casal de que iriam a uma terra abençoada e, de lá, seus descendentes dariam passos para uma nova civilização parecia distante e irreal.

Por anos, a separação entre Abraão e Sara os transformaria e ao mesmo tempo os uniria como nunca. No palácio, a mulher que havia passado sua vida ao lado do patriarca aguardava por um sinal divino para voltar aos braços de seu marido. Não lhe faltava nada e vivia no luxo. Mas jamais ousou encarar tudo aquilo como um privilégio. Ela, em seu coração, estava presa e era abusada quase diariamente pelo faraó ou oferecida a seus aliados. Abraão, com uma riqueza acumulada que jamais fez parte de seus projetos, se sentia sujo e refém de sua mentira. Havia fracassado em suas tentativas de convencer os enviados do faraó a darem a ele permissão para que voltasse a ver Sara, argumentando que precisava saber como estava sua irmã. A ambos, apenas restava rezar para que pudessem viver e voltar a se encontrar.

Então, numa noite com uma ventania forte que vinha do Mediterrâneo, Deus falou com o faraó em seus sonhos. Ameaçando contaminá-lo com uma doença incurável, o Senhor contou ao líder egípcio a verdade sobre Sara e sobre Abraão.

— A mulher que tomaste para ti é uma mulher casada — disse-lhe o Senhor no sonho. — Tu és tão valioso quanto sua morte.

— O Senhor seria capaz de destruir uma nação inocente? — respondeu o faraó. — Abraão me disse que Sara era sua irmã. E ela me disse que Abraão era seu irmão. Fiz isso com uma consciência tranquila e com as mãos limpas — respondeu o faraó.

— Sim — respondeu Deus. — Eu sei que não sabias.

Ao ver o sol iluminar seu reino, o faraó ordenou imediatamente que Abraão fosse convocado para prestar esclarecimentos.

Quando os emissários de Abimelech chegaram, o patriarca já sabia que ele havia descoberto a verdade.

— O que foi que você fez comigo? Por que não me disse que era sua mulher?

Diante de um rei pagão, Abraão decidiu jogar com as palavras e insistiu que não havia mentido. Afinal, Sara era de fato sua meia-irmã, uma das dezenas de filhas de seu pai. O patriarca ainda explicou, sem sucesso, que em Harã tal prática era mais frequente do que se imaginava. O status de esposa era, na realidade, ainda mais forte quando a mulher era uma parente do homem que seria seu marido.

Abraão temia que, sem conseguir convencer a corte, seu destino fosse a morte. Mas o faraó, desejoso de um reconhecimento eterno de sua sociedade, tinha outras prioridades: viver o máximo de tempo possível.

— Leve-a. Saiam daqui — gritava o faraó, na esperança de que a fuga do casal impedisse Deus de puni-lo com a doença incurável.

O Senhor, então, optou por não punir nem o faraó nem o casal que havia mentido. Aqueles que haviam pecado o fizeram fosse por ignorância fosse por senso de sobrevivência. A censura de Deus, portanto, não faria qualquer sentido. Abraão, de certa forma, tinha razão desde que havia deixado o local de sacrifício de Isaac, e aquele seu gesto colocaria a generosidade do Senhor em um novo patamar. Ele estava obrigado a mostrar seu perdão, mesmo diante da fraqueza humana. Fazia também parte de uma das primeiras promessas de Deus o fato de que iria bendizer a Abraão em cada um de seus passos, inclusive àqueles que lhe tivessem infligido dor.

O Senhor manteve suas promessas. Mas com um elevado custo para o casal. Se eticamente eles tinham fracassado, a fé persistia. A intervenção divina uma vez mais os salvara. Mesmo diante dos erros de Abraão, foi a compaixão de Deus que vingou.

Abraão não era o herói infalível. Ele apenas havia fugido ao Egito para salvar sua família. E, por medo ou conveniência, entregou *sua própria mulher. Primeiro, a fez passar por sua irmã, negando sua identidade. Depois, foi covarde ao oferecê-la como concubina.*

Ao serem liberados, ambos sabiam que teriam de voltar a uma terra de incertezas. Mas, ao mínimo, estavam livres, unidos e comprometidos a jamais abrir mão de seus valores. Não abririam mão da companhia recíproca por uma sobrevivência hipócrita e suja que em nada coincidiria com sua missão diante da Humanidade.

12. MÃOS DE SANGUE

Sentia sujas minha alma e minha pele. Estava envergonhada e me via fracassada não só profissionalmente, mas também como ser humano. Sabia que precisava deixar a Síria o mais rápido possível. Era hora de enfrentar o desconhecido uma vez mais e lidar com todo o sentimento de culpa. Era preciso encontrar um caminho, uma saída.

A orientação dada por nossos supostos especialistas em segurança era de queimar todos os documentos que possuísse – inclusive meu passaporte francês – e cruzar a fronteira em direção à Turquia, onde o próximo passo seria buscar o consulado de meu país, já num território seguro. Segundo eles, o motivo para apagar nossos traços oficiais era dificultar um eventual sequestro por parte de grupos armados. Uma francesa certamente valia muito mais para um resgate que um turco; um turco tinha um valor de resgate superior ao de um sírio, e assim por diante.

Teoricamente, aquele parecia um plano razoável, mas eu estava certa de que as pessoas que o conceberam jamais foram obrigadas a se desfazer de uma relação estabelecida com um grupo terrorista.

Enquanto observava meu passaporte sendo queimado num canto de meu quarto, não conseguia evitar a angústia que tomava meu peito. Enquanto as páginas de vistos eram rapidamente devoradas, minha foto parecia resistir bravamente, possivelmente em virtude do plástico que a protegia. Fui obrigada, então, a pegar aquela página do chão e encostá-la na chama de uma vela, criando uma estranha fumaça negra. Eu estava apagando minha própria imagem, lentamente deformada pelo fogo. Jamais imaginaria que aquele poderia ser meu último laço oficial com meu país.

Eu sempre achei um absurdo como cabia ao Estado, sozinho, determinar por meio de um documento quem de fato eu era. Como se minha palavra não fosse suficiente para garantir minha identidade. Mas, enquanto meu nome ia sumindo naquele quarto e as letras da *Union Européenne* e da *République Française* se desfaziam, eu sentia que estavam tirando de mim o que eu pensava ser meu escudo, minha garantia de não sei exatamente o quê.

Uma das regras de ouro que me foi passada referia-se à necessidade de eu manter pelo menos cinco mil dólares em dinheiro em algum esconderijo. Eu havia escolhido um buraco no chão, próximo à pia do meu banheiro, que estava cada vez mais sujo e abandonado. Decidi colocar apenas algumas roupas numa bolsa, desistindo da ideia de carregar qualquer mala ou sacola maior. Deixaria para trás, também, alguns poucos brincos, um colar e todos os meus sapatos. Também não havia espaço para os livros empilhados ao lado da cama, inertes e à espera de noites mais calmas. Penduradas no armário ficariam as roupas que lembravam minha mãe e me levavam de volta a um período da minha vida no qual as coisas pareciam estar sob controle. Todas as memórias e objetos ficariam para trás, como testemunhas de uma grande decepção.

— Senhora, vamos, por favor! Precisamos aproveitar o momento antes da troca da guarda na fronteira — disse Karim, um de nossos funcionários mais leais.

Ao constatar que nossa empresa seria tomada, consegui um último favor de Karim: providenciar um carro que me levasse até a fronteira, através da passagem de Bab Al-Hawa. Essa era a principal rota para o contrabando de armas e combustível entre Alepo e a cidade turca de Iskenderun.

Como havíamos sido informados, o governo turco ainda não havia fechado completamente a fronteira. Mas passar pelo controle dependia de uma vasta operação de entrega de propinas, as quais apenas os intermediários da região poderiam garantir. Soldados de ambos os lados, rebeldes e terroristas, todos ganhavam com aquele fluxo. Nós, os desesperados para sair do inferno, éramos seus financiadores. O mercado da angústia era bastante rentável.

Ao longo de 2014, o que antes custava cem euros passou a mil. Em outras palavras, essa era a quantia a ser paga para que eu pudesse ser levada até o outro da fronteira. O valor não não era um problema para mim, mesmo com a inflação própria dos tempos de guerra. Na minha cabeça, o que ocorreria seria relativamente simples: eu deixaria a Síria da mesma forma que fora mantida ali, ou seja, graças à corrupção. Uma vez fora, eu estava certa de que seria repatriada ao meu país.

Nossa empresa mantinha estreito contato com o cônsul honorário da França na província de Hatay, na Turquia. Ele sabia da minha existência desde meu desembarque na Síria e que meu objetivo era chegar até ele para obter novos documentos e, finalmente, poder viajar.

Durante todo o tempo de viagem no carro, eu me sentia anestesiada, em parte por sentir um alívio quase egoísta por estar abandonando tudo aquilo. Já pensava em uma ducha longa e quente assim que chegasse a meu destino, uma cama em local seguro e a oportunidade de falar com minha mãe sem precisar mentir. Enquanto atravessava a fronteira, refletia comigo mesma sobre a irônica eficiência que a corrupção permitia, ainda que em meio ao caos. Pensava nos milhares de refugiados que se aglomeravam diante de algumas das cabines dos policiais, enquanto nosso carro já havia sido identificado por um dos beneficiários da propina e escoltado rapidamente para o outro lado. *Estou livre*, pensei.

No mesmo pacote onde eu guardava o dinheiro de emergência, também mantinha os contatos necessários para aquela fuga. O telefone do cônsul também estava ali. O endereço era conhecido do motorista que, com inabalável silêncio, conduziu-me ao local indicado. Eu me surpreendi ao ver novamente prédios com janelas inteiras sem marcas de tiros, bem como as pessoas caminhando pelas ruas e vivendo uma rotina de vida bastante diferente da de uma guerra.

O escritório do cônsul também me trazia conforto, com sua bandeira da França e a foto do presidente na parede. Foi agradável encontrar ali uma jarra de café recém-preparado e um ar-condicionado que funcionava. Tudo aquilo tinha gerado em mim uma nova energia. Quando a secretária me avisou que eu teria de esperar mais um tempo para falar com o cônsul, quase agradeci por poder passar um tempo no amplo sofá marrom que parecia à minha espera.

Não demorou até que aquela porta se abrisse e um homem alto, com bigode e visivelmente preocupado me pedisse para entrar.

— Já sei tudo sobre o que ocorreu na fábrica — disse-me o cônsul. — O que é que posso fazer por você?

Expliquei que estava ali sem quaisquer documentos e que, obviamente, meu objetivo era voltar para casa assim que possível. Tinha dinheiro suficiente para me hospedar em um hotel e disse que estava disposta a esperar o tempo que fosse preciso para recuperar meu passaporte.

Enquanto eu explicava minha situação, o cônsul manteve um ar desconfiado e permaneceu sem dizer uma só palavra. Eu tinha a impressão de que ele me observava como se não acreditasse na minha história. Dez minutos depois, deixei sua sala com a promessa de que tudo estaria resolvido e que eu poderia voltar para casa em dois dias com meu novo passaporte em mãos.

Na condição de cônsul honorário, ele não tinha o direito de emitir passaportes, por isso precisava fazer a solicitação ao escritório central, em Istambul. Entretanto, ele me garantiu que, diante da emergência da minha situação, cuidaria para que tudo fosse imediatamente resolvido.

Ainda assim, suas palavras não me inspiravam muita confiança, talvez porque, a essa altura, eu já havia passado a desconfiar de tudo e de todos. O fato é que fiquei com a sensação de que os documentos levariam muito mais tempo para serem preparados do que apenas as quarenta e oito horas prometidas.

Concentrei-me em buscar um hotel e, finalmente, telefonar para minha mãe e meus chefes. Foram mais de quarenta minutos ao telefone com minha família. Finalmente, eu podia desabafar e contar tudo o que havia ocorrido, desde o medo que senti até a vontade inadiável de voltar para casa. Acabei por descobrir, enquanto lhes dizia tudo abertamente, que todas as vezes em que eu mentira dizendo que estava bem ninguém em casa havia acreditado.

— Hagar, nós te conhecemos antes mesmo de você saber que existia. Podemos estar longe, mas percebíamos que sua voz não era a de quem estava verdadeiramente bem — confessou meu pai.

Combinamos que eles me buscariam no aeroporto e que, assim que eu soubesse o dia do retorno, ligaria para informá-los. Mas deixei claro que isso poderia levar ainda alguns dias. Eu precisava estar com meus documentos em mãos para então encontrar um voo para Istambul e, de lá, partir para Marselha.

Desliguei o telefone sentindo a alma lavada. Deitei-me na cama e fechei os olhos por alguns minutos. Sentia o cansaço e a tensão profunda que se acumularam em meu corpo e que agora se transformavam em um sono profundo. A ligação para a empresa poderia esperar. Afinal, eu mesma já estava certa de que para uma companhia moralmente falida eu jamais voltaria.

Foi apenas no dia seguinte que eu telefonei para os chefes em Paris. Do outro lado da linha, podia ouvir Erica, nossa simpática secretária, comemorando o fato de ouvir minha voz.

— Meu Deus, estávamos todos esperando por essa ligação! Graças a Deus você está viva!

Antes de transferir a chamada para um dos chefes do departamento internacional, ainda pude ouvir o som das pessoas celebrando e batendo palmas. Parecia que todos realmente comemoravam meu contato com o escritório.

— Hagar, onde você está? — me perguntou, aflito, o diretor.

Com o intuito de explicar tudo o que havia ocorrido, comecei a detalhar para ele cada etapa de nossa fuga. Mas logo fui interrompida pelo diretor, que insistia que agora era hora de eu descansar.

— Tire uns dias de férias, volte para sua casa e depois nos falamos. Precisamos saber de cada detalhe, mas não agora.

Antes que ele desligasse o telefone, tomei a liberdade de falar sobre a possibilidade de vir a precisar de dinheiro ou de que a própria companhia comprasse minha passagem de retorno. Sua resposta foi positiva, mas condicionada à obtenção do meu passaporte. Só então eu saberia quando a volta poderia ser marcada.

Durante aqueles dois dias de espera pelos meus documentos, decidi que caminharia pelos arredores sem destino. Precisava sentir a liberdade de estar num local fora de risco, sentir o vento no rosto de maneira despreocupada. Não queria fazer planos agora, muito menos escolher meu próximo destino profissional. Queria apenas voltar para minha casa.

Quando finalmente chegou o momento de comparecer novamente ao escritório do cônsul honorário, tentei me preparar para o pior, ou seja, a notícia de que meus documentos ainda não estavam prontos. Caminhei até lá lentamente, dizendo a mim mesma para não cultivar grandes expectativas sobre a burocracia francesa. Porém, não afastava do pensamento o sonho de poder me dirigir, de lá, diretamente a um aeroporto.

Uma vez mais, encontrar a bandeira, a foto do presidente, o cafezinho e o material de publicidade sobre o turismo na França já era o suficiente para me fazer sorrir.

Dessa vez, o tom da secretária à minha frente era outro. Expliquei que estava de volta para recuperar meu passaporte e informei a ela meu nome. Com uma lista na mão, ela me explicou que meu documento ainda não estava pronto. E acrescentou, ainda, que não conseguia encontrar meu nome na lista de solicitações de passaporte. Achei estranho, mas a aparente confusão apenas reforçou minha ideia de que não havia mesmo solução para o caos da burocracia francesa.

Instantes depois, quando voltou de uma sala ao lado, ela se aproximou para me dar uma informação que me deixou em completo choque:

— Deve haver um engano. Verifiquei agora que seu nome, na realidade, consta na lista de suspeitos de financiamento de terrorismo. Acho que há algo errado com o sistema — disse. — Obviamente não se trata de você. Mas o cônsul não está aqui neste momento e preciso conferir isso com ele antes de iniciar qualquer outro procedimento — completou.

Meu aspecto frágil e talvez a minha forma de falar, sempre polida e em tom baixo, podem tê-la levado a acreditar que uma eventual terrorista não poderia jamais se parecer com aquela pessoa que estava diante de seus olhos. Em silêncio, eu hesitava em perguntar qualquer coisa e já não tinha certeza se aquela informação era apenas uma coincidência, pelo fato de ter estado tanto tempo a trabalho na Síria em nome da Farage, ou se, de fato, eu estava sendo procurada.

— Volte amanhã, por favor. Tenho certeza de que é apenas um engano. O cônsul certamente cuidará disso — garantiu.

Já instalada em meu quarto de hotel, tentava descansar, mas a sensação que eu tinha era de que tudo aquilo só poderia ser um erro administrativo. Afinal, eu não podia ser considerada uma financiadora do terrorismo quando apenas entregava dinheiro aos jihadistas sob as ordens de uma empresa que sequer era minha.

Durante uma segunda ligação ao diretor em Paris, expliquei o que havia ocorrido. Sua reação foi surpreendente:

— Hagar, não temos o poder de dizer ao Estado francês a quem eles devem ou não dar um passaporte.

Quando eu o questionei sobre os pagamentos a mando da empresa e se isso poderia ser um motivo para levantar suspeitas em Paris, a conversa tomou uma dimensão surreal.

— De quais pagamentos você fala, Hagar?

Pensei que ele não tivesse entendido ou que talvez quisesse saber mais especificamente de quais propinas eu falava. Comecei a detalhar as entregas mais recentes, referentes aos dias finais da operação da empresa. Fui novamente interrompida pelo diretor, que, com uma surpresa notadamente forçada, indagou:

– Do que você está falando, Hagar? Não temos qualquer conhecimento sobre esses pagamentos e nem a respeito de qualquer outro.

Entendi que havia uma regra ali: negar veementemente qualquer crime cometido. Depois de insistir por alguns minutos no assunto, percebi que a prioridade era que eu cessasse a conversa, não recuperar uma verdade absoluta.

— Perdão, Hagar. Não há nada que possamos fazer se eles não concederem um passaporte a você.

Eu não acreditava no que estava ouvindo. A empresa mostrava o quanto queria se distanciar de qualquer vinculação com o pagamento de propinas. Talvez o diretor estivesse ainda preocupado com a possibilidade de seus telefones estarem grampeados. De toda forma, abandonar-me sem qualquer solução possível me parecia de uma deslealdade sem tamanho. Decidi esperar até o dia seguinte para voltar ao consulado e resolver o mal-entendido. Eu estava disposta a colocar um ponto final nesse drama e não seria o meu próprio país ou a empresa pela qual arrisquei minha vida que se recusariam a me ajudar.

Cansada de tanto mentir, telefonei logo em seguida para minha casa e expliquei por que o passaporte não estava pronto. Hesitei ao informá-los a respeito da informação dada pela secretária e sobre a falta de caráter de meu chefe. Mas isso nem sequer foi preciso, diante das palavras do meu irmão menor, Anis:

— Hagar, a polícia esteve aqui em casa procurando por você e revirou todo o seu quarto. Papai e a mamãe foram interrogados e os agentes nos disseram que você está na lista da Interpol. O que é que você fez? — perguntou meu irmão, apavorado.

Pedi que ele desligasse imediatamente o telefone e avisasse a todos que eu estava bem. Era mais uma fala evasiva completando a coleção de mentiras que eu acumulara. Para minha família, certamente parecia uma falta total de coerência pensar que a menina que nunca havia cometido sequer uma infração de trânsito estivesse agora na lista vermelha da Interpol como foragida.

Percebi, então, que não adiantava mais voltar ao consulado. Estaria até mesmo correndo risco se me apresentasse lá novamente. Organizei minhas coisas e deixei o hotel onde estava, mudando-me para outro sem qualquer conforto e o mais distante possível do que pudesse ser o foco de uma eventual busca por parte da polícia turca.

Somente anos depois eu viria a descobrir que, desde a Síria, eu já vinha sendo monitorada pelos serviços de inteligência da Europa, também ativos entre os espiões que atuavam nas cidades sírias. Também entendi que esses espiões não haviam conseguido identificar o motivo do pagamento, uma vez que prontamente descartaram a ideia de que uma multinacional francesa pudesse estar repassando parte de sua renda a criminosos.

A conclusão a que chegaram era de que, pessoalmente, eu estava desviando dinheiro da empresa e abastecendo sistematicamente o grupo terrorista. Jamais imaginariam que o repasse partia não de mim, mas da própria empresa que, em Paris, figurava cotada na bolsa de valores e constantemente contribuía para campanhas eleitorais dos mesmos homens que, posteriormente, teriam suas fotos espalhadas por consulados em todo o mundo.

No fim das contas, eu estava sendo procurada não só pela polícia de meu país, mas também pelos grupos terroristas que naquela altura altura queriam me riscar do mapa. Eu fora abandonada pela minha empresa e a única solução que me vinha à cabeça agora era me entregar e explicar abertamente às autoridades francesas tudo o que ocorrera na Síria. No entanto, eu não contava com provas, nem com qualquer evidência ou documento que mostrasse que a ordem para os pagamentos tinha vindo da sede da empresa em Paris. Eu não tinha testemunhas nem contatos a que recorrer. Pelo tom de meus chefes, estava claro que todos na empresa negariam tudo. Exausta, eu me perguntava qual seria o peso da versão de uma filha de imigrantes em comparação com a influência de uma grande empresa que financiava políticos e o próprio sistema? Quem se arriscaria a me resgatar?

Eu precisava voltar à Europa, mas era evidente que os caminhos oficiais haviam se tornado impossíveis. Estava novamente diante de uma encruzilhada e prestes a optar pelo trajeto errado, mas, quando o ponto de partida já se mostrara manipulado e as direções se mostravam tão incoerentes, corrigir o traçado parecia uma tarefa quase impossível.

Nos dias seguintes, concentrei todos os meus esforços em encontrar uma estratégia viável. Algo que dependesse só de mim. Eu praticamente não saía mais do quarto do hotel, nem mesmo usava o telefone para não ser eventualmente identificada em escutas. Havia decidido que, em lugar de me desesperar, eu reuniria todas as minhas forças para superar a situação.

Descobri, então, que uma das lojas de kebab situada na mesma rua do hotel em que eu estava funcionava como ponto no qual coiotes e contrabandistas recebiam potenciais clientes sírios que estivessem tentando chegar à Europa. Nas poucas vezes em que entrei para comprar algo, pude observar, de longe, como as pessoas se tornavam meros vassalos diante dos donos de rotas de fuga. Sem escrúpulos, os contrabandistas prometiam uma viagem segura até a Europa e, para isso, exigiam o pagamento antecipado, deixando bem claro que, no caso de fracasso, o dinheiro não seria devolvido.

Naquele local, muitos pais de família foram humilhados diante de criminosos que diversas vezes lhes recusavam um lugar num barco ou caminhão se a quantia não fosse exata. Mulheres já curvadas pelo peso da guerra e do poder figuravam como sombras em busca de alguma chance de sobrevivência. Não sabiam que até mesmo o colete salva-vidas oferecido para cruzar o Mediterrâneo era uma farsa e que de forma alguma contariam com o material adequado para a travessia em segurança. Aquelas pessoas vestiam coletes fadados ao naufrágio, pagavam pequenas fortunas a delinquentes e depositavam seus destinos e o de seus filhos numa empreitada impossível.

Apesar de tudo isso, eu pensava que teria coragem suficiente para me misturar aos refugiados e tentar desembarcar de forma anônima na Europa. Assim como aqueles imigrantes, eu não apresentaria um passaporte, mas, em virtude de minha aparência, poderia alegar ser síria. Meu aspecto físico certamente seria uma vantagem para chegar até a Europa. Eu seria uma imigrante e, de certa forma, precisava fazer o trajeto de meus antepassados para chegar até uma terra prometida.

Naquela mesma noite, fui até o restaurante em busca de uma "passagem" de volta para casa.

O retorno de Abraão não significava que os problemas tinham desaparecido na região. A água havia se transformado em um recurso raro. Sua escassez fazia com que algumas pessoas viajassem dezenas de quilômetros para garantir a vida de seus animais. A grande seca as havia levado à miséria. Havia rumores por todos os lados de que governantes ordenavam seus empregados a irem buscar os alimentos dos cavalos para servir aos nobres. Um reinado sob essas condições acabava se transformando também em um local com constantes conflitos e sob profunda tensão.

Pastores, cuidando de ovelhas de seus patrões, sabiam que a morte do rebanho seria punida com seu próprio emprego. Talvez até mesmo com suas próprias vidas. Mas a disputa por terras e fontes de água ganhava uma proporção de conflito civil. Em Canaã, dois desses senhores eram velhos conhecidos, antigos amigos e eternamente ligados por laços de sangue.

Ali estava Ló, um homem que havia feito riqueza ao longo de sua vida. Os pastores responsáveis por cuidar de seu rebanho e criá-lo estavam dispostos a fazer o que fosse necessário para proteger os ativos de seu senhor. Passaram a andar armados com facões para assegurar que, naquela situação de penúria, a força garantisse o acesso à água.

Mas, com uma frequência cada vez maior, eles se deparavam com os pastores de outro importante senhor da região: Abraão. Não foram poucos os confrontos entre aqueles campesinos. Em nome da riqueza de seus patrões, muitos deles colocaram a vida em risco.

Originalmente, todos os envolvidos sabiam que aquela era a terra do patriarca. Era a Terra Prometida pelo Senhor. E, quando finalmente chegaram aos ouvidos de Abraão as histórias de que os confrontos entre seus servos e os de Ló estavam acontecendo em muitas das regiões de Canaã, o homem de Ur mandou um enviado até a residência de seu parente para chamá-lo para um encontro. Ló era seu sobrinho e era inconcebível que uma disputa entre membros de uma família desencadeasse um conflito capaz de engolir vilarejos inteiros.

Num tom claro e gentil, mas firme, o patriarca exigia que aquela disputa fosse imediatamente resolvida.

— Por favor, que não haja um confronto entre nós. Entre meus pastores e os seus. Por favor, partilhe essa terra comigo. Se eu for para a esquerda, vá para a direita. E, se eu for para um lado, fique com o outro, disse Abraão.

Ló aceitou o acordo, que passou, a partir de então, a ser conhecido como a Partilha. Ele definitivamente não queria uma guerra declarada contra seu tio. Mas, acima de tudo, foi a chance concedida por Abraão de que Ló escolhesse primeiro a parte que lhe cabia que fez com que ele aceitasse o entendimento sem qualquer resistência. Optou pela planície ao lado do rio Jordão, num território que incluiria Sodoma. Do alto da cidade, o que ele podia ver era uma enorme área verde, repleta de fontes de água. A vista, de fato, impressionava. Em meio à seca e ao deserto, a região escolhida era como os jardins do Senhor. Em sua mente, aquela havia sido a escolha inteligente, garantindo um amplo pasto a seus animais. Para onde olhasse, o horizonte era de abundância, assim como as terras egípcias.

Abraão sabia que, ao dar a brecha ao sobrinho para escolher primeiro sua terra, acabaria ficando com uma zona mais árida. E assim ocorreu. Depois de selar a paz, o patriarca tomou o rumo contrário ao de Ló e se estabeleceu nas proximidades de Hebron.

Ele caminhava com a certeza dos sábios. Com uma garantia que não era visual, mas que vinha das palavras de Deus. Bastou Ló deixar a tenda onde ele e Abraão haviam firmado a partilha da terra e o Senhor surgiu para garantir ao patriarca que seu destino seria protegido.

Assim que o encontro com o sobrinho acabou, Deus convidou Abraão a se dirigir diretamente para a beira de um morro. E ali explicou-lhe:

— Olhe em volta de você, de Norte a Sul, de Leste a Oeste. Toda a terra que você vê eu darei a você e a seus herdeiros para sempre.

O gesto de Abraão em garantir a paz com seu sobrinho e, portanto, de toda a região seria recompensado pelo Senhor com uma outra promessa:

— Darei tantos herdeiros a você como a poeira da terra. Assim como ninguém pode contar a poeira, ninguém será capaz de contar o número de seus herdeiros. Vá, caminhe pela terra em toda sua extensão.

Abraão, convencido de que sua decisão havia sido acertada, logo quis demonstrar a Deus que Suas palavras de conforto tinham ecoado em sua alma. Ao chegar às proximidades de Hebron, sua primeira decisão foi erguer um altar para o Senhor.

Por anos, o entendimento entre tio e sobrinho pareceu gerar uma situação de estabilidade a ambos os homens que controlavam aquela terra. Enquanto Abraão garantia uma paz que lhe permitia seguir divulgando seus ideais, Ló continuava a acumular riquezas. Este último passava horas nas proximidades do portão da cidade, onde os mais velhos se reuniam com frequência para debater os problemas de Sodoma e tomar decisões sobre disputas entre moradores. Aos poucos, assumiria não apenas o papel de um homem de muitos bens, mas também o de uma espécie de juiz supremo da cidade.

Mas, se a grama mais verde da planície aparentava ser a opção mais adequada, o tempo provou que Ló não havia considerado outros fatores, como a realidade política da região. A seca e a disputa por terras obrigaram monarcas em toda a região a repensar suas alianças estratégicas para se manter no poder e, ao mesmo tempo, evitar rebeliões de seus súditos. Assim, uma coalizão formada por quatro reis colocou Sodoma e suas terras férteis como objetivo a ser conquistado.

Numa ofensiva brutal e colocando fim a doze anos de uma repressão contra seus povos, os quatro reis da aliança conquistaram a cidade, transformando a vida de milhares de pessoas e jogando as apostas de Ló em desgraça. Ele e sua família acabaram por ser capturados, assim como todos os bens do restante dos moradores.

A notícia logo se espalhou e chegou até Hebron, levada por um grupo de habitantes de Sodoma que havia conseguido escapar. Abraão sentia que não poderia ficar impassível diante do acontecido, mesmo que não tivesse qualquer obrigação de ajudar seu sobrinho. No dia seguinte, e depois de consultar líderes locais, reuniu trezentos e dezoito homens para resgatar Ló e sua família. Abraão armou seus criados, muitos deles nascidos em sua casa, e os levou para o combate.

— Não temos escolha, Sara. Temos que proteger nossa família e seus herdeiros — justificou Abraão.

Poucos em Sodoma imaginavam que a salvação de um dos homens mais ricos da cidade seria liderada, justamente, por aquele que havia sido teoricamente prejudicado na partilha das terras. Abraão e seus homens perseguiram os comandantes da aliança até as proximidades de Damasco.

Ao retornar vitorioso da batalha, Abraão conseguira libertar seu sobrinho e o restante da população. A gratidão, uma espécie de memória viva do coração, também seria demonstrada pelo rei de Sodoma, que recuperara suas terras e seu povo.

— Dê-me as pessoas e fique com os bens para si — disse o monarca a Abraão.

— Jurei que, desde um fio de cabelo até os laços de um sapato, nunca tomarei coisa alguma do que é seu. Não quero que um dia você diga por aí que enriqueceu Abraão — respondeu o patriarca.

Abraão apenas permitiu que os trezentos e dezoito homens que lutaram levassem consigo alguns dos bens recuperados. Mas fez questão de dar um décimo dos espólios da guerra para Melquisedeque, rei de Salém e sacerdote.

O patriarca considerava que havia cumprido sua missão. Ló, cuja casa seria sempre abençoada, abriria caminho para a chegada de um de seus herdeiros, David, o maior rei de Israel. Mas Abraão também havia dado uma demonstração a todos os que o seguiam de que decisões baseadas apenas nas aparências externas correm o risco de ser míopes.

E Ló, por ser o primeiro a poder escolher as terras que controlaria, havia optado por aquelas que aparentavam ser mais verdes e férteis. Uma decisão que não exigia colocar a mão naquele solo nem buscar saber a profundidade das raízes existentes.

A escolha de Ló acabou por colocá-lo na rota de uma morte certa. Esse fim, porém, havia sido evitado por um homem que entendera que o que havia partilhado eram terras, mas jamais o destino da Humanidade.

13. O SEQUESTRO

Diante de mim estavam dois contrabandistas turcos que não entendiam nada de minha história. Eu lhes havia contado que era francesa, mas que por ter ido à Síria passara a ser confundida com as esposas de jihadistas e, portanto, corria agora o risco de ser detida se tomasse um voo regular de volta para a França. Apesar de meu tom convincente, nenhum dos dois acreditou na história. Um deles foi direto ao ponto:

— Olha aqui, não queremos saber da sua história. Se quiser ajuda para chegar até a Grécia, podemos trabalhar nisso, mas é bom que você saiba que a Turquia acaba de fechar um acordo com a Alemanha para interromper o fluxo de refugiados nas ilhas gregas. Não sabemos se poderemos passar e, por isso, nosso preço agora é outro.

— Quanto? — perguntei.

Os dois contrabandistas trocaram algumas palavras em turco e, depois de apagar mais um cigarro, sentenciaram meu destino ao custo de dez mil dólares.

O desprezo que eu sentia por esses coiotes e as histórias que sempre ouvira ao longo de tantos anos se transformaram naquele momento em ódio profundo. Não haveria negociação. De fato, através de um acordo permeado por interesses políticos, a Europa aceitara ceder bilhões de euros para que a Turquia se ocupasse dos refugiados e os impedisse de seguir o caminho até a Grécia como vinha ocorrendo há alguns anos. A realidade dos imigrantes passaria a ser apenas uma: de serem instrumentalizados por todos os lados e usados como moeda de troca em assuntos alheios e indiferentes às suas necessidades.

Tentei argumentar e explicar que eu não tinha todo aquele valor, mas a única resposta que obtive foi um silêncio criminoso. Do dinheiro que eu havia guardado no buraco da pia restavam apenas dois mil dólares. Era tudo que eu tinha, depois de perder acesso às minhas contas bancárias. Decidi pedir alguns dias para avaliar de que forma eu poderia conseguir o restante da quantia. Depois da resposta afirmativa, deixei o bar com um sentimento de que estava sendo testada da forma mais injusta.

Eu ainda tinha alguma esperança de que a empresa pudesse me ajudar financeiramente, apesar de toda a sensação de abandono que experimentara no último contato com o diretor. Em pouco tempo, no entanto, essa expectativa se tornou mais uma grande decepção. Quando Erica, a simpática secretária de Paris, informou pelo telefone que não tinha autorização para me colocar em linha direta com a chefia ou qualquer outro setor da empresa, senti que minhas chances haviam de fato acabado.

Se alguns dias antes minha ligação fora recebida com euforia, ela agora contava apenas com o constrangimento evidente na voz trêmula da secretária. Tentei o acesso através de ramais de ex-companheiros e conhecidos na empresa, mas recebi de todos, sem exceção, o mesmo alerta de que não estavam autorizados a falar comigo.

A possibilidade de ligar para minha casa também representava um risco. Sabia que a essa altura a polícia já teria grampeado os telefones de meus pais e irmãos. Se eu pedisse dinheiro à minha família, as autoridades saberiam o destino da transferência e poderiam pedir a ajuda da polícia turca para uma interceptação bancária. E a Turquia, por sua vez, se mostrava ávida por provar para a Europa que combatia não só os terroristas, mas também seus cúmplices europeus. Além disso, não tinha a menor ideia de como meus pais poderiam me providenciar oito mil dólares imediatamente. Talvez eu tenha subestimado o que os pais eram capazes de fazer por seus filhos, mas seguramente não os via em condições de me ajudar financeiramente. Sabia apenas que, certamente, dariam suas vidas em troca da possibilidade de eu me ver livre. De toda forma, não tinha o direito de permitir que meus fracassos afetassem ainda mais minha família. Fui eu mesma que me coloquei nessa encruzilhada e tinha de sair dela sozinha.

Voltei à loja de kebab na noite seguinte. Enquanto esperava o contato com os contrabandistas, via pelo reflexo do espelho do bar, inteiramente manchado de gordura, que minha imagem se parecia cada vez mais com a das mulheres que se curvavam diante dos exploradores por desespero. Eu me tornara a imagem da angústia. Afastei esse pensamento e tentei aparentar mais dignidade, prendendo o cabelo antes de ser chamada para junto dos coiotes. Cheguei, inclusive, a culpar o espelho pela cor amarelada que minha pele tinha adquirido.

— Então, já está com o dinheiro? — me perguntou um dos exploradores.

Minha hesitação fez com ele cruzasse os braços, como se aguardasse algum sinal de que eu cederia.

— Preciso de uma alternativa. Não tenho e não terei os dez mil.

Minha vida pendia num impasse: não poderia permanecer na Turquia, tampouco poderia me apresentar às autoridades europeias. E, agora, buscar a rota dos refugiados pela Grécia parecia também uma alternativa impossível.

— Bom, existe um outro caminho que é bem mais barato — respondeu o contrabandista. — Mas vai exigir mais tempo.

A proposta era de que eu conseguisse acesso até o Egito e de lá tomasse um barco até a Europa, apresentando-me como refugiada sem documentos. A proposta era composta por um percurso de centenas de quilômetros, mas pressupunha, acima de tudo, que eu fizesse o trajeto pela Síria, atravessando-a, e em seguida o Líbano e a Jordânia, para só então chegar ao Egito.

Voltar à Síria era impensável. Eu já havia escapado daquela guerra e não cogitava de maneira alguma retornar àquele calvário. Além de tudo, eu certamente seria identificada pelos terroristas. Eu era considerada uma financiadora de jihadistas e, ao mesmo tempo, figurava como uma testemunha a ser eliminada.

Voltei ao albergue me sentindo destruída. À medida que os dias passavam, tentava economizar o máximo de dinheiro que podia.

Optei por fazer apenas uma refeição por dia, mesmo sabendo que isso não seria sustentável por muito tempo. Enquanto eu permanecesse no mesmo lugar e queimando minhas reservas, menores seriam minhas chances de chegar ao meu destino. Num bairro modesto, não faltaram as sugestões daqueles mesmos contrabandistas para que eu me oferecesse às redes de prostituição. Minhas mãos já estavam sujas, mas não estava disposta a afundar ainda mais no submundo em que me encontrava agora.

Uma semana depois, voltei ao mesmo bar. Não sabia exatamente o motivo. Talvez por falta de opção ou porque passara a ser um local conhecido. Talvez simplesmente em razão do destino. Desta vez, entretanto, estava sozinha no local. A TV pendurada num canto transmitia um jogo do Olympique Marselha. Sentei-me por algum tempo e passei a torcer para que algum conhecido aparecesse entre os torcedores. Mesmo sem reconhecer ninguém, aqueles rostos me pareciam familiares. Eram de anônimos que, por anos, fizeram parte de minha vida cotidiana, fosse dividindo as ruas comigo, fosse tomando os mesmos transportes. Agora estavam distantes e se divertindo. E eu seguia afundada numa pequena cidade da Turquia e sem qualquer possibilidade de voltar à minha realidade.

Não demorou para que eu finalmente cedesse à única opção que tinha. Dias depois, fechei um acordo "razoável" com os traficantes para iniciar a rota tão temida: voltar à Síria em busca de uma saída pelo sul. O valor pago em dinheiro fora de apenas mil euros. O preço real era minha própria vida.

Custava a acreditar que eu faria o percurso contrário a um fluxo impressionante de pessoas.

— Essa é a rota que chamamos carinhosamente de Caminho do Patriarca — comentou um dos contrabandistas, com o sarcasmo de quem não tinha qualquer relação com a religião.

Se por alguns segundos não entendi a ironia, logo me veio à cabeça a imagem de Abraão, o patriarca das três religiões que surgiram daquela região do mundo: o islã, o judaísmo e o cristianismo.

— O patriarca atravessou toda a região em busca da Terra Prometida.

Acho que você vai seguir o mesmo caminho. Só não sei se sobreviverá — insistiu um dos responsáveis pelo grupo criminoso que organizava o trânsito dos refugiados.

Eu tinha certa intimidade com aquela figura religiosa. Mas, naquele momento de minha vida, ele parecia apenas um personagem distante. Suas histórias eram, com frequência, citadas por meu pai, sempre para tentar mostrar que todos nós em Marselha vínhamos da mesma raiz. Presente nos três livros sagrados, o patriarca, para meu pai, era a prova de que a origem de nossa fé era a mesma e que foram as diferentes culturas que criaram diferentes deuses, ritos e leis. Anos depois, eu descobriria que ele de fato fazia parte de uma mitologia que se apropriava de vários aspectos de sua vida para justificar seus preceitos morais. Para os judeus, era muito mais que um símbolo. Era o progenitor de um povo e sua oposição à idolatria o tornava ainda o fundador de uma religião.

Abraão ainda tinha um papel importante na manutenção da legitimidade das crenças judaicas, já que o surgimento de cientistas na Grécia Antiga ameaçava as bases da fé em Deus. O patriarca, assim, passou a ser um instrumento adequado por ser a pessoa que havia conseguido ver além do Sol e das estrelas e entender que não eram os astros que governavam as leis universais, mas uma força além deles. Deus continuava sendo a verdade absoluta. Mas, dessa vez, contava com a ajuda de Abraão, que decifrava aos mortais a relação entre aqueles novos astrônomos e cientistas e a fé.

O apóstolo Paulo também ajudou a converter Abraão em uma figura central para o cristianismo. Não por conta da origem biológica de um povo, mas ao estabelecer que a fé em um só Deus, além de quaisquer provas, era o centro de uma comunidade. Qualquer um seria descendente de Abraão, com a condição de que entendesse que era a fé o que servia de cimento para uma vida.

Mas meu pai insistia, até com certo orgulho, que era no islã que o patriarca tinha um papel central. Sua busca por acabar com a idolatria de fato era um dos pontos centrais do Corão. Mas era curioso como, no relato muçulmano daquele mito, sua relação com o povo judaico era praticamente ignorada. Sem uma conexão direta com o patriarca, o texto foi moldado de maneira cuidadosa, apontando-o como um dos profetas que, ao longo da história, apareciam para guiar a humanidade. Claro, Maomé seria o maior deles, tendo restaurado a religião depois de tantas deformações ao longo de séculos.

O certo era que as três vertentes religiosas usavam a figura do patriarca como um de seus pontos de origem. Cada qual via nele uma relação com uma comunidade que, ao ser escolhida, era única. Para os cristãos, essa comunidade era a Igreja. Para os judeus, o povo de Israel. Para nós muçulmanos, a Umma.

Eu, sem jamais planejar algo parecido, estava na prática repetindo a rota que o patriarca realizou desde a Babilônia até a Terra Prometida. Se meu pai sempre insistiu na tese de que ele era uma única referência para toda a humanidade e que, no fundo, éramos todos irmãos, eu nutri, ao longo de minha adolescência, certa rejeição a esse seu discurso quase inocente. Pois, se isso tudo fosse verdade, por qual motivo os livros sagrados não nos deixavam claro quem eram seus descendentes e verdadeiros herdeiros das promessas que ele recebeu?

Eu tinha a impressão de que a realidade era que existiram três Abraãos. Mas, naquele momento, essa perspectiva me deixava preocupada. Se de fato não havia uma pessoa que unificava a origem de toda a fé, será que isso significava que, diante de mim, apareceriam encruzilhadas e múltiplos caminhos para me confundir?

Custava-me acreditar que teria a capacidade de saber qual direção tomar caso tivesse de fazer uma escolha difícil em meio ao caos dos refugiados. Não eram poucos os que, sem entender, me observavam perplexos tomando a rota em direção à Síria e acompanhada por três homens. Os coiotes insistiam que, para chegar ao Líbano, o trecho que eu enfrentaria no território sírio era pequeno e que, se fossemos rápidos, poderíamos passar sem sequer sermos notados.

Parecia incrível que, uma vez mais, eu estivesse pagando propinas para acessar um inferno. A estratégia dos contrabandistas era me colocar em um grupo que partiria da Síria em fuga para o Líbano. Pensava comigo mesma: *Quantas pessoas será que deixaram a Síria duas vezes durante a mesma guerra? Como pude chegar ao ponto de reviver uma realidade que, mesmo no caso dos mais azarados, só ocorre uma vez na vida?* Eram duas fugas, uma mesma guerra e nenhum destino garantido.

Tudo pareceu correr bem nos primeiros dois dias do trajeto. Após cruzar a fronteira, fui levada a um grupo de famílias que, acompanhadas por alguns traficantes, seguiam uma rota em direção a Beirute. O Líbano, naquele momento, já estava transbordando de refugiados e escutávamos relatos de que um quarto da população do país já era composta por sírios em fuga.

Quando ainda trabalhava na empresa, recebia relatórios apontando o fato de que favelas inteiras foram criadas nas periferias da capital libanesa e que até mesmo os cemitérios já não tinham mais espaço para enterrar as vítimas do conflito e da vida cotidiana.

Havia de tudo no grupo de refugiados em que fora incluída. A impressão era que eu estava diante de um verdadeiro mosaico da sociedade síria. Na casa de onde partiríamos para Beirute, havia três irmãos, ainda crianças, que se misturavam aos combatentes feridos, compartilhando a mesma busca por atendimento médico no país vizinho. As crianças eram constantemente enviadas por seus pais ao exterior, numa tentativa de que se salvassem. Também era comum ouvir os lamentos de viúvas que haviam perdido tudo, inclusive a vontade de viver.

O clima era sempre pesado e a constante fumaça dos cigarros não contribuía em nada para deixar o ambiente menos insalubre. Aquela fuga era, para muitos, a última oportunidade de se salvar. As expectativas que tinham eram tão elevadas quanto o medo que sentiam.

Eu não queria contar minha história a qualquer pessoa, muito menos dizer que era europeia. Busquei um canto na casa para me isolar e logo me estirei virada para a parede, na esperança de que entendessem que eu não estava aberta a nenhum tipo de contato ou conversa. De acordo com a informação que havíamos recebido, partiríamos na rota para Beirute na madrugada do dia seguinte. Mas eu já havia aprendido na Síria que prazos, horários e promessas em uma guerra raramente são cumpridos.

Até hoje não sei se dormi ou não durante aquela noite. Era impossível distinguir se o que escutava era parte de um sonho ou se era o choro real de crianças perturbadas pelas imagens do horror. Lembro-me apenas do Sol nascendo algumas horas depois. Obviamente, o plano de partir durante a madrugada não havia se concretizado e tampouco havia ali alguém para nos explicar o motivo pelo qual não tínhamos iniciado a viagem.

Lembro que, ao abrir os olhos e ver as pessoas à minha volta, o retrato da angústia era a imagem que prevalecia sobre qualquer outra. Faces de tantas mães que fingiam uma realidade inexistente para os seus filhos; rebeldes que tentavam suportar a dor das feridas, sufocando as lágrimas e o desamparo. Apesar de tudo isso, não faltava a solidariedade entre mulheres e homens sozinhos, dispostos a ajudar os mais idosos. Até mesmo a mim uma mão foi estendida. Uma mulher tocou em meus ombros com a intenção de dizer que ela estaria ali por mim, caso eu precisasse de alguma ajuda.

Foram necessárias mais de cinco horas até que alguém aparecesse no local para nos dizer que os planos haviam mudado. A notícia era de que jihadistas tinham tomado uma das estradas secundárias que usaríamos e, por isso, os organizadores do comboio optaram por esperar até estarem certos sobre quem, de fato, estaria no comando daquele trecho da rota. Não tínhamos alternativa. Restava-nos esperar e acreditar na promessa de que um ou dois dias seriam suficientes para redefinir o caminho da fuga.

A espera acabou se transformando em uma estadia de dez dias e, com isso, minhas esperanças de passar despercebida foram logo frustradas. Todos ali já sabiam meu nome e minha origem. O resultado disso foi que, com o fluxo constante de pessoas entrando e saindo daquela casa, havia chegado aos grupos extremistas a informação de que eu estava lá, aguardando a fuga.

Além de procurada pela Interpol, eu vivia agora a realidade absurda de também ser caçada pelo Estado Islâmico. Ao entregar meu destino nas mãos de criminosos, na esperança de que eles me ajudassem a escapar de uma guerra, eu tinha consciência de que havia estabelecido um negócio com pessoas sem escrúpulos, sem moral e sem qualquer noção de humanidade. Por uma boa soma em dinheiro, um dos responsáveis por "cuidar" de nós informou aos terroristas os nomes e a aparência das pessoas que estavam na casa. Horas depois, uma operação violenta aconteceu no prédio em que estávamos e era eu o alvo. Vários homens entraram no local atirando e gritando, enquanto um deles exigia que eu me apresentasse rapidamente. Caso contrário, matariam todos os que estivessem ali.

Enquanto um dos combatentes gritava com um fuzil na mão, todos iam se ajoelhando com as mãos para cima, apavorados. Por alguns segundos pude experimentar o significado de fazer parte de uma comunidade. Ninguém ali, apesar das lágrimas e do desespero, ousou virar o rosto ou os olhos para mim. Nem os gritos e disparos nas paredes tiveram qualquer efeito. Foi preciso que um dos informantes se aproximasse do jihadista e falasse algo em seu ouvido para que ele se encaminhasse na minha direção. Naquele instante, tive certeza de que seria baleada ali mesmo. Baixei minhas mãos e fechei os olhos. Mas senti apenas o golpe duro na mandíbula e a escuridão total invadindo meus pensamentos.

A minha morte não fazia sentido para aquele grupo. Seu objetivo era me usar como ameaça à empresa e aos intermediários que tínhamos, além de expor a hipocrisia do Ocidente ao revelar que uma empresa gigante e cotada na bolsa de valores de Paris os havia financiado por um longo período. Viva eu seria mais valiosa do que a imagem de um corpo ensanguentado e estendido no chão sujo.

Não sei por quanto tempo fiquei desacordada, nem como fui levada daquela casa. Quando recuperei os sentidos, encontrei-me jogada em uma cela fria. Minha boca encostava numa poça de água e meu queixo doía por causa do golpe recebido. Demorei alguns minutos para entender que estava viva, que estava presa e que havia sido sequestrada. Onde eu estava? Quem exatamente me havia sequestrado?

Eu tinha vivido anos em um país em plena guerra, mas por um bom tempo a propina que pagávamos havia sido suficiente para me blindar dos horrores da realidade, ainda que soubesse que existiam. Agora a situação se invertia: eu estava exposta e sem qualquer garantia de vida nos calabouços daquele conflito.

Naquela altura, a guerra na Síria já era o maior desastre humanitário da história desde a Segunda Guerra Mundial. O país se transformara em uma grande câmara de tortura, um lugar de horror selvagem e injustiça absoluta. Verdadeiras atrocidades haviam sido cometidas, como as ocorridas em Alepo ou aquelas contra a comunidade Yazidi. Armas químicas foram usadas contra crianças, gerando inúmeras imagens de bebês em transe ou morrendo lentamente. Carnificinas foram promovidas por diferentes grupos e o banho de sangue parecia não ter limites. A Síria desafiara o que filósofos por séculos tentaram definir: a experiência do mal e de seus efeitos.

No local onde estava, tudo que eu podia ouvir vindo dos corredores eram os gritos de dor ecoando e se amplificando no ambiente. A tortura infligida a alguns dos presos era diária. Eu via, a todo momento, corpos sendo arrastados e lutando contra o inevitável. Voltavam sempre deixando rastros de sangue no mesmo chão onde seus gritos eram abafados. Foram poucos os que sobreviveram a mais de duas sessões de tortura. Entre as mulheres, os estupros aconteciam diariamente e com frequência eram coletivos. Tudo ali confirmava que não passávamos de meros espólios da guerra.

Eu pensava que já não tinha mais lágrimas para chorar, até descobrir que seriam ainda abundantes quando visse um estupro acontecendo na presença dos filhos da vítima. Os combatentes riam diante da perplexidade e do horror das crianças. O objetivo era torturar a mulher até que revelasse onde estavam os homens daquela família.

Sem luz natural e sem qualquer janela, perdi a noção do tempo e passei a contar os dias pelo número de torturas que ouvia. O estupro de uma mulher grávida foi assistido por um jihadista que, sentado sobre a barriga da vítima, gritava:

— Esse bebê precisa morrer, é mais um infiel. Vou colocar na sua barriga um bebê muçulmano de verdade.

Na cela diante da minha, um homem parecia ter perdido os sentidos.

Antes, havia tremido e chorado sem parar. Num dos raros momentos de lucidez, fez questão de contar a mim um pouco de sua história. Encostado nas barras de aço, falava como se confessasse à própria alma. Parecia desesperado por achar algum sentido para o que havia vivido:

— No dia doze de junho, mil e quinhentos cadetes das forças oficiais do Iraque foram massacrados enquanto se rendiam. Já tínhamos nos entregado aos jihadistas, mas ainda assim continuaram as buscas de casa em casa. Jamais vou me esquecer desse dia, o doze de junho. Quando entraram em minha casa, perceberam que eu era policial. A primeira coisa que fizeram foi imobilizar o meu pai, um senhor já idoso, e cortar a sua garganta diante de todos nós. Depois mataram meu filho de cinco anos, minha filha de seis meses e também a minha esposa. Implorei para que me matassem, mas disseram que eu merecia sobreviver e sofrer.

Aquele local redefinia para mim o sentido da vida. O cineasta Luis Buñuel certa vez chegou a dizer que já haviam inventado a forma mais sofisticada de tortura: sobreviver. E todos nós ali éramos a prova disso.

Os combatentes sequer tocaram em mim. Tampouco me explicavam o que eu fazia ali ou qual seria o meu destino. Ficava claro que eu tinha algum status entre os prisioneiros, uma vez que fora poupada das torturas e dos estupros. Não fui morta nem barbarizada, ao menos não fisicamente. À medida que o tempo passava, o cheiro da cela ficava insuportável. O odor de minha urina e fezes pelo chão impregnava o ambiente e atraía ratos constantemente. A falta de uma corrente de ar me levava a vomitar o pouco que eu conseguia comer.

Semanas se passaram até que, finalmente, um combatente veio me procurar para explicar que eu era, de fato, um dos grandes troféus do grupo terrorista. Uma francesa executiva de uma multinacional e "cúmplice" no pagamento de milhões em propinas. Certamente, eu seria negociada e renderia um pagamento milionário por parte da empresa.

Mas eu sabia que pagar para me retirar do cativeiro significava um risco muito alto para a empresa, principalmente se isso viesse a público. Abandonar-me à própria sorte representava o menor dos riscos, ainda que isso certamente implicasse minha condenação à morte. O pessimismo encontrava agora toda a certeza em meu pensamento. E ele foi confirmado alguns dias depois.

— Sabe aqueles civilizados europeus, os mesmos para quem você se prostituiu? Eles a abandonaram — disse-me um dos combatentes.

Entendi, uma vez mais, o que significava ser uma cidadã de segunda categoria. Naquele lugar eu não era uma executiva europeia, mas sim uma reles descendente de árabes, vinda dos bairros marginalizados e distantes das luzes da Europa. Eu não passava de um estorvo, um dano colateral da guerra. Estava claro que em breve eu seria morta.

Naquele mesmo dia, fui levada daquele calabouço para um outro inferno, aquele de onde já se saía direto para as valas comuns, cavadas às pressas.

— Vamos colocar você junto dos outros presos. Você já não vale mais nada para nós — disse um dos combatentes.

Eu, até hoje, não sei dizer se de fato ouvi essa ameaça, se sonhei com ela ou se era parte das alucinações que passei a ter.

Muitas gerações de descendentes era o que Deus havia prometido a Abraão. Seus filhos dariam origem a grandiosas nações que, apesar de destinos diferentes, teriam no patriarca seu elo comum. Pelo menos era aquilo que um sonho revelara a Abraão.

— Sara, uma voz divina me disse que teríamos mais descendentes que as estrelas no céu — disse ele.

Até aquele momento, apesar de sua vida repleta de histórias e acontecimentos, o casal ainda não havia tido herdeiros. Sara, na realidade, já havia ultrapassado a idade adequada para ser mãe e, mesmo diante do sonho, a frustração do casal se perpetuava.

Dividida, a mulher parecia não acreditar no relato do sonho de seu marido, ainda que ele relatasse tudo com detalhes impressionantes.

A cada noite, contemplando as estrelas, Abraão se questionava se aquela informação que recebera enquanto dormia era real ou apenas um desejo tão forte que o levara a uma ilusão. Ele esperava um gesto de Deus. Mas foi em sua esposa que encontrou o que parecia ser um símbolo grandioso de generosidade. Sara, certa noite, enviou sua escrava Hagar para Abraão. O objetivo era garantir um herdeiro ao patriarca, mesmo que não fosse em seu ventre, mesmo que fosse com o sangue de uma escrava.

Levaria anos para que Abraão compreendesse a grandeza do gesto de sua esposa que, posteriormente, veio a mudar a história de toda a humanidade. Filha de um faraó egípcio, Hagar presenciou o milagre que Deus promoveu quando salvou Sara das mãos de seu pai, anos antes. Diante daquela realidade, tomou a decisão de que seria mais feliz sendo uma escrava na residência de Sara que uma princesa no reino de um faraó sem escrúpulos, ainda que esse faraó fosse seu próprio pai.

Para Sara, aquele gesto não era apenas um sinal de generosidade. Ao abrir sua casa para outra mulher, ela esperava ganhar o reconhecimento de Deus por ter cedido, também, sua cama e seu marido, para permitir que Abraão tivesse seus herdeiros. Era um ato de benevolência genuína. Mas ela também tinha segundas intenções. Talvez, pensava Sara, tal gesto convença Deus de que eu também posso ser mãe um dia.

Mas, ao passar a fazer parte da família, Hagar não traria apenas um herdeiro. Assim que soube que estava grávida, a mulher humilde que servia Sara passou a humilhá-la por sua incapacidade de gerar descendentes de Abraão. Em retaliação, Sara exigia que a mulher grávida trabalhasse por longas horas.

— Aqui, sou eu ainda a esposa legítima de Abraão e você será eternamente uma escrava — disse-lhe Sara.

O que era um gesto de abertura acabou se transosfrmando em sofrimento e, desesperada, Hagar optou por fugir numa noite sem estrelas nem luz que a guiasse. Com fortes dores, suando e exausta, somente um milagre poderia salvá-la. E ele veio na forma de um anjo.

— Volte para Sara e a trate com o respeito que ela merece — ordenou o enviado divino.

Hesitando em obedecer à ordem do anjo, ela explicava que seu caminho inesperado a levara a um cotidiano de confrontação e a uma pressão que duvidava ser capaz de suportar.

— Sua volta será recompensada pelo nascimento de um filho cuja voz será ouvida por Deus. Ismael será uma força e um homem da natureza, respeitado por seu povo.

O retorno de Hagar fez, então, com que todos naquela casa entendessem que estavam servindo a um propósito maior que seus desejos pessoais. Ismael nasceu meses depois e, para a surpresa de Abraão, a própria Sara acabaria recompensada com uma gravidez e o nascimento de Isaac.

Os dois filhos de Abraão, então, cresceram juntos. Mas Ismael dava sinais claros de ter herdado um forte caráter de seus antepassados, com reações violentas que eram consideradas por Sara como uma má influência sobre Isaac. Por sua força física, o filho de Hagar ainda zombava de seu meio-irmão, causando-lhe medos e constrangimentos.

Aos treze anos de idade, Ismael era uma força indomável da natureza, criador de uma instabilidade numa residência acostumada a receber visitas de anjos e mensagens divinas.

Sara, incapaz de conviver com aquela situação, exigiu que seu marido expulsasse Hagar e seu filho da comunidade. O destino: o deserto. Só assim Isaac poderia ser preservado em seu caminho.

— Livre-se daquela escrava e de seu filho. Isaac jamais compartilhará sua herança com o filho de Hagar — declarou Sara.

— Não posso fazer isso com meu filho e sua mãe — respondeu Abraão, hesitando entre atender sua esposa, restabelecer a ordem e proteger todos os seus descendentes.

Em seu silêncio noturno, Abraão se perguntava como era possível que a mesma pessoa que anteriormente tivera uma alma tão *generosa poderia exigir tal rumo para outra mulher e seu filho? A resposta viria, uma vez mais, de Deus. Abraão recebeu ordens para permitir que o desejo de Sara fosse atendido. Era a mesma voz que, anos antes, o informara sobre os múltiplos herdeiros que acumularia. Agora, ele não tinha dúvidas de que se tratava de uma intervenção celeste.*

— Não te preocupes com o menino e a escrava — disse-lhe Deus. — Ouve o que Sara te diz, já que será por Isaac que teus descendentes serão reconhecidos.

Interrompendo Deus, Abraão parecia inconformado com o destino que era reservado a Hagar.

— Eu farei do filho da escrava uma nação também, por ele ser teu descendente — respondeu Deus.

Na manhã seguinte, Abraão levou alimentos e água para Hagar, ordenando-lhe que deixasse a residência. O patriarca abraçou longamente o filho Ismael e, ao terminar, colocou a mão sobre o ombro de sua mãe.

Hagar e seu filho perambularam por semanas no deserto de Beer-Sheba, até que sua reserva de água terminasse. Não tinham destino nem plano. Sabiam apenas que não poderiam voltar. O calor os ameaçava com uma morte sem piedade e, à medida que os dias passavam, aquele garoto forte se transformava na sombra de um esqueleto. Já era o final de uma tarde quando a escrava, já sem forças, apenas buscava uma sombra para que seu filho pudesse viver suas últimas horas. Sem conseguir olhar para aquele sofrimento, Hagar se afastou de Ismael, envergonhada por não tê-lo protegido.

Se a morte já é um trauma, a perda de um descendente direto era, para Hagar, uma enorme parcela de seu coração que deixava de bater. À medida que ela caminhava, o choro daquela criança parecia perder força, abafado pela areia do deserto e pela insanidade que tomava conta do espírito de uma mãe. O vento que soprava sem direção ainda parecia esfarelar os gritos de socorro do filho de Abraão.

O caos, porém, seria suspenso de repente pela aparição de um anjo. Um segundo milagre estava prestes a ocorrer.

— O que está acontecendo, Hagar? — perguntou o anjo. — Não tema nada. Deus ouviu o choro de seu menino. Levante-o com sua mão e eu o transformarei em uma grandiosa nação.

Naquele instante, Deus lhe permitiu abrir os olhos e enxergar a fonte de água que os salvaria.

Abraão sempre se questionou sobre o destino de seu herdeiro, mais tarde conhecido como o ancestral do povo árabe. Por um poder divino, uma escrava que estava às margens da sociedade e abandonada em um deserto daria origem a uma grandiosa nação. Não era uma princesa destinada a reinar sem obstáculos. Não era a filha de um bem-aventurado comerciante. Mas uma pessoa que, retirada do ambiente de nobreza, viveu o submundo da espécie humana. Foi colocada à prova e forçada a sobreviver às adversidades promovidas por outros seres humanos e pela natureza. Uma escrava que, com seu filho, reuniu forças para costurar um tapete de retalhos de diferentes texturas. Uma marginalizada que viveu na pele a insistência dos anjos em protegê-la.

Por décadas, Abraão nutriu em seu coração um sentimento de ambiguidade em relação à reação de sua esposa, das ordens de Deus e mesmo de seu gesto ao abandonar Hagar. Por que uma divindade o levaria a agir de forma tão desumana com seus próprios descendentes? Entretanto, fiel ao seu Deus, o patriarca entenderia que uma história não tem apenas um relato e que, mesmo tendo sido escolhido para liderar um povo, ele era, acima de tudo, humano. Era também o retrato de uma humanidade ambígua em seus valores morais, sempre que os desafios tocavam seus pés.

Hagar jamais voltou a se casar. Com seu filho, ela passou a viver em zonas afastadas, enquanto Ismael se dedicaria à caça. Sua dedicação a Abraão ainda levaria Isaac a buscá-la depois da morte de sua mãe, Sara. Hagar foi convidada a retornar à residência do patriarca, de onde novos descendentes brotariam e ajudariam a fundar as tribos hagarites.

Ismael, por sua vez, se reencontrou espiritualmente com Deus e moralmente com Abraão, disposto a servir em sua casa. Uma eventual revanche contra o velho patriarca por tê-lo colocado no caminho da morte os igualaria. Mas, ao oferecer a seu pai o perdão, selava também um pacto que repercutiria por séculos.

14. INSTINTO HUMANO

Naquela prisão, eu começava a entender que era apenas uma questão de tempo para que a morte chegasse, igualando-me a milhares de pessoas que desapareceram na Síria. Seres humanos que simplesmente sumiram, sem deixar rastros e jogando suas famílias em um eterno desespero. Deveriam decretá-los como mortos e tentar seguir suas vidas? Insistiam na espera por algum milagre ou, ainda mais difícil, pelo fim da guerra?

Se o que acontecesse comigo não fosse uma morte física, eu sabia que estava à beira de uma aniquilação de qualquer sentimento humano que pudesse ainda restar em mim. Foram semanas sem dormir, temendo que meu destino fosse o mesmo de tantas mulheres ali, tranformadas em escravas sexuais dos jihadistas.

Foi numa noite abafada que, sentada no chão, abraçando meus joelhos, percebi que havia chegado a minha vez de ser torturada. Já era madrugada quando aquele medo permanente estava prestes a se transformar em realidade. Apesar do calor, eu tremia como se já não possuísse qualquer controle sobre meu corpo. Um corpo que, em instantes, eu sabia que nunca mais seria meu.

Entrando na cela, o homem parecia decidido a vir até mim, apesar de eu achar que estava camuflada entre dezenas de outras mulheres, todas mergulhadas no mesmo desespero. Mantive meus olhos para o chão. Mas não parecia haver forma de me esconder.

Ao chegar ao meu lado, agarrou meu braço de forma violenta e me arrastou dali, enquanto o porão onde estávamos era tomado por gemidos de mulheres lamentando meu destino, mas ao mesmo tempo aliviadas por não terem sido as escolhidas da vez. A tortura psicológica, entretanto, continuava.

Como ocorria com todas, fui levada a uma sala que ficava ao lado de onde éramos mantidas. Era dali que vinham os gritos de dor que ecoavam nas paredes surdas daquela prisão ilegal e que, para o restante do mundo, nem sequer existia. Testemunha de crimes contra a humanidade, aquela estrutura parecia guardar segredos de uma sociedade que havia abandonado qualquer traço humano, um grupo que havia organizado a desumanização de seus opositores ou daqueles que consideravam ser contra sua moral.

Ao arrancar de nosso corpo nossa dignidade, eles nos colocavam fora das fronteiras da moral, das regras, da consciência. A desumanização era um instrumento para nossa neutralização. Antes de abolir nossa existência, éramos suprimidas de nossa alma. Não podíamos ser vistas como mártires. Apenas como corpos. O estupro não era apenas um espólio da guerra, pois ao ser usado de uma forma sistemática era também uma arma poderosa para desmoralizar toda uma população.

Na sala ao lado, porém, algo diferente aconteceria. Quando chegamos ali, eu já não estava mais sendo agarrada. Depois de uma hesitação, o homem ao meu lado se agachou e sussurrou em meu ouvido, em francês e com um sotaque reconhecido.

— Hagar, eu conheço você. Apenas faça o que eu disser. Vou tirar você daqui.

Não sabia o que pensar. Como é que ele sabia meu nome? Aquele homem falava como nós em Marselha. Mas o que estava fazendo ali? Não havia tido a chance de ver seu rosto. Mas não me parecia possível que alguém ali me reconhecesse. Sussurrando, ele me explicou quem era e, pedindo que eu não o julgasse, insistiu que, se eu quisesse viver, simplesmente seguisse suas ordens.

Ele finalmente me disse que era Amin e contou brevemente que, apesar de sua convicção jihadista, não suportava a ideia de se tornar responsável pela morte de uma pessoa cuja família lhe permitira viver. Não conseguia entender o que ele queria dizer com tudo aquilo. Sua voz soava confusa para mim e me sentia abalada entre a expectativa de sofrer alguma violência e a incerteza do que estava ocorrendo ali.

Logo depois eu me dei conta de quem era Amin, aquele jovem que se somava aos quase oitocentos franceses muçulmanos que lutavam junto aos terroristas. Aquele rapaz que exibia sua força e se mostrava permanentemente armado sabia quem eu era e havia me reconhecido. Era filho de Zeid, amigo de meu pai, e um dos melhores amigos de meu irmão Anis na infância.

Eu me lembrava, agora com riqueza de detalhes, do dia em que Zeid, desesperado, havia procurado meu pai para pedir algum conselho para lidar com a aparente radicalização de seu filho, Amin, em uma prisão de Marselha. Agora eu sabia que o pior dos cenários tinha se confirmado. O garoto deixou a prisão depois de cumprir sua punição e, longe de ter sido beneficiado por um programa para colocá-lo de volta em um caminho decente, embarcou imediatamente para a luta contra o Ocidente. A radicalização havia se transformado em recrutamento para a guerra, sob preceitos falsos e soluções abomináveis.

Ali, na Síria, eu me dava conta de que aquele pai desesperado havia, ao menos, conseguido semear um pouco de humanidade em seu filho que nem as teses jihadistas foram capazes de destruir. Naquele dia, em casa, lembro-me de meu irmão insistir que Amin jamais seria um terrorista. Para mim, naquele momento, ele era minha chance de salvação.

— Hagar, em dois dias eu vou ser o encarregado de vigiar você. Vou te entregar documentos e um celular. Vou também te dizer em que direção andar e um endereço. Mas, por enquanto, ao sairmos da sala, chore de forma desesperada para que ninguém desconfie de nada.

Eu não conseguia falar. Apenas fazia sinal positivo com a cabeça e, ao sair da câmara de tortura, chorava desesperada e verdadeiramente. Chorava de alívio. Chorava pelo amor a minha familia. Chorava pela esperança de liberdade. Em minha cela, as demais mulheres me estendiam a mão, como para me tranquilizar, sem jamais imaginar que minhas lágrimas eram as de uma alma que voltava a respirar.

Como previsto, Amin reapareceu dois dias depois. Da mesma forma como havia feito o contato na primeira vez, ele se aproximou de mim na cela, me arrastou para a sala de tortura e, já longe dos olhares alheios, retirou do bolso documentos falsos e um endereço no Líbano. Dentro do envelope havia também alguma quantia em dinheiro. No verso do papel, apenas um nome: Ibrahim.

— Vou deixar você perto da fronteira, numa área abandonada. Você deve fazer a travessia até o Líbano e chegar a Beirute. Procure esse endereço e entregue esta carta a Ibrahim, ele saberá como ajudá-la.

Amin havia organizado tudo com eficiência e discrição. Seu carro nos aguardava do lado de fora. Avisou aos demais jihadistas que se livraria de mim rapidamente e me jogaria em qualquer uma das valas comuns da região. Durante o trajeto pude perceber que o cativeiro estava, na realidade, a poucos quilômetros da fronteira. Arrisquei uma sugestão no único momento em que pude olhar para além de sua barba e seu uniforme jihadista:

— Amin, venha comigo, aqui não é o seu lugar.

Ele não respondeu. Assim que parou o carro apressei-me e desci, pronta para seguir suas ordens e chegar ao outro lado da fronteira. Eu tinha escapado de meu cativeiro, mas ele se recusava a sair do seu.

Posteriormente, a atitude de Amin foi descoberta e, obviamente, jamais seria perdoada pelo EI. Para demonstrar a severidade dos jihadistas com traidores, Amin foi jogado do alto de um prédio, e seu corpo ficou estendido na calçada por três dias. Entretanto, sua morte não se deu em razão da minha fuga, isso provavelmente permanecera oculto. O real motivo era o de ter supostamente matado uma refém que, para a cúpula do grupo islâmico, poderia ser usada como valiosa moeda de troca ou mesmo como um meio para financiar as atividades do grupo.

Eu acabei sendo liberada de uma forma que jamais poderia imaginar. Fui solta não graças ao pagamento de um resgate, tampouco pela ação de meu país e muito menos da empresa que havia me colocado naquela situação. Minha redenção viera do gesto suicida de um dos sequestradores que, ao se compadecer e me ajudar, optou por não trair seu instinto humano.

Na minha primeira noite longe do cativeiro, a única coisa em que eu pensava era em seguir caminhando em terras libanesas e tentar me manter o mais longe possível da fronteira com a Síria. Desafiava minha fraqueza física obstinadamente e tinha consciência de que, na escuridão, aquela era a única chance que eu teria de garantir minha sobrevivência.

Já amanhecia quando avistei um campo de refugiados e a bandeira da ONU. Minhas pernas exaustas e também a fome que sentia me levaram a pensar na possibilidade de seguir até o local e me entregar. Mas qualquer iniciativa de formalizar minha condição traria questionamentos por parte das autoridades. Na verdade, eu nem sequer tinha ideia sobre o que a ONU, de fato, significava. A quem a organização realmente servia? No meu bolso mantinha a salvo os dados da pessoa que, segundo Amin, me salvaria. Se eu já havia confiado nele uma vez, por que não o faria agora?

Optar por permanecer no caminho árduo não era a solução mais cômoda, muito menos a mais fácil. Mas os raios de sol que surgiam no horizonte pareciam contradizer isso e me encheram de forças para que eu continuasse caminhando, ignorando de uma vez por todas a ideia de me entregar aos cuidados das agências humanitárias.

Pouco tempo depois, encontrei uma parada de ônibus. O transporte até Beirute era regular na região e, com o dinheiro que tinha no bolso, pude comprar o que seria tanto uma passagem quanto uma promessa de um sono de alívio.

Poucas vezes tivera a chance de dormir de forma tão profunda como naquelas três horas de viagem. Os sonhos se misturavam com o vento que entrava pela janela, despertando o sentimento de liberdade inexiste no calabouço. Nem as dezenas de paradas até a capital seriam capazes de me fazer acordar.

Beirute, com seu clima mediterrâneo e a opulência de um luxo esnobe, era praticamente o lado oposto da vida que eu havia experimentado nas últimas semanas de cativeiro. Algumas ruas e cheiros também me faziam lembrar de casa, algo irresistível em certos momentos. No entanto, meu foco era um só: chegar até o endereço no bairro de Achrafieh, onde a maioria era cristã.

No local, ninguém atendia ao meu chamado. Era o apartamento trezentos e sessenta e um, no terceiro andar de um edifício modesto. Procurei pelo nome que estava na carta, Ibrahim, mas nem na porta ou nas caixas de correio havia qualquer sinal de sua existência. Não sabia bem o que fazer e acabei ficando por ali, esperando por horas diante de uma das portas, na esperança de que meu contato voltasse para casa.

Sentada num degrau das escadas, minha ansiedade foi dando lugar a um silêncio conformado. Minha respiração me permitia uma tranquilidade diferente. Um bom tempo depois eu me dei conta de que, do outro lado da porta, passos cuidadosos poderiam ser ouvidos. Havia alguém ali.

Resolvi falar em francês através da porta onde se viam os números pendurados com certa instabilidade.

— Ibrahim, trago uma carta de Amin para você.

— Quem é você? — perguntou uma voz.

Respondi que eu era de Marselha e que Amin havia me ajudado a escapar do cativeiro na Síria. Voltei a confirmar que tinha em mãos uma carta para ele. Finalmente vi a porta sendo lentamente aberta, deixando uma fresta de não mais que dez centímetros.

— Dê-me a carta — disse a voz, mantendo oculto seu rosto.

Após entregá-la, ouvi o envelope sendo rasgado. Alguns instantes depois, veio o soluço de um choro contido. A porta, no entanto, continuou entreaberta. O silêncio no corredor era rompido apenas pelos passos de Ibrahim, que parecia andar de um lado para o outro do apartamento.

A espera por um novo sinal foi rompida por um movimento brusco nas chaves. Quando a porta se abriu completamente, ouvi com mais clareza a voz que me pedia que entrasse rapidamente. Reparei que o local estava praticamente vazio e quase todo no escuro. Enxerguei apenas um colchão, roupas amontoadas num canto, uma mesa de bar e um telefone conectado a uma tomada.

Ibrahim não expôs para mim o conteúdo da carta, nem o motivo de seu choro. Aos poucos fomos nos aproximando, mas não tive a coragem de pedir que revelasse o que fora escrito e jamais fiquei sabendo por qual razão aquele desconhecido abriu a porta para mim. Presumi que aquela carta, em parte, contava a minha história também. Ou talvez a de minha família.

— Como você pretende voltar para a Europa? — perguntou.

Confiando no que Amin dissera, deixei claro a Ibrahim que estava pronta para seguir suas recomendações e que estaria disposta a tudo. Suas intervenções, porém, raramente davam sequência ao que eu dizia, ele realmente parecia não me escutar. Falava sem olhar para mim e alternava suas frases entre um copo de café e uma tragada em seu cigarro. Seus olhos se fixavam de forma permanente em uma fresta na janela, sempre fechada. Senti que ele era alguém que também estava em apuros, embora eu não conseguisse identificar qual era o risco que corria.

Na esperança de captar sua atenção, ou pelo menos seu olhar, comecei a contar de forma espontânea toda a minha história, desde os anos em meu bairro até o trabalho na Síria, a fuga e o encontro com Amin. Aos poucos, o homem apreensivo foi se esquecendo cada vez mais da janela, ao ponto de finalmente me oferecer um copo de água. Minha história não parecia surpreendê-lo e eu a concluí com uma constatação: o caminho que eu havia tomado tinha me levado até aquele apartamento em Beirute, sem que eu sequer soubesse o que ele teria para me oferecer ou mesmo sem qualquer documento que permitisse uma eventual volta para a França. Contar tudo a ele foi a forma que encontrei de questioná-lo e deixar algum espaço aberto para que ele se apresentasse e me explicasse de que maneira sua presença viria a interferir no meu destino. Confesso que, por alguns momentos, pensei que Amin tivesse me encaminhado a outro contrabandista, alguém especializado na organização de viagens clandestinas de terroristas para a Europa. Por outro lado, aquele cenário de um apartamento modesto num bairro cristão e o medo de meu interlocutor, além do choro contido, fizeram com que eu descartasse essa ideia.

Uma hora depois, Ibrahim me contou de sua origem belga e também do tempo passado em Moleenbeek, um bairro de Bruxelas marcado por ser um dos berços do terrorismo europeu e, ironicamente, poucos quilômetros distante da sede das principais instituições políticas da Europa. E seria exatamente naquele bairro que, anos mais tarde, ex-combatentes bósnios, árabes, africanos e toda uma classe de pessoas abandonadas pelo Estado se reuniriam e organizariam vários dos ataques terroristas que sacudiriam o continente europeu.

Ibrahim me contou, ainda, que havia sido enganado por um grupo criminoso que nada tinha a ver com religião. Era somente poder e dinheiro o que lhes interessava. A corrupção e a imoralidade da cúpula do EI eram endêmicas, contou-me ele.

Então entendi que, assim como eu, aquele terrorista arrependido estava fugindo do EI e desejava voltar para a Europa. Seu nome também figurava na lista dos serviços de inteligência e qualquer tentativa de embarcar em um avião significaria prisão imediata.

Ele fora recrutado com um objetivo muito claro: ajudar a cúpula do EI a organizar suas finanças. Formado em economia, Ibrahim passou a viver em Raqqa, considerada a capital do Estado Islâmico. Sua função era cuidar das operações que arrecadavam dinheiro com a venda clandestina de petróleo, de obras de arte roubadas e também com o trabalho escravo de prisioneiros. Se Ibrahim um dia havia pensado que sua contribuição ajudaria a criar um califado autossustentável financeiramente, logo percebeu que o dinheiro era usado para o enriquecimento da cúpula de um grupo terrorista, e que seus integrantes viviam de forma muito diferente dos princípios de purificação que pregavam.

Quanto mais ele falava e acusava a entidade terrorista, mais procurava justificativas para sua decisão de um dia ter se juntado ao EI. De uma forma um pouco simplista, tentava culpar a Europa, por sua opção. Na verdade, ele apenas precisava encontrar um motivo que explicasse e legitimasse sua escolha. Mesmo arrependido, tinha sérias dificuldades de admitir que o erro inicial havia sido dele mesmo.

Ibrahim era o exemplo do que meu pai chamava na França de "fracasso da integração": avô imigrante, pai europeu e neto radical islâmico. Ele insistia em dizer que, em seu bairro periférico de Bruxelas, o fracasso de meio século de expansão da população muçulmana na Europa era notado em cada esquina, fosse nas praças e nas escolas semiabandonadas, fosse nos cortiços erigidos em prédios de estilo soviético. A única referência ao Estado, segundo ele, era uma bandeira da Bélgica que insistia em refrescar a memória da população local do fato de que todos ali também eram belgas.

Meu próprio envolvimento com o EI e minha atual situação me levaram a crer que, se a Europa declarasse guerra aos terroristas e aos radicais islâmicos, o dilema real que viveriam os diversos governos do continente seria o de como garantir que esse combate – longe das trincheiras – não aprofundasse ainda mais o sentimento de exclusão por parte dos jovens muçulmanos em suas cidades, bem como o abandono e a estigmatização de bairros inteiros.

Aparentemente, seria possível dizer que Ibrahim fora um exemplo de jovem que conseguiu avançar nos estudos até se formar em economia numa universidade local. Ele mesmo insistia que seu recrutamento representava a prova de que, com vinte milhões de muçulmanos fazendo parte de sua população, a Europa não podia mais esconder que parte da batalha contra os terroristas seria a da reconquista da lealdade da nova geração de netos de imigrantes, jovens estes que se sentiam sem pátria e sem identidade. Quanto mais Ibrahim falava de suas experiências no gueto de Molenbeek, mais claro ficava que seu doutrinamento refletia um discurso decorado e que justificava a opção radical.

Reflexivo e preocupado com o que viria pela frente na Europa, Ibrahim me impressionava com sua visão ampla e detalhes de que dispunha sobre o movimento em cada um dos países – provavelmente por conta de seu contato com a cúpula do movimento jihadista. Ele não deixava dúvidas de que a radicalização estava germinando, que era organizada em seus mínimos detalhes e que grupos radicais viam naqueles garotos de periferias recrutas naturais para uma guerra santa. Se seu ódio pelo EI era claro, ele insistia também em apontar as falhas na capacidade de integração oferecida pelas escolas públicas da Europa e o permanente sentimento de toda uma geração de não ser aceita como cidadã em seus próprios países.

Seu discurso ensaiado, entretanto, despertava em mim algumas dúvidas. Afinal, a Europa ainda era o continente onde os serviços sociais e o bem-estar comum eram os mais elevados no mundo. O sentimento de exclusão era real e eu já o tinha sentido na pele, mas atribuir toda a culpa ao sistema sociopolítico me parecia, no mínimo, injusto. Sua explicação, por vezes, me irritava, em particular pela falta de qualquer mea-culpa. Mas naquela situação em que eu estava não seria inteligente questioná-lo, tampouco tentar convencê-lo a mudar de opinião.

Ninguém entre os membros das comunidades que bebiam diariamente da sabedoria de Abraão duvidava de sua fidelidade a Deus. Jamais passou pela cabeça de alguém ali que o patriarca poderia vir a duvidar do poder divino, muito menos de sua capacidade de o direcionar. Ao longo de sua vida, foram os ensinamentos do Senhor e Seus milagres que o acompanharam e permitiram sua sobrevivência.

Mas, para a surpresa de toda aquela comunidade, Abraão receberia, numa manhã, uma visita de Deus que o colocaria sob o mais difícil de seus testes até agora.

— Abraão, estás aí? — perguntou Deus.

— Aqui estou — respondeu Abraão.

— Toma agora o teu filho, o teu único filho, Isaac, a quem tanto amas, e vai-te à terra de Moriá, e oferece-o ali em sacrifício sobre uma das montanhas. Depois, voltarei a falar contigo.

Sem argumentos apresentados nem promessas de recompensas, Deus parecia querer tirar do patriarca o único filho que, com muito custo, havia permanecido com o casal. Naquele momento, Abraão já completava cem anos de idade e, cansado, hesitava entre a indignação em relação ao pedido e seu compromisso em seguir tudo o que Deus lhe solicitasse. Ele se questionava sobre o que teria cometido como pecado para que tal punição pudesse ser justificada. Buscava em sua memória atos seus e de Sara que poderiam ter violado princípios divinos. Mas, para o desespero de sua esposa, mãe daquele que seria sacrificado, nada encontrava.

— O que é que fizemos? — perguntava Sara, chorando.

Em silêncio, Abraão buscava sem sucesso uma resposta lógica ou espiritual que o confortasse. Uma recusa em seguir as ordens de Deus o colocaria em situação de descrédito perante a comunidade que o seguia justamente por sua fidelidade à palavra divina. Como faria, então, para manter sua posição de líder espiritual se, quando testado, havia fracassado?

Na manhã seguinte, preparou seu burro e chamou dois de seus empregados. Isaac, sem saber o que lhe ocorreria, também foi convocado para que os acompanhasse. Entre vales e caminhos estreitos, aquele grupo se transformava, a cada passo, em uma procissão fúnebre a um morto que ainda estava vivo.

Enquanto caminhavam, Abraão não deixava de olhar para seu filho com a admiração de um pai orgulhoso pelo rapaz que havia criado. Naquele momento, Isaac tinha pouco menos de trinta anos e vivia o esplendor de sua força.

E se Deus não tivesse falado de morte, mas apenas de um sacrifício simbólico? Teria sido apenas sua imaginação ou uma ordem concreta para matar o filho? O sacrifício de crianças, naquela região, não era raro. Mas normalmente acontecia quando se tratava de uma família com muitos descendentes. Jamais tinha ouvido falar no sacrifício de um filho único.

As dúvidas persistiam enquanto o caminho era traçado. O patriarca se questionava se aquela ordem não seria, na prática, uma punição por ter expulsado ao deserto seu outro filho, fruto da relação com Hagar. Mas, pela lembrança de Abraão, a decisão de mandá-los para fora de sua comunidade havia sido orientada, inclusive, por arcanjos. Não faria sentido, porém, que o Senhor tivesse simplesmente mudado de opinião.

Ao longo da rota, uma série de teses atormentou Abraão. E se aquele pedido fosse uma forma que Deus havia encontrado para mostrar ao mundo Sua compaixão? A tese era, no fundo, uma esperança do patriarca de que, no momento-chave do sacrifício, Isaac seria poupado pelo Senhor. Afinal, a morte de um filho é um assassinato, mesmo que seja uma oferenda a Deus. Aquilo seria uma violação de Seus próprios ensinamentos e de tudo o que Abraão tentou passar como mensagem a quem o visitava. A resistência e a honra precisavam encontrar novas formas de serem demonstradas. A morte deveria ocorrer pelas mãos do inimigo, jamais por seu próprio pai.

Sem respostas, Abraão acabou adiando o máximo que pôde qualquer tipo de ação. Não se precipitou em cometer o assassinato, ainda que estivesse seguindo rigorosamente o que lhe havia sido solicitado. Foi burocrático, na esperança de que houvesse tempo suficiente para que aquela aberração fosse freada. No fundo, a cada passo que dava, Abraão estava esperando por Deus e pela mensagem de que aquela ordem deveria ser retirada. Mas a cada momento que se dava conta de que a recomendação não era modificada, mostrava sua obediência e seguia com o plano determinado. Sem muita pressa, entretanto. Ele sabia que o trauma de uma realidade que não poderia suportar o mudaria para sempre.

Em seu inconsciente, Abraão não apenas estava sendo testado. Mas também colocava Deus à prova. Na destruição de Sodoma, o patriarca já havia questionado a justiça de Deus. Agora, ao aceitar a tarefa de matar seu único filho, jogava sobre o Senhor a responsabilidade de mostrar compaixão. Abraão sabia que obedeceria à ordem. Mas será que Deus teria a capacidade de violar uma decisão imoral para restabelecer princípios?

15. PROVA

O destino nos havia unido de forma dramática. Um terrorista arrependido e uma executiva que se recusava a aceitar que fazia parte do problema jihadista no mundo. Eu não sabia como reagir, o que dizer nem como me comportar diante daquele homem. Será que ele realmente estava totalmente arrependido? E, mesmo que tivesse abandonado o grupo terrorista, será que não era uma pessoa violenta por natureza, capaz de me causar algum dano por qualquer outro motivo?

Atormentada com esses pensamentos, eu confrontava a mim mesma com outros fatos: seu medo, ter sido alguém recomendado por Amin e, claro, sua necessidade de fugir dali. E, para isso, Ibrahim tinha um plano cuidadosamente preparado. Seu celular era uma espécie de central de inteligência, com mapas de pontos de cruzamento entre as fronteiras, fotos de locais que poderia usar como abrigo e, principalmente, uma ampla rede de contatos e conversas, todas elas criptografadas.

Entendi que precisávamos seguir para o Sul, deixar o Líbano, entrar por Israel, Cisjordânia, cruzar o mar Morto para a Jordânia, passar pelo Sinai e desembarcar no Egito. Dali, finalmente, pegaríamos um barco em direção à Europa. Um trajeto longo que mesmo feito em boas estradas já seria desafiador. No entanto, não apenas as estradas seriam de terra, com passagens clandestinas, mas também repletas de muros, checkpoints e armadilhas por todos os lados. Ibrahim tentava me preparar para o que estava diante de nós.

— Para começar, vamos ter de cruzar uma fronteira que, oficialmente, está fechada — disse ele.

O caminho que iríamos utilizar era o mesmo do contrabando de drogas e de armas fornecidas pelo Hezbollah no Líbano à resistência na Cisjordânia. Para mim, era difícil entender como aquilo poderia funcionar. Pela minha lógica cartesiana, não fazia sentido nos colocarmos sob outra ameaça para nos livrarmos daquela que já sofríamos. Também não entendia como um jihadista do EI poderia ser ajudado pelo Hezbollah. A realidade, como eu estava descobrindo naquela viagem, era muito mais complexa que a lógica. Além disso, naquele momento, eu só tinha uma opção: confiar que Ibrahim também precisaria escapar e que não tinha sinais de querer se suicidar.

A passagem ocorreria pela cidade de Ghajar, um espelho do caos das fronteiras no Oriente Médio e um exemplo vivo de como as populações são ignoradas sobre a questão de sua nacionalidade.

Ghajar era, naquele momento, uma cidade israelense à beira do território libanês. Mas nem sempre foi assim. O local fazia parte da Síria e só passou a ser controlado por Israel depois da Guerra dos Seis Dias, em 1967, quando as colinas de Golã foram tomadas.

Depois da invasão, os residentes que optaram por ficar na cidade aceitaram a cidadania israelense em 1981 e, a partir do ano seguinte, o vilarejo se expandiu e passou a incluir o território libanês.

Há uns vinte anos, porém, Israel deixou o Sul do Líbano e a cidade passou a ser repartida entre os dois países. De um dia para outro, quem estava na parte norte da cidade passou a viver no Líbano, enquanto parentes a poucas ruas dali estavam em Israel, um país inimigo e com o qual estavam, oficialmente, em guerra. Se não bastasse as incoerências, a maioria de seus habitantes eram alawitas, grupo da família do ditador sírio Al-Assad. Sendo assim, o local tinha cidadãos israelenses com nacionalidade síria e com uma parte deles em território libanês. Na prática, eles votavam em eleições democráticas promovidas por Tel Aviv e, ao mesmo tempo, defendiam o ditador Assad, um paradoxo que apenas o Oriente Médio podia gerar.

Por certo tempo, com a guerra entre Israel e o Hezbollah, em 2006, as tropas israelenses passaram a invadir e a controlar também o norte de Ghajar. Mas acabaram se retirando meses depois.

— Há um outro detalhe importante — disse Ibrahim, enquanto eu não disfarçava a supresa em meu rosto diante da complexidade daquele plano.

Segundo ele, a linha azul estabelecida pela ONU para marcar a fronteira entre Israel e Líbano passava no meio da cidade, chegando a dividir pequenos mercados e colocando na região centenas de capacetes azuis da Missão de Paz das Nações Unidas. Era em direção àquela síntese do absurdo que iríamos. Talvez, como diria Camus, eu já estivesse começando a aceitar o caráter absurdo da realidade, deixando de esperar que o mundo fosse meus antigos laboratórios com temperatura e pressão controladas. Enquanto eu não desse esse passo, seria prisioneira de um moral incapaz de seguir adiante.

Mesmo tudo aquilo me parecendo mirabolante e quase impossível de ser concretizado, eu não tinha alternativa. No dia seguinte, parti com Ibrahim para Ghajar. Visualmente, a cidade também era repleta de contrastes. Casas bem construídas, limpas e pintadas com cores pastel escancaravam uma decoração que fugia ao controle dos moradores: buracos de balas em praticamente todos os muros. Entre Israel, Líbano e Síria, uma comunidade inteira estava em um permanente fogo cruzado, sem jamais ser consultada. Ali, os passaportes e nacionalidades eram tão artificiais como a linha de fronteira. Talvez a cidade não tivesse aquele nomes por acaso. Ghajar, em árabe, significa "cigano". Uma cidade que havia sido da Síria, de Israel e do Líbano, mas que, no fundo, não era de ninguém. Uma verdadeira cidade de refugiados.

Para minha surpresa, os criminosos que promoviam o contrabando não agiam no vácuo. Eram auxiliados por membros do Hezbollah, que cobravam um pedágio para permitir que os produtos passassem ao outro lado, sob sua proteção e bendição. Usaríamos o mesmo caminho. Entretanto, durante todo o trajeto, eu me perguntava em total silêncio: *O que temos a oferecer a essas pessoas em troca desse serviço?*

Minha inocência política parecia não ter limite. No fim das contas, eu estava sendo acompanhada por um valioso elemento de contrainteligência: um ex-combatente dos inimigos, disposto a entregar seus ex-colegas de barricadas. Ibrahim era tratado até com certo respeito pelo Hezbollah e nossa passagem havia sido barganhada em troca de informações.

Na noite de nossa fuga para Israel e, depois, para a Cisjordânia, dormi em um colchão estirado pelo chão, em um abrigo improvisado na parte Norte de Ghajar, enquanto dois homens e Ibrahim passaram a noite debruçados sobre mapas. Meu companheiro belga apontava para eles locais nas montanhas nas proximidades do vilarejo de Arsal, onde células do Estado Islâmico estariam escondidas. Acusado pelo Ocidente de ser um grupo terrorista, o Hezbollah era um dos aliados na luta contra os jihadistas.

Naquele momento, o ódio que Ibrahim nutria em relação ao EI era de grande relevância para aqueles inimigos. Em troca da valiosa inteligência, eles nos deram um salvo-conduto e, ainda pela madrugada, embarcamos em um caminhão que, além de remédios, levava drogas. Eles, assim como eu, estavam depositando sua fé em Ibrahim, deixando claro para ele que, se os estivesse enganando, a rede de informantes do Hezbollah pela Cisjordânia se responsabilizaria por nossa morte.

Via tudo aquilo com uma mistura de perplexidade e indignação. Na minha cabeça, Ibrahim havia ajudado a matar membros do Hezbollah, mas ali estava ele agora, recebendo um tratamento de aliado. Aquela era, para mim, a constatação de que dois inimigos mortais poderiam se perdoar diante de um interesse em comum. Se o ódio parece ser absoluto, o perdão também o seria? E, se aquele perdão tinha objetivos bélicos, por que é que não havia espaço para um perdão que levasse à paz e à sobrevivência mútua?

Observava com atenção a confiança que dois ex-inimigos depositavam um no outro. Ibrahim tinha uma fé clara de que aqueles extremistas não o trairiam. De outro lado, estava sendo ajudado a escapar. Aquela viagem, definitivamente, não seria como outra qualquer. Em um contexto de tantas incertezas, chegava a ser absurdo eu tentar manter as certezas que julgava ter sobre o mundo. Talvez eu precisasse ouvir mais, observar mais e julgar menos.

Mas eu ainda não tinha respostas. Como confrontar sinais de perdão depois de tantas mortes e sofrimento?

Naquela passagem ao que seria mais uma noite de uma viagem transformadora, eu estava diante de dois grupos inimigos, ambos muçulmanos. Usavam o Corão, cada qual à sua maneira, como um instrumento de ódio e capaz de ter um efeito perturbador na mente dos combatentes que jamais uma droga ou um elemento químico permitiria gerar no espírito. Com uma bandeira na mão e um livro sagrado em outra, uma cadeia de ilusões se forma a serviço de um grupo no poder.

O ódio é a revanche, mesmo sem justificativa. O perdão, porém, parecia não ser exatamente um equivalente do amor como eu imaginava. Talvez mais uma espécie de interesse, por inteligência, por mais poder ou até mesmo por sobrevivência mútua, sem nunca deixar de ser egoísta. Naquela passagem de uma fronteira artificial que se impunha sobre a vida de muitos, eu sentia que estava sendo profundamente testada em minha visão de mundo infantil, maniqueísta e que não levava em conta a incapacidade do destino de ser desenhado em linhas retas nem em equações lógicas. A simplicidade que eu queria acreditar que existia era um labirinto desenhado para nos afastar da realidade. Afinal, se alguém me perguntasse naquela noite de que lado eu estava entre os diferentes grupos políticos e envolvidos na guerra, eu tinha apenas uma resposta: "Não sei".

Ao chegar ao local designado por Deus para sacrificar seu único filho, Abraão e o restante do grupo recolheram madeiras suficientes para preparar o fogo. Foram dois dias para coletar material suficiente para a preparação de um altar que simbolizaria uma prova da capacidade do patriarca de manter sua dignidade diante do

Criador. No terceiro dia, Abraão recebeu de um enviado de Deus a indicação exata de onde deveria montar o altar.

— Fiquem por aqui com o burro — recomendou o patriarca aos empregados. — Isaac e eu vamos venerar o Senhor e logo voltaremos.

Ele continuava mantendo a esperança de que ambos voltariam. Com Isaac, Abraão levou a madeira e o facão até o local designado. Mas a ausência da ovelha que tradicionalmente era usada para sacrifícios chamara a atenção de seu filho.

— Pai, o fogo e a madeira estão aqui, mas onde está o cordeiro que será queimado para a oferenda?

Sem coragem de dizer que o sacrifício seria realizado com ele mesmo, Abraão optou por dar uma resposta elusiva a seu filho.

— Deus nos dará o cordeiro para que seja queimado, meu filho.

Ao chegar ao local escolhido, Abraão mantinha um silêncio constrangedor. Enquanto desviava seu olhar com certa frequência ao céu, como se estivesse esperando um sinal divino, trabalhava insistentemente na construção do altar. Isaac, surpreendido com a atitude de seu pai, interpretou aquele silêncio como um sinal da vontade do velho patriarca de concentrar toda a sua energia em louvar o Senhor.

Com o trabalho concluído, o patriarca suspirou, buscou seu facão e, aproximando-se de seu filho, levantou-o para dar o golpe que terminaria com a vida de Isaac. Ainda que idoso, a maneira como Abraão preparou a facada deixou seu filho indefeso. Isaac, mesmo no auge de sua forma física, estava desprevenido.

Mas foi justamente no momento que o facão estava prestes a perfurar o corpo do herdeiro de Abraão que uma voz surgiu dos céus.

— Abraão, não estendas a tua mão sobre o moço, e não lhe faças nada. Pois agora sei que temes a Deus, uma vez que não me negaste teu filho, teu único filho.

O gesto que o patriarca tanto esperava havia acontecido. Ainda que no último instante. A tensão se transformara em alívio e o alívio em um choro prolongado. Daquela imagem celeste, um cordeiro seria encontrado entre arbustos e entregue para que substituísse a Isaac no altar já preparado.

— Por mim mesmo jurei. Ao prosseguir com tal ação, não me negaste teu único filho. Te abençoo e multiplicarei teus descendentes como estrelas do céu — disse a voz divina. — Multiplicarei teus descendentes como a areia que está na praia do mar. E a tua descendência estará à porta de teus inimigos. Serão benditas todas as nações da terra que descenderem desses teus herdeiros. E tudo isso porque tu obedeceste à minha voz.

Abraão, ao terminar o sacrifício ao lado de seu filho, tomou-o pelo braço e ambos retornaram ao local onde seus empregados o aguardavam. Isaac ainda tremia ao buscar o caminho de volta, agarrado ao pai, mas encontrou forças para questioná-lo sobre o que acabara de viver.

— Pai, qual foi o sentido de tal prova para nossa vida?

Abraão explicou-lhe, então, que, ali naquele monte, a fé da humanidade em Deus havia sido testada. E, em nome dessa fé, a ética, a moral e a justiça acabaram por ser suspensas. O altruísmo vivia um divisor de águas e o sacrifício de desejos pessoais era colocado diante do poder divino. As profecias precisavam, então, ser sempre tratadas como verdades absolutas.

— Por amor a Deus, estive prestes a cometer o maior crime contra minha família. O Senhor nos exige abrir mão do que mais amamos em nome dessa fé. No alto daquele monte, venceu para sempre a percepção de que, para a fé, não existe limite. Minha fé no absurdo foi respondida com a capacidade de Deus demonstrar Sua generosidade sem limites.

Abraão, enquanto falava, sabia em sua consciência que também saía como vencedor. Deus, a partir daquele momento, não poderia mais voltar a agir sem uma compaixão permanente diante da humanidade. Só existiria por Sua generosidade. Satisfeito, aliviado e apaixonado tanto por seu filho como pela humanidade, Abraão também havia dado sua lição a Deus. Ali, demonstrara que o limite para a fé da humanidade não estava em seus atos, mas nos gestos e profecias do Senhor.

16. SEM RAÍZES

Ainda que o caminho mais óbvio ao Sul contasse com a passagem por Nazaré, Ibrahim preferiu evitar grandes cidades. Sua lógica era, de fato, muito diferente da minha. Eu tinha a impressão de que poderíamos nos fazer desaparecer entre uma pequena multidão. Mas ele estava convencido de que, nessa pequena multidão, estavam também membros do EI disfarçados de refugiados. De acordo com sua rota, a melhor opção era conseguir chegar até a pequena cidade de Burqin, no norte da Cisjordânia. Ali, acreditava ele, dormiríamos sem chamar a atenção. Ibrahim tinha pressa, mas precisava fazer contato com o restante de sua rede para permitir que pudéssemos atravessar aquela região e, em seguida, entrar na Jordânia.

Burqin era totalmente desconhecida para mim. Longe dos muros, mas ainda assim isolada por eles, a cidade parecia viver um estranho clima de paz. Suas ruas estreitas eram tomadas por crianças que saíam das escolas ao meio-dia, driblando com bolas os raros carros que passavam por ali. Eram crianças de uma geração que nem sequer conheciam o outro lado do muro e que tinham na imagem do soldado israelense a única referência sobre aqueles vizinhos que lhes teriam roubado suas terras.

A rua bem em frente ao nosso albergue descia em direção ao que parecia um edifício que estava em obras. Enquanto os dias passavam e Ibrahim tentava montar nosso plano, fui aos poucos tomando a coragem de tomar aquele caminho desconhecido. E, para a minha surpresa, me deparei com um ônibus de turistas franceses diante do que entendi ser um mosteiro cristão. Usei aquele grupo para me aproximar do local, quase que me misturando entre eles. Minha surpresa foi ainda maior quando ouvi de um guia que os acompanhava que aquele era o local onde supostamente Jesus curou os leprosos.

Troquei algumas palavras com duas senhoras francesas que faziam parte do tour e ganhei sua confiança. Uma delas era de uma comunidade cristã de Nice.

— Somos praticamente vizinhas — disse-me ela.

Dentro daquele edifício, havia um pequeno jardim extremamente bem cuidado. E, passando por uma porta, era possível enxergar uma igreja do século IV, que, segundo o guia, havia sido renovada dezenas de vezes. Numa das entradas, uma placa do governo americano também mostrava que os Estados Unidos estavam ajudando a manter aquele local intacto.

O "nosso" guia contava ao grupo como aquela igreja, que ganhou o nome de São Jorge, era uma das mais antigas da Palestina e a terceira mais antiga do mundo. Depois de séculos, ela era agora usada por uma minúscula comunidade de cristãos ortodoxos que viviam na província. O prefeito da cidade sabia da dimensão do local que havia herdado e, mesmo sendo um muçulmano numa região com apenas algumas dúzias de cristãos, optou por destinar parte de seus recursos para transformar sua pequena cidade em uma parada obrigatória para o turismo religioso.

E aquilo parecia fazer todo o sentido. O vilarejo tinha, em suas mãos, um tesouro da história do cristianismo. Pela tradição contada na Bíblia, no caminho de Jesus entre Nazaré e Jerusalém, ele ouviu como pessoas gritavam seu nome ao passar por Burqin. As vozes vinham de dez leprosos, colocados em quarentena. Jesus teria passado suas mãos sobre os rostos doentes, oferecendo-lhes a cura.

"Terá pena do humilde e do pobre, e salvará a vida dos pobres", diz um dos salmos, citado pelo guia, um padre francês.

Conforme aquele religioso ia contando a história, eu percebia que a realidade que Jesus enfrentou naquela região não era tão diferente da atual. Atravessar o trecho entre Nazaré e Jerusalém, há dois mil anos, exigia uma milícia para proteger os viajantes diante do ódio que existia entre grupos. Jesus, porém, viajava com seus discípulos, homens e mulheres abandonados pela sociedade, esquecidos por seus governos, refugiados em busca de um caminho.

A lepra me parecia simbólica. Pela tradição, Jesus pediu que os dez doentes fossem até o sacerdote local para mostrar que estavam curados. E assim aconteceu. Mas apenas um deles voltou até Jesus para demonstrar sua gratidão. O trecho não se referia à lepra, uma doença que de fato assombrou a humanidade por séculos, mas era uma referência às fronteiras entre aqueles puros e os imundos. Um muro que toda religião adotou, colocado entre os fiéis e aqueles povos que não tinham sido os escolhidos.

Também me chamava a atenção o fato de que, depois de curado, o grupo que pediu intervenção de Jesus se desfez. Jesus perguntou ao único leproso que havia retornado para lhe agradecer: "Não foram dez os limpos? E onde estão os nove?". *Claro*, pensei eu, *a solidariedade que unia aqueles que sofriam já não mais existia*. Numa sociedade permeada pela rivalidade, o único aspecto que os unia havia – o sofrimento – desaparecido.

No local onde os dez leprosos foram curados – uma caverna – foi, então, erguida, na Era Bizantina, a igreja em que estávamos. Para os cristãos, aquele era o santuário de um milagre. Para mim, uma história com uma mensagem clara da incapacidade de união, mesmo entre pessoas que foram jogadas em um mesmo destino, aparentemente incurável. Um grupo que estava emuralhado, uma vez libertado, não conseguiu sequer seguir o mesmo caminho.

Saí dali abalada com minha ignorância em relação ao cristianismo, furiosa com a sociedade europeia por ter abandonado essas histórias, mesmo como forma de diálogo, e preocupada com o que via em meu entorno. O ônibus daqueles turistas deixaria o local, depois de dezenas de fotos e algumas oferendas em euros, sem saber que deixavam para trás uma sociedade emuralhada que também apelava por um milagre.

O desafio de Ibrahim de encontrar uma saída da Cisjordânia começava a ser resolvido, ainda que estivesse sendo mais difícil do que ele imaginava. Enquanto isso, minha vida passou a ser entre aquelas ruas, a igreja de São Jorge e as meninas que rompiam tabus para tentar descobrir quem era aquela estrangeira que insistia em ficar no vilarejo. Aquela geração nasceu depois que as barreiras começaram a ser erguidas e, portanto, jamais tinham visto outra criança israelense. Do lado palestino, os mais velhos insistiam em me contar como, na região, era comum que garotos pegassem bicicletas e simplesmente cruzassem a fronteira para áreas israelenses, sem qualquer constrangimento.

E os israelenses indicavam que, de fato, o muro levantado entre suas cidades e as palestinas reduziu de forma importante o número de ataques vindos da Cisjordânia. Entretanto, do outro lado do mundo, estava claro para mim que ele também criou novas divisões na sociedade e fez surgir uma geração inteira, de ambos os lados, de pessoas que nem sequer tiveram a chance de se conhecer. Entre os garotos mais velhos, sem trabalho, o tempo parecia não passar. Naquelas ruas, eu via como os mesmos jovens, dia após dia, nutriam uma profunda desilusão, para desespero de seus pais. Uma das raras janelas para furar aquele muro psicológico e físico eram as telas de seus telefones, que passaram a ser extensões de suas mãos.

Eu me perguntava: *De que forma a paz pode ser estabelecida entre povos que se odeiam sem nem mesmo se conhecerem?* Aquele cenário parecia repleto de ingredientes ameaçadores e que poderiam servir como um prato cheio para o extremismo.

Enquanto estive ali, reparei que os jovens do vilarejo se encontravam quase todas as noites para jogar videogames numa sala improvisada no centro de Burqin. Mas me questionava até quando seus sonhos ficariam limitados àquelas máquinas. Até quando a brincadeira de enfrentar uma guerra ficaria limitada àquela sala.

Tampouco me parecia justo o que as gerações mais velhas impunham a seus filhos e netos, principalmente nos campos e bairros inteiros de refugiados palestinos. Era admirável como mães se esforçavam para manter a identidade das famílias, ensinando às crianças que seu local de origem não era aquela estrutura da ONU, sem alma e burocrática, mas sim cidades que elas jamais conheceram e que, com a presença do muro, estavam ainda mais distantes. Havia um ditado que dizia que quando os avós palestinos morressem os netos se esqueceriam de sua luta e do direito ao retorno às terras hoje ocupadas. Mas aquelas famílias estavam ali para provar que esse não era o caso. Aqueles pais e avós sabiam que tinham uma função política em resistir. Mesmo que suas vidas tivessem se limitado a ser as guardiãs de chaves de portas que jamais serão abertas.

Provavelmente de uma forma egoísta, eu pensava que aqueles jovens que foram doutrinados a serem refugiados para sempre poderiam ter outros sonhos que apenas o de resistir. Pior. Para aqueles que viviam às sombras dos muros, a realidade política fora minada por um desespero econômico.

Nas raras vezes que toquei no assunto com Ibrahim, entendi que eu não estava tão errada.

— Uma das próximas fases de recrutamento do Estado Islâmico deve acontecer na Cisjordânia — contou-me, sem entrar em detalhes.

A cada passo que dávamos, eu me dava conta de que o que as barreiras faziam era amuralhar mentes de comunidades em ambos os lados. O custo da segurança imediata poderia acabar saindo incrivelmente caro no futuro. Não era difícil entender o motivo pelo qual a falta de esperança se transformaria em ira entre os jovens. Enquanto muros engolem seus bairros, os assentamentos dividem fazendas e líderes palestinos impõem falsas soluções.

Sendo assim, o risco de radicalização e recrutamento de jovens palestinos pelo Estado Islâmico me parecia uma consequência óbvia. E, em cada grupo de jovens que eu via e com os quais trocava olhares, tinha a sensação de que aquele desespero silenciado um dia causaria gritos de dor em dezenas de famílias tão inocentes quanto ainda eram aqueles garotos.

Por diversos vilarejos pelos quais passamos, o impacto do muro era de uma brutalidade psicológica profunda. Ruas principais de comércio desapareciam, enquanto residências passavam a ter a pior vista do mundo: a da sombra. Numa dessas pequenas cidades, um parque para crianças acabou por ser abandonado e, ironicamente, passou a ficar instalado a menos de cinco metros de distância de um canhão de água usado contra manifestantes ou qualquer um que tentasse desafiar o concreto. Dele ainda saía um odor que, ao tocar na pele do manifestante, levava dias para ser retirado, permitindo assim que as forças de segurança pudessem identificar aqueles que organizavam os protestos.

As sombras do muro ainda refletiam num cemitério palestino, à beira da imponente divisão. Enquanto o chão era um retrato de choques quase semanais entre os soldados israelenses e a população palestina no campo, não era raro encontrar entre os túmulos tanto partes de bombas de gás como bolas de gude disparadas pelos garotos de campo de refugiados.

Talvez por se parecer muito à minha escola, reparei em um prédio usado por meninos e meninas palestinas. Ele teve suas janelas do segundo andar fechadas com concreto, pois elas davam vistas para o que ocorria do outro lado da barreira. Velhos moradores contavam que não entendiam a medida, já que tinham a lembrança de que o terreno vizinho era apenas um parque com oliveiras. Mas será que aquelas árvores ainda existiam?

Deixando Burqin e caminhando em direção à nossa próxima parada, percorremos vales permeados por aquelas contorcidas plantas. Pensar que elas haviam presenciado diferentes épocas de nossa civilização me dava a certeza de que os seres humanos haviam perdido a noção do ridículo em muitos dos dilemas cotidianos que inventávamos.

Citada no Corão e parte do brasão do Estado de Israel, aquelas árvores de mais de quinhentos anos eram símbolos de longevidade e, claro, de paz. Além disso, elas movimentavam todo um mercado, produziam azeite para cozinhar e para iluminar, além de fazerem parte de tradições locais. Mas, naquele meio rural do território da Cisjordânia que cruzávamos, a árvore também era o símbolo de uma economia ameaçada e dos muros erguidos entre comunidades. Não eram poucos os enormes buracos que encontrávamos pela rota, indicando que árvores inteiras haviam sido retiradas.

A propaganda palestina insistia na tese de que quase um milhão de oliveiras haviam sido destruídas ou vandalizadas nos territórios perto de cidades palestinas desde 1967. Na minha opinião, aquele número martelado na cabeça de tantas gerações era simplesmente impossível de ser comprovado. Mas uma realidade incontestável era o fato de que o desenraizamento das oliveiras não ocorria de forma isolada. A ocupação israelense gerava um processo de perda da capacidade produtiva do campo palestino e, claro, aprofundava sua dependência em relação à economia de Israel. Pequenos pastores de cabras que encontrávamos pelo caminho nos diziam que já eram poucos os que se aventuram nos campos, pressionados pelo êxodo para as cidades e afetados diretamente pelos muros e leis estabelecidos por Tel Aviv.

O acesso à água também não acontecia sem obstáculos. Alguns chegavam a nos dizer que mais de oitenta por cento da água do subsolo palestino havia sido confiscada por Israel, o que levava muitos vilarejos a ter de importar o recurso natural. Muitos fazendeiros se queixavam de que eram proibidos, em muitas localidades, de construir seus próprios poços.

Uma das casas em que encontramos abrigo durante a caminhada era de propriedade de Mustafa Al-Mutairi, um importante produtor de azeitonas do Norte dos territórios palestinos, exportando seu produto para o Golfo e a Europa. Seu endereço, uma vez mais, vinha de um caderno precioso de anotações de Ibrahim. Aos poucos, eu descobria que aquela rede contraterrorista era ampla e, como uma comunidade secreta, os membros recebiam aqueles que fugiam do EI e os blindavam pelo menos por algumas horas de sono.

Mustafa nos contou que teve dois de seus filhos recrutados pelos jihadistas. Para seu desespero, ambos foram usados em ataques suicidas, deixando para trás apenas uma irmã de seis anos e pais com corações destroçados. Como uma espécie de vingança aos terroristas, a família Al-Mutairi passou a dar proteção aos jovens que, como Ibrahim, se deram conta da falência moral daquilo que não passava de um grupo de criminosos.

Mustafa, naquela noite palestina estrelada, nos contava em sua varanda que sua vida já não tinha mais a mesma pressa. Antes da morte de seus filhos, sua energia estava toda destinada a se estabelecer como um importante empresário e repassar sua herança para a próxima geração, garantindo que eles não tivessem que depender de ninguém.

Enquanto na cozinha sua esposa e sua filha preparavam o jantar, Mustafa buscava explicações mais profundas para a tensão no Oriente Médio. Era um personagem que fugia a todos os estereótipos. Fiquei surpreendida ao ouvir aquele homem romper um tabu ao dizer claramente:

— Não, Israel não é o único problema dos palestinos. Parte do desafio que nossa região vive não tem relação com a fé ou com a política, mas sim com o clima. É claro que o muro é um problema enorme. É claro que as colônias nos colocam pressões. Mas a realidade é que é mais fácil culpar Israel que Maomé pela situação ambiental — brincou Mustafa.

E ele tinha razão, a falta de chuvas era cada vez mais acentuada e esse quadro estava afetando aquele povo a ponto de as autoridades palestinas limitarem as autorizações para a exportação de azeite de oliva. O objetivo com essa medida era evitar um desabastecimento do mercado local, o que seria um desastre.

— Para além de tudo isso, Israel não nos permite fazer poços de água onde desejarmos — disse o empresário.

Uma alternativa que Mustafa tinha era comprar água no mercado negro, o que chegava a custar seis vezes mais caro que os preços do comércio. Segundo ele, porém, nem todos tinham essa possibilidade e muitos de seus antigos companheiros e até mesmo concorrentes estavam abandonando o cultivo — um dos que mais havia marcado a identidade dos palestinos. Outra opção era buscar atividades que consumissem menos água, e isso chegava, inclusive, a causar um forte impacto no abastecimento de alimentos da região.

No dia seguinte, quando retomamos nosso caminho em direção ao Sul, pude ver com meus próprios olhos o que a família Al-Mutairi nos havia contado. Na região de Arraba, celeiro agrícola das cidades palestinas, a alternativa encontrada pelos produtores locais foi migrar para a plantação de tabaco. De uma planície antes ocupada pelo cultivo de variados legumes, a região agora ganhava ares de monocultura. Trabalhando no campo estavam mulheres e crianças, que deveriam estar na escola. Enquanto aqueles garotos eram usados para colher as primeiras folhas – mais delicadas e mais valiosas – as mulheres ficavam responsáveis por cortar e preparar o produto.

Foram horas de caminhada sob um mesmo cenário de cultivo de tabaco. Os jovens da região nos contavam que aquela produção havia se transformado numa das raras oportunidades de trabalho, depois que o muro os separou de seus empregos nas cidades israelenses. Por cerca de dois mil shekels por mês, acordavam todos os dias às quatro e meia da manhã para trabalhar na colheita. Diante dessa perspectiva de salário, muitos deixavam as escolas para não perder seu posto de trabalho. Alguns agricultores mais antigos nos contaram que em locais como Jenin ou Zabouba a terra destinada ao tabaco havia aumentado em mais de dez vezes em apenas uma década.

O resultado, no entanto, era visível nos grandes mercados. Quando chegávamos aos centros urbanos, o comércio não conseguia esconder as caixas escritas em hebraico que carregavam legumes e outros alimentos para abastecer os palestinos. Obrigados a importar seus produtos, os comerciantes desses centros ainda foram obrigados a elevar os preços.

Ibrahim, sempre desconfiado dos relatos dos palestinos, tentava minimizar aqueles histórias que íamos escutando pelo caminho, como se já fosse uma tradição reclamar dos vizinhos e culpar Israel por todos os dramas que viviam.

— Olhe aquelas enormes casas sobre os morros. Quem você acha que mora lá? Estou certo de que não são judeus — dizia apontando para pequenos palacetes.

Meu companheiro de viagem estava convencido de que a elite palestina no poder era tão prejudicial ao povo quanto os judeus, seus inimigos oficiais. Ele insistia que anos de envio de dinheiro da Europa, da Arábia Saudita, do Catar e de tantos outros países jamais chegavam aos pequenos agricultores da Palestina. E grande parte do desperdício da água ainda estava relacionado com o sistema de irrigação que não recebia qualquer tipo de manutenção. O dinheiro, para ele, era desviado por políticos corruptos, que preferiam manter Israel como seu escudo.

Naquelas terras palestinas carregadas de história e interesses políticos, quase nada era preto no branco, quase nada era tão simples como as explicações que aqueles agricultores nos apresentavam. Nem mesmo o muro evidente diante de nossos olhos, cinza e marcante, significava apenas o trabalho de ocupantes ilegais.

Durante todo o trajeto de semanas que realizamos pela Cisjordânia, notei que havia um aspecto sobre o muro que gerava um constrangimento profundo quando eu o trazia às conversas que tínhamos com aqueles que nos alojavam. Quem havia construído aquele símbolo de um apartheid moderno? Sim, obviamente havia sido o governo de Israel, mas qual era a mão de obra usada para aquela obra gigantesca? A resposta, por mais incrível que pudesse parecer, fazia sentido: a própria juventude palestina, desesperada por trabalho e frustrada com aquela mesma ocupação que ajudava a cimentar. Eram os palestinos que serviam de operários nos assentamentos que eles justamente acusam de estar destruindo seu espaço vital.

Envergonhados e temendo retaliações de sua própria comunidade, muitos palestinos se recusavam a me falar abertamente sobre o que os levou a trabalhar para a barreira ou mesmo nas construções que ocupavam suas terras. Então, como que tentando se justificar, alegavam que, com ou sem sua mão de obra, aquele muro tão odiado seria erguido.

— Se não fosse eu, seria um chinês — brincou um deles.

A realidade era que, em alguns vilarejos, todos os homens daquelas comunidades em um certo momento acabaram se rendendo ao trabalho no muro. O salário, segundo eles, chegava a ser duas vezes maior do que o que ganhavam em outras obras. Mas não era apenas o muro que envergonhava os palestinos. Outros tantos trabalhavam nas colheitas em assentamentos israelenses, usando supostamente a água confiscada da terra palestina.

O real problema, para muitos deles, não era o fato de trabalhar em Israel, mas o de não conseguir obter uma das cobiçadas autorizações de trabalho para poderem, enfim, atuar do outro lado do muro. Aquela realidade havia criado, então, um mercado clandestino entre assentamentos e palestinos.

Tudo ali conspirava contra um eventual Estado palestino. Para além do fato de aquela própria nação ter ajudado a construir os muros e assentamentos que a destruía, o mercado negro que isso gerava acabava minando qualquer possibilidade de sobrevivência do Estado palestino. Com a mentalidade de administradora que havia adquirido nos anos como líder da fábrica, eu ficava imaginando o impacto que aqueles impostos poderiam ter para construir um futuro país.

Em todo o nosso trajeto naquela fascinante terra que havia sido testemunha de tantas histórias, eram as incoerências e justamente as histórias não contadas que mais me surpreendiam. Entre elas, a anedota que eu jamais vou me esquecer foi a da tentativa frustrada de Ibrahim de comprar um keffiyeh – o lenço símbolo da resistência da causa palestina e que seria popularizado em todo o mundo por Yasser Arafat.

Orgulhoso depois de sair de uma loja com sua nova compra, ele me mostrou o tecido e pedindo que eu o tocasse. Mas o que realmente me chamou a atenção foi a etiqueta ainda colocada num dos cantos do lenço, dizendo: "Made in China". Aqueles produtos "árabes" eram, na realidade, elaborados muito longe dali. A tradição têxtil daquela comunidade estava sendo assassinada em uma velocidade altíssima e dezenas de fábricas haviam sido fechadas. Irritado e sem graça diante da risada que dei ao denunciar a farsa daquele produto, Ibrahim apenas respondeu:

— Ok, é chinês, mas com qualidade palestina — garantiu, abrindo um sorriso.

"Não se negue a mostrar hospitalidade a um estranho. Ele bem pode ser um anjo." Esse princípio era seguido com rigor por Abraão e sua esposa, Sara. Por onde quer que fosse e em todos os locais por onde se estabeleceu, o patricarca abriu sua casa à comunidade, disposto a ouvir as histórias que lhes eram contadas e recomendar sempre o diálogo.

Uma de suas residências, em Beer-Sheba, ganhou a dimensão de um oásis no deserto. Tanto pelo verde que imperava no solo, pela enorme quantidade de palmeiras e pela brisa tranquila, quanto pelo espaço aconchegante que era garantido por Abraão a seus visitantes. Era como se ele soubesse que, depois de longas jornadas entre a areia e o sol, aqueles forasteiros precisassem tanto de água quanto de sabedoria.

Abraão e Sara haviam construído uma casa com características especiais. Ela tinha portas em todos os quatro lados. E elas estavam sempre abertas. Viessem de onde viessem, os visitantes sempre encontrariam um sinal claro de que eram bem-vindos. Viessem de onde viessem, eram sempre saudados como se estivessem entrando pela porta da frente da residência do patriarca. Nenhuma voz, nenhuma etnia, nenhuma camada da sociedade, ninguém jamais usava as portas do fundo, simplesmente porque o fundo não existia.

No entorno daquele símbolo de diálogo, um jardim muito bem cuidado era o palco de deliciosas frutas, protegidas pela sombra de uma enorme palmeira. Eram plantas vivas que tinham sensibilidades que apenas um oásis poderia nutrir. E aquelas eram árvores que respiravam no mesmo ritmo dos amplos pulmões de Abraão, sempre ocupado com os estrangeiros que chegavam até ali.

Não era raro que, quando um visitante era considerado digno de credibilidade, a enorme palmeira e seus súditos florais usassem os ventos para esticar seus galhos e folhas para protegê-lo do sol do Oriente Médio. Mas, quando ouviam que se tratava de um impostor, rapidamente usavam os mesmos ventos para mudar de lado, punindo-o com os raios de sol do deserto.

Abraão, que jamais agia por instinto, era mais tolerante que sua natureza. Ao ver como reagiam as árvores de seu jardim, não tentava expulsar o visitante nem sancioná-lo. Seu mantra era modificar a forma de alguém ver o mundo, mostrando sempre uma bondade incondicional. Se fossem estrangeiros que ainda resistiam em acreditar num ser superior e continuavam a venerar ídolos ocos, o patriarca lhes explicava a incoerência de prestar homenagens a pedras ou a pedaços de madeira.

Se o diálogo de Abraão era capaz de dar uma nova visão àqueles homens que o procuravam, Sara se ocupava de suas esposas. Era sempre a última a dormir e, quando todo o local já vivia a escuridão do deserto, era em seu quarto que uma vela continuava a brilhar. Ali, ela tecia roupas para que as mulheres que partiriam de sua residência não apenas saíssem com almas renovadas, mas limpas, com novas vestimenstas e sem a aparência de abandono.

Ao longo de sua caminhada e por todos os lugares em que parava, o casal atraía centenas de visitantes em busca de conselhos e remendos para o espírito. Abraão jamais aceitava a gratidão daqueles a quem ajudava. Pedia que os agradecimentos fossem feitos através de atitudes. Pedia que a gratidão fosse demonstrada em orações com Deus. Quando um desses visitantes lhe perguntou onde encontraria Deus para que pudesse agradecer-lhe, o patriarca apenas respondeu:

— Sua glória preenche de beleza os céus e a terra. Basta falar com eles.

Ao longo de sua vida, Abraão deu demonstrações de que receber visitantes era, de fato, sua prioridade, mesmo sem saber quem eram aquelas pessoas.

Num dia de calor, sentando diante de sua tenda, deparou-se com três deles. Mas só depois de levantar a cabeça foi que entendeu que um deles era Deus.

— Meu Senhor, se agora tenho achado graça aos Vossos olhos, rogo-Vos que não passeis de Vosso servo — pediu Abraão.

O patriarca ordenou que água fosse trazida para que seus pés fossem lavados e que suas árvores lhes servissem de sombra.

— E trarei também um bocado de pão, para que esforceis o Vosso coração — complementou.

A Sara, Abraão pediu que usasse a farinha estocada para preparar três bolos. Trouxe ainda vitela tenra e boa, assim como manteiga e leite. Deus insistia que, daquele casal, uma nação grande e poderosa ainda brotaria. E, a partir de Abraão e Sara, seriam benditas todas as nações da terra.

— Eu o tenho conhecido e sei que ele há de ordenar a seus filhos e à sua casa depois dele para que guardem o caminho do Senhor, para agir com justiça e juízo; para que o Senhor faça vir sobre Abraão o que acerca dele tem falado.

Recuperados, Deus e seus dois anjos se levantaram. Tinham certa pressa. Iriam na direção de Sodoma e Gomorra, cidades que haviam cometido pecados. De fato, falava-se das crueldades sanguinárias e da falta de hospitalidade que a população daqueles locais praticava contra os estrangeiros.

— O clamor de Sodoma e Gomorra se tem multiplicado, e porquanto o seu pecado se tem agravado muito... — explicou Deus a Abraão.

Os problemas estavam relacionados à ganância da população e ao apego que seus líderes tinham em manter a todo custo suas propriedades. Não havia espaço para a compaixão, e a perversão sexual de seus comandantes transformava a região em um símbolo do inferno.

Uma tradição local ainda exigia que todos os estrangeiros fossem hospedados em locais com camas do mesmo tamanho. Se o visitante fosse maior que o leito onde se supunha que descansasse, suas pernas eram cortadas a sangue-frio enquanto dormia. Se fossem menores, passava por torturas para que elas se esticassem.

Paradisíaco, o local não deixava de ser alvo da cobiça estrangeira, argumento que era usado por seus líderes para justificar a brutalidade contra qualquer um que vinha de fora. Sodoma e Gomorra ficavam no vale de Sidim, e ainda eram vizinhas de Adma, Zebolim e Bela. Séculos depois, seriam submergidas pelas águas salgadas que criariam o mar Morto. Mas, até aquele momento, estavam sobre algumas das terras mais férteis do mundo, protegidas de tempestades, terremotos ou desastres naturais. O que não sabiam seus habitantes, porém, era que tudo aquilo estava prestes a ser destruído.

17. VALE DA SOMBRA DA MORTE

Ao longo dos caminhos que tomei, achei curioso o fato de que todas toda as culturas com as quais me deparei apontavam como as diferentes religiões falavam com certa propriedade sobre a questão do perdão. Como se cada uma delas soubesse perdoar melhor as demais. Como se o deus de sua religião fosse o único a ter o monopólio do perdão.

Nessa jornada, também me questionei insistentemente sobre o que, de fato, levava alguém a manter sua religiosidade. Seria o medo, a busca por uma aprovação da comunidade em que vive ou realmente uma convicção pessoal? E, no caso da convicção, como lidar com a ideia de que se pertence a um grupo que está convencido de que é "o escolhido" por Deus? No mínimo, essa era uma ideia egoísta da humanidade e que perpetuava apenas as construções de muros, nunca de pontes.

Também achava incrível como, no berço de todas essas religiões que hoje dominam nosso planeta, era praticamente impossível manter um diálogo razoável entre as diferentes partes, cada qual se anunciando como dona da verdade universal. No fundo, até mesmo nossa viagem em busca de uma saída era frequentemente interrompida por muros, mapas que não faziam sentido, estradas com becos sem saída, checkpoints e controles das autoridades.

Em segredo e sem jamais dizer a Ibrahim, eu nutria uma certa esperança de que nossa rota nos forçasse a passar por Jerusalém, uma cidade que pertencia em meu imaginário aos locais que tinham uma dimensão que ia muito além de um povo e de uma religião. Era uma cidade que pertencia à humanidade, e qualquer definição política seria um reducionismo inaceitável.

Eu sabia que estávamos muito próximo da entrada da cidade. Mas Ibrahim, por seu passado e com um forte sentido de pragmatismo, insistia que aquele não era o momento de fazer turismo. E muito menos de matar curiosidades pessoais.

Seu objetivo era chegar até Jericó e, dali, cruzar pelo mar Morto até a Jordânia. Num mundo ideal, a tarefa parecia simples. Mas a existência de um muro real, de fronteiras e de muito ódio mútuo fazia qualquer simples caminhada se transformar num desafio.

Fixamos nossa base numa pequena cidade encrustada num vale e que, para todos os efeitos, poderia estar nos guias de turismo de qualquer região do mundo. Battir, na Cisjordânia, era uma pérola. Não apenas por sua beleza natural. Mas por seu sentido de resistência.

Do alto de um restaurante e com as luzes de Jerusalém longe ao fundo, fomos recebidos por Atta Fahri, um jovem empresário palestino que reformara uma antiga casa num penhasco, tranformando-a em um restaurante. Agora, entretanto, ela também serviria de hospedagem para nós. Atta não conseguia disfarçar o orgulho de ter ajudado uma das poucas cidades a conseguir, nos tribunais, barrar a construção do muro na Cisjordânia. Era em sua propriedade que ficaríamos por algumas noites, até que Ibrahim conseguisse desenhar os próximos passos de nossa viagem.

Efusivo e sem saber exatamente o motivo de nossa presença, Atta ocupava o silêncio com suas histórias. Parecia não precisar de uma pausa, nem mesmo para respirar, entre os causos que contava. Apesar de falastrão, jamais perguntou o que fazíamos ali, muito menos quem éramos nós.

Mas ele parecia querer nos deixar clara a mensagem de que, em sua comunidade, foi a rejeição aos líderes políticos e religiosos que garantiu a prosperidade daquele tesouro.

Segundo ele, a façanha de Battir de evitar a construção do muro apenas se transformou em realidade por conta de uma atitude da população local de não esperar nem por uma reação de seus líderes palestinos nem pela razão do lado de Israel. A estratégia foi se apoiar na preservação de um patrimônio da humanidade para derrubar o projeto.

— E assim conseguimos parar o muro — afirmou contente o jovem empresário.

O vilarejo de quatro mil habitantes não tinha a autorização dos israelenses de furar novos poços nem de realizar obras, mas a liderança local ironizava que foi justamente esse fato que acabou obrigando os produtores locais a manterem o mesmo sistema de irrigação deixado pelos romanos há dois mil anos. Para garantir que o mecanismo funcionasse pelos terraços construídos por séculos, os produtores locais passaram a colaborar para garantir que todos tivessem acesso à água. Assim, os oito clãs que ainda viviam na cidade se alternavam para cuidar da produção agrícola no vale, o que ainda levou o vilarejo a mudar o calendário tradicional e estipular uma semana com oito dias.

Fahri insistia que eram as oliveiras, os limões e os outros produtos da região que garantiam não apenas a sobrevivência de agricultores locais, mas a própria existência do vilarejo.

Aquele pequeno exemplo me parecia simbólico e poderoso, mas talvez um pouco ilusório. Acreditava que dificilmente seria aceito em outras áreas da Cisjordânia. Afinal, como fazer o discurso de tolerância e de abertura sobreviver diante de séculos de ódio e de mortes, em ambos os lados? Vendo aquela paisagem única, eu me questionava se o humanismo teria alguma chance de vingar contra o sentimento eterno de revanche. O nosso próprio percurso era prova de um realismo brutal de como a política e mesmo a religião dividiam ao invés de unir.

Nas noites que passamos naquela hospedagem, Ibrahim fez proliferar telefonemas a sua rede de conhecidos e estudou cuidadosamente todos os mapas da região para encontrar uma maneira de chegarmos até Jericó sem o risco de sermos parados por soldados israelenses. Sua alternativa foi tão criativa como genial. Usaríamos o mesmo caminho que, conta-se, Jesus usou para ir de Jerusalém até nosso destino, passando pelo vale da sombra da morte.

Confesso que, quando ele me contou seu plano, meus olhos brilharam de orgulho de ter, ao meu lado, alguém tão corajoso como perspicaz.

Atta, com seu carro, nos levou até o ponto escolhido por Ibrahim e, dali, teríamos de caminhar por cerca de treze quilômetros por dentro do vale até chegar a Jericó. Sairíamos de uma altitude de cerca de oitocentos metros para apenas duzentos metros, o que significava que enfrentaríamos certas dificuldades, principalmente se chovesse.

Nos despedimos de nosso anfitrião de Battir e, com a poeira do carro ainda no ar e aquela vista impressionante do vale diante de nós, apenas ouvi ao meu lado Ibrahim recitando com uma voz rouca algo que, em outras ocasiões, lhe teria valido a execução sumária por parte de seus companheiros no EI.

"O Senhor é o meu pastor, nada me faltará.

Deitar-me faz em verdes pastos, guia-me mansamente a águas tranquilas.

Refrigera a minha alma; guia-me pelas veredas da justiça, por amor do Teu nome.

Ainda que eu andasse pelo vale da sombra da morte, não temeria mal algum, porque Tu estás comigo; a Tua vara e o Teu cajado me consolam."

Olhando para minha expressão de espanto, Ibrahim soltou uma gargalhada que parecia ecoar pelo vale. Jamais me explicou como é que sabia, de memória, aqueles versos que serviam de pilar à cultura judaico-cristã.

— Vamos, temos uma longa caminhada pela frente — disse, dando os primeiros passos em direção àquele penhasco escorregadio.

Aquele cenário que misturava cenas lunares e descobertas encantadoras funcionava quase como uma passagem pelo tempo. Ao longo do caminho, as camadas de história pareciam se acumular e, naquelas paredes de um vale mítico, se transformaram em estratos geológicos, cada qual com sua cor, com sua espessura e seus desenhos. Quais segredos da humanidade estariam ali prensados? Quem de fato teria passado por aquela trilha tão frágil?

Durante horas, fomos os únicos a caminhar e, ocasionalmente, encontrávamos com beduínos desconfiados e suas cabras arredias. Para não perder sua direção, Ibrahim acompanhava um riacho que, assim como nós, buscava a saída ao Sul. Ele insistia que não podeíamos perder tempo, sob o risco de termos de pernoitar em uma das grutas do vale.

Cada vez que eu perdia o ritmo e começava a ficar para trás, ele me lembrava de forma irônica que a escuridão num local que se chama sombra da morte deveria estar entre as coisas mais pavorosas do planeta. Minhas pernas, mesmo cansadas, pareciam ouvir a ameaça com grande respeito.

O caminho ainda nos reservou lindas surpresas, como quando nos deparamos com padres franceses que estavam retornando de um retiro espiritual em uma abadia, mantida pela Igreja Ortodoxa Grega. Sem termos combinado qualquer coisa do gênero, mantivemos nosso silêncio, para não chamar a atenção. Mas ouvir aqueles senhores alegres e em paz consigo mesmos reforçava minhas esperanças de que estávamos no caminho certo.

Nada foi mais gratificante do que avistar, já ao final do dia, o oásis no deserto com suas palmeiras: Jericó. Tínhamos sobrevivido à tortura, ao crime, aos assassinatos e, agora, até mesmo ao vale da sombra da morte.

Ibrahim já havia estabelecido contato com um imã da cidade que nos acolheria por algumas noites. A simplicidade de seus aposentos contrastava com o enorme sorriso com o qual nos recebeu. Eu evitava fazer perguntas sobre quem nos tinha colocado naquele caminho. Mas passei, aos poucos, a descobrir que Ibrahim não era o único terrorista arrependido e que existia, de fato, uma rota de fuga para aqueles garotos.

E a fuga não era apenas da punição do Estado Islâmico, mas também de uma prisão e condenação por parte das autoridades dos países do Oriente Médio, dos militares russos e dos serviços de inteligência do Ocidente.

Para escapar de tudo isso, apenas uma rota clandestina poderia ser tomada. Era como se o arrependimento não estivesse previsto nem na guerra contra o terrorismo nem nos sistemas jurídicos nacionais.

O imã de Jericó, portanto, era uma dessas bases do caminho clandestino. Era uma espécie de líder local cuja função era desarmar tensões e convencer jovens de que a jihad não se justificava se o resultado era um número cada vez maior de sofrimento. Por dentro, eu achava graça na ironia daquela "célula" clandestina: enquanto estávamos sentados no chão, uma caixa de frutas num dos cantos do cômodo uma vez mais insistia em trazer inscrições em hebraico.

Em suas conversas com os foragidos que se hospedavam em sua casa, o imã jamais falava do terror. Preferia mostrar que a leitura que era feita do Corão e mesmo dos demais livros sagrados tinha sido manipulada. Ao redor de um fogo e uma chaleira, onde nos intimava a estar presentes a cada final de tarde com outros refugiados do EI, aquele imã insistia em falar da incapacidade de muitos em aceitar ideias com as quais concordavam. E, para falar do contrário, da tolerância, ele não se limitava a sua religião. Citando o livro dos Coríntios, o religioso indicava as cartas de Paulo e sua crença de que "o amor perseverará". Isso, no fundo, era o significado máximo da tolerância. Deliberadamente quebrando tabus, sua conversa não falava apenas dos textos que conhecíamos, mas justamente de citações bíblicas. Do livro dos Efésios, por exemplo, ele mostrava como existia um pedido para que cada um mostrasse compaixão e usasse o perdão como instrumento.

Mas seu sermão também se aventurava pelo Corão, porém a forma que ele encontrou para falar de tolerância foi, justamente, resgatando o livro sagrado para tentar entender o que se dizia sobre os outros profetas e a forma pela qual ganharam adeptos.

— Nenhum deles, nem Moisés, nem Jesus nem Maomé usaram a força para impor sua doutrina — disse ele. — Ninguém era obrigado a aceitar a mensagem. A função dos profetas era apenas de guiar um povo, não de impor sua visão. Em outro trecho, Deus diz a Maomé: "Se as pessoas o abandonarem, não fique triste. Não é compulsório aceitar a religião".

Segundo o imã, Maomé sofrera muita oposição em Meca, sua cidade natal. Forçado a migrar para Medina, ele sempre pediu que seus seguidores tratassem aqueles que resistiam a ele em Meca com tolerância. "Vocês que não são crentes. Eu não venero o que vocês veneram. E vocês não veneram o que eu venero. Portanto, vocês com sua religião e eu com a minha", disse o profeta.

Mas o que mais deixava todos aqueles que o escutavam perplexos era a história de como Maomé reagiu quando, ao chegar a Medina, descobriu a existência de uma importante comunidade de judeus na cidade. O profeta, estrategicamente, optou por evitar qualquer tipo de confronto. Não houve uma tentativa de forçá-los a se converter ao islã e um acordo de paz foi firmado com os ahlul kitab, o povo das Escrituras.

O acordo era, no fundo, bastante simples: a segurança física daqueles judeus seria garantida, assim como sua liberdade para praticar sua religião, com a condição de que os seguidores de Maomé também tivessem as mesmas garantias. Ou seja, era simplesmente um acordo de tolerância mútua. Para proteger seus seguidores, o profeta estava disposto a respeitar aqueles que não estavam de acordo com ele.

— Maomé adotou o mesmo comportamento ao se corresponder com os governos do Oriente Médio ao longo de sua vida. Em nenhuma dessas cartas o profeta os ameaçou com uma invasão militar — insistia o imã.

O religioso ainda citava o trabalho de Ali Zaynul Abidin, o quarto imã xiita e que ainda no século XII elaborou a *Risalat ah-Huquq*, que quer dizer "carta de direitos". Nela, porém, a grande novidade era o comportamento que os muçulmanos deveriam ter com relação às sociedades que se recusassem a aderir ao islã. "Deve haver uma barreira que impeça que se cometa qualquer injustiça a eles", alertava aquele código de direitos.

O imã deixava claro que aquilo não havia sido simplesmente inventado por Ali, mas sim elaborado a partir das palavras do profeta, que, em seu tempo, teria decretado: "Quem faça injustiça a um não muçulmano protegido, então eu serei seu inimigo no Dia do Julgamento".

No fundo, o que o imã dizia era que existiam duas espécies na Terra e que, em ambos os casos, nossa ligação com elas era profunda.

Ou eram irmão de fé ou filhos da mesma criação. Uma constatação que, ao meu ver, deveria ser aplicada a qualquer religião, qualquer seita e qualquer grupo.

Ibrahim, num tom hesitante diante daqueles fatos e documentos históricos, ainda levantava algumas dúvidas sobre o caráter violento de Maomé.

— Se Allah dava esses espaços para os infiéis, por que é que ele puniu o povo do profeta Noé, os povos de 'Ad, de Tamud e até mesmo o faraó?

Ibrahim se referia às diversas passagens existentes no Corão sobre como Allah teria enviado chuvas, maldições ou simplesmente a morte para pelo menos seis nações diferentes.

A resposta, segundo o imã, estava no próprio Corão. A punição foi uma resposta não ao fato de rejeitarem os ensinamentos de Maomé, mas sim à opressão que era imposta a algum membro daquela comunidade que tentasse se converter ao islã.

— Allah deixou muito claro: "Lutem pela causa de Allah contra aqueles que os ataquem. Mas não ultrapassem os limites, já que Allah não ama os transgressores".

— Então qual o objetivo da jihad? — perguntou Ibrahim.

— Acima de tudo, temos de ter muito claro que a jihad não é uma ofensiva para converter as pessoas ao islã. Insisto: la ikraha fi al-din. Não há qualquer obrigatoriedade na religião. O que existe é a necessidade de manter uma relação de respeito com as demais crenças. Não existe nada no Corão que proíba uma relação positiva entre muçulmanos e não muçulmanos.

Para ele, promover uma jihad era legítimo, com a condição de que ela tivesse como objetivo colocar fim a uma injustiça ou barrar uma opressão. Como quando uma comunidade está sendo perseguida ou quando existe o fim da liberdade de consciência. Mas nada disso existe para justificar a ação do Estado Islâmico. O problema, segundo o imã, era a forma pela qual a ideologia do grupo extremista havia se apropriado de partes do Corão para justificar uma guerra por terra e recursos.

— Guerras religiosas são proibidas. O que existe hoje, na realidade, é uma guerra por terras, dinheiro e poder. O restante é um mero instrumento para justificar o massacre de infiéis. Cada verso do Corão foi também massacrado pelo Estado Islâmico. Os trechos que falam de paz não convinham e o que temos hoje é uma perigosa manipulação de seus textos. Enfim, não há nada de islâmico no comportamento desses jihadistas.

Naquelas noites em Jericó, eu também quebraria alguns tabus e me convidaria para o debate em torno daquela chaleira. Apesar de ser uma mulher, sentia que estava sendo ouvida e que, de forma inteligente, o imã usava minhas perguntas para reforçar a "desintoxicação" que se esforçava para promover entre ex-combatentes.

— Quando falamos em manipulação dos versos do Corão, o que isso exatamente significa? — perguntei.

O imã parecia já ter respostas na ponta da língua para todas as perguntas, talvez por conta do número elevado de jovens que já haviam passado por seu albergue. Tudo, segundo ele, precisa ser lido em seu contexto.

De fato, na passagem 8,12 do Corão, existe uma referência à morte de inimigos: "Infundirei o terror no coração dos incrédulos".

— Mas essa frase precisa ser lida dentro do cenário no qual a passagem é citada. Trata-se da batalha de Badr, quando os muçulmanos foram chamados a defender seu povo no século XII. Generalizar essa ideia e dizer que qualquer infiel deve ser morto é uma manipulação de má-fé. A guerra era pela defesa de um povo, nunca com o objetivo de conquistar seguidores. Os que transformam esse verso em um escudo para suas ofensivas militares estão cometendo um grave erro.

O imã tinha ainda um argumento forte. Na Bíblia, também existem partes que, se retiradas de contexto, podem ser usadas como uma ordem de Deus para que os cristãos cometam crimes. Uma delas está no livro de Samuel. Ali, o Senhor dá ordens expressas ao rei Saul para massacrar o povo de amalequitas: "Fere Amaleque e vota ao interdito tudo o que lhe pertence, sem nada poupar. Matarás homens e mulheres, crianças e bebês, bois e ovelhas, camelos e jumentos".

Em Êxodo, uma vez mais, Deus, que tem em sua marca a misericórdia, dá outra demonstração de uma aparente contradição: "Hei de riscar totalmente a memória de Amaleque de debaixo dos céus... Porquanto o Senhor jurou, haverá guerra do Senhor contra Amaleque de geração em geração".

Outro argumento usado pelo imã se referia ao uso cuidadoso das palavras. Um dos trechos mais utilizados pelos terroristas em atos nos quais decapitam os infiéis precisaria ter cada uma de suas palavras lidas com atenção: "E quando vos enfrentardes com os incrédulos, golpeai-lhes os pescoços, até que os tenhais dominado, e tomai-os como prisioneiros".

A palavra, segundo o religioso, era "golpear" e não "decapitar" como costumam dizer os radicais.

Além disso, ele completaria seu argumento com outro elemento fundamental, de que sempre devemos ler o trecho até seu final. "Libertai-os, então, por generosidade ou mediante resgate, quando a guerra tiver terminado. Tal é a ordem. E, se Deus quisesse, Ele mesmo ter-Se-ia livrado deles."

Entretanto, na ideologia do Estado Islâmico, um islã que pregasse a paz e a tolerância em relação a outras comunidades não poderia prosperar e tinha de ser punido. Por isso, tantos muçulmanos eram vítimas dos jihadistas, em um número muito maior que os próprios cristãos ou judeus. Afinal, se essa fosse a versão difundida da fé, qual outra arma ideológica eles poderiam usar para justificar o califado? A tolerância era ruim para os negócios, para a conversão de seguidores e para o pagamento de impostos entre os infiéis para escapar da morte.

Depois de toda essa conversa, um profundo e prolongado silêncio se abateu naquela sala, sendo quebrado apenas quando o minarete de uma mesquita ao lado começou a chamar para a oração.

Diante das intenções do grupo de destruir Sodoma, Abraão não entendia as palavras de Deus sobre agir com justiça e, ao mesmo tempo, estar partindo em uma missão para destruir povos inteiros, sem distinção entre culpados e inocentes. Hesitou em se expressar, temendo se transformar em pó diante do Criador, mas entendeu que precisava agir. Sendo assim, Abraão ficou em pé diante do Senhor e o confrontou como ninguém jamais havia feito.

— Destruireis também o justo com o ímpio? Se porventura houver cinquenta justos na cidade, destruireis da mesma forma? E não poupareis o lugar por causa dos cinquenta justos que estão dentro dela? Longe do Senhor que faça tal coisa, que mate o justo com o ímpio. Não faria justiça o Juiz de toda a Terra?

— Se Eu achar cinquenta justos dentro da cidade de Sodoma, pouparei a todo o lugar por amor a eles.

— O mesmo faríeis se fossem quarenta e cinco, quarenta, trinta ou mesmo dez apenas os justos? — questionou Abraão.

— Não a destruirei pelo amor aos dez — garantiu Deus.

Ainda que considerasse, de modo geral, a população daqueles locais como pecadores, Abraão não defendia sua destruição. Nem mesmo por Deus. Ao longo de anos, o patriarca e a população local haviam aprendido a se respeitar mutuamente.

Diante das garantias recebidas de Deus, Abraão recomendou aos dois anjos que o acompanhavam que fossem diretamente até a casa de seu sobrinho Ló, em Sodoma. Ali, estariam mais protegidos e sua presença não levantaria suspeitas.

Ló, que também tinha vindo de Ur, apresentou as mesmas características de seu tio no papel de anfitrião, mesmo sem conhecer a missão dos anjos que ali estavam. Mas, para bem recebê-los, bastava saber que Abraão os queria protegidos da população. A discrição era um imperativo. Mas Ló queria tratar aqueles convidados de seu tio da melhor maneira possível. Ordenou a sua esposa, Edite, que preparasse um banquete, num sinal de respeito.

Não esperando pela visita, ela teve de ir buscar nos vizinhos sal para preparar o que serviria aos visitantes. E Edite jamais pensou que sua decisão de sair de casa em busca do ingrediente que lhe faltava mudaria o destino de todo um povo. O ato inocente, porém, levantou dúvidas entre os vizinhos sobre o motivo pelo qual a mulher buscaria sal às pressas. As dúvidas levaram a desconfianças e essas, por sua vez, a rumores de que Ló estava escondendo forasteiros em sua casa.

A notícia rapidamente se espalhou pela cidade, que ficou inconformada com a traição do sobrinho de Abraão. Não poderiam deixar aquele comportamento passar impune e, então, logo trataram de organizar um ataque à casa de Ló naquela mesma noite.

Com o Sol se pondo, a população local se armou de paus e pedras, cercando a residência do sobrinho de Abraão. E, como uma ameaça iminente de invadir a casa e não poupar ninguém, convocaram Ló a entregar os visitantes para que fossem estuprados pela liderança de Sodoma.

Mas, como um anfitrião honrado, Ló também precisava defender os anjos que eram seus hóspedes. Contrariando os apelos de sua esposa, ele pediu para negociar uma saída para aquela crise e chegou, até mesmo, a oferecer suas duas filhas virgens à multidão.

— Estou disposto a sacrificar minha família. Sua sede pelo sexo será saciada — disse Ló aos líderes do ataque.

A população, porém, queria mais que isso. Queria vingança contra o sobrinho de Abraão e mandar um recado a todos os estrangeiros de que aquele território jamais deveria ser considerado como um destino para visitantes.

O impasse na negociação fazia a tensão crescer, enquanto Edite insistia em dizer a seu marido que a única solução era fugirem. Encurralada naquela casa, a família descobriu durante o sítio imposto que aqueles visitantes eram, de fato, anjos e que poderiam salvar suas vidas. Agarrando Ló pelo braço, um deles explicou o plano de fuga:

— Cegaremos uma parte dos combatentes que estão à porta de sua casa e, enquanto a cidade passará a ser alvo de uma destruição, vocês precisarão fugir para as montanhas — disse.

Ló, Edite e suas filhas, amedrontadas, fizeram um sinal positivo com a cabeça e pareciam estar preparados para confiar no *poder daqueles visitantes, até então considerados meramente como amigos de Abraão.*

— Mas há uma condição para que a fuga possa funcionar — explicou o outro anjo. — Ninguém poderá olhar para trás durante a fuga. Não haverá exceções.

A ordem também fora aceita pela família, enquanto o barulho de fora era cada vez mais forte.

Ferindo com cegueira os combatentes que cercavam a casa de Ló, os anjos deram início à missão de retirar a família de sua casa. Enquanto isso, Deus fazia com que uma chuva de enxofre e fogo desabasse sobre a região. Aquela ofensiva, o caos estabelecido e o fim da paz entre a família de Abraão e a população de Sodoma desencadeariam um fim dramático para o local. Os gritos de pessoas queimadas vivas ecoavam pelos vales da região, enquanto crianças eram asfixiadas pelo enxofre que impedia seus pulmões de respirar.

Numa noite especialmente escura, as chamas de uma cidade sendo arrasada iluminavam a fuga de Ló e sua família. E aqueles gritos de dor, no entanto, chegavam ao coração dos sobreviventes. Edite não resistiu. Desobedecendo aos anjos, olhou para trás para entender o que estava acontecendo, por mais que seu marido a clamasse para manter o foco no caminho em direção às montanhas.

Seu ato de desobediência seria imediatamente castigado. Edite acabou por ser transformada em uma estátua de sal, como uma punição por não seguir a palavra divina. Tendo pecado ao buscar o sal para o banquete entre os vizinhos, seria com sal que seu futuro seria eternamente condenado.

18. PRESERVANDO O FUTURO

O diálogo, o convite à reflexão, o clima agradável de Jericó e, acima de tudo, uma cama confortável pareciam nos prender naquela simpática cidade palestina. Uma falsa sensação de segurança nos convencia, ainda que de forma inconsciente, a encontrar motivos para estender nossa estadia. Até o ponto em que, exauridas, as justificativas passavam a ser caprichosas e, naquela nossa situação, injustificadas.

Nossa próxima etapa seria a Jordânia, em um trajeto que compreendia as margens do mar Morto e do rio Jordão. Uma região que não deixava de ser central na História e permeada por mitos. A ilegalidade, uma vez mais, nos faria saltar uma fronteira. Saíamos da casa do imã, em Jericó, com documentos novos e um carro que nos levaria até o outro lado da ponte Rei Hussein, na divisa dos territórios palestinos e a Jordânia. Eu havia perdido a conta de quantos crimes já havia cometido naquela viagem. Mas a tranquilidade de Ibrahim diante da falsificação de identidades começa a me convencer do caráter hipócrita daquelas linhas desenhadas na areia por políticos e generais para determinar o que era e o que não era deles.

Uma vez na Jordânia, descobrimos que nosso caminho envolvia certa tranquilidade. Tratava-se de um país com uma estabilidade imposta e intolerância total ao questionamento. Tudo isso, somado à situação econômica relativamente favorável, mantinha a população distante de tentações rebeldes – pelo menos por um tempo e até que as forças americanas instaladas na região optassem por abandonar seu aliado em Amã.

Era naquele lugar que, apesar dos efeitos da guerra, alguns sírios conseguiam respirar e até recuperar um tímido sorriso. É de se admirar o incrível senso de humor da população síria, mesmo quando perdida entre os sons das artilharias. No lado jordano, num dos campos de refugiados, a rua central fora batizada de Champs-Élysées. No lugar de lojas de marcas ou de turistas, o local era repleto de pequenos negócios sírios, mantidos por cidadãos que tentavam sobreviver enquanto suas vidas permaneciam no limbo. Eram barbearias, cafés improvisados, mercearias com produtos de higiene e também locais que alugavam tomadas para que fosse recarregado o item fundamental de todos os refugiados: o celular.

Foi também durante o caminho na Jordânia que minha alma ganhou esperanças. Ali, eu passei a ver em Ibrahim um homem cheio de sonhos e de uma crescente expectativa de que aquele passado dramático pudesse, enfim, perder suas marcas mais visíveis. Essa mudança parecia ocorrer a cada passo que dávamos naquele trajeto. Estávamos cada vez mais confiantes, primeiro por saber que o risco de uma zona minada era cada vez menor; segundo porque cada quilômetro que percorríamos e que nos distanciava da Síria reforçava a garantia de que uma volta ao inferno era agora improvável.

Por mais precário que fosse o alojamento nos diferentes campos de refugiados, eu já conseguia dormir mais tranquila e com sono mais profundamente. Procurava falar com meus pais e irmãos duas ou três vezes por semana e as conversas já incluíam algumas amenidades e não apenas os dramas. Voltei a saber sobre a vida de meus irmãos e, apesar de estar em fuga, aos poucos fui deixando de ser o centro da conversa. No fundo, isso era um alívio.

Com uma situação mais estável, também achei que havia chegado o momento de contar aos meus pais que, de fato, não estava sozinha naquela viagem. Omitindo certos trechos de seu passado – como o fato de ser um ex-jihadista –, expliquei quem era Ibrahim e como ele estava me conduzindo para longe da guerra. Percebi, de uma forma inusitada, que comecei a falar dele com certo carinho e elogiando sua coragem. Isso acabou gerando alguns momentos de tensão entre meu pai e mim, uma vez que ele insistia em saber as intenções daquele homem que me acompanhava pelo Oriente Médio.

— Intenções? Ele só tem uma, pai, a de sobreviver — disse eu, indignada e defendendo seu comportamento.

A verdade é que, pelas manhãs, me sentia feliz quando eu o saudava e ele, como resposta, me lançava um suspiro de dias melhores:

— *Saba-al-nur* — o que quer dizer "manhã de luz".

Seu raro sorriso também começava a desfazer aquele rosto duro, escondido em uma barba encardida de ódio. Não sabia dizer se era o início da primavera ou o aparente fim da tensão, mas eu me via cada vez mais próxima daquele homem que, em qualquer outra circunstância, eu teria classificado como assassino e a quem teria rejeitado qualquer perdão, mesmo sem o conhecer. Minhas crenças de que existiam o mal absoluto e o bem absoluto tinham sido borradas pelo caminho e levadas pelo vento do deserto, junto com milhões de grãos de areia.

Eu descobria em Ibrahim que a tolerância era contraditória e, assim como o amor, podia ser ilógica e irracional. Eu precisava ser intolerante com aqueles assassinos jihadistas e governos ditatoriais. Mas onde desenhar essa fronteira? Por que eu não sentia uma vontade profunda de entregar Ibrahim às autoridades? Afinal, ele poderia ser uma fonte importante de informação, levando até mesmo à chefia do grupo terrorista. Mas que moral teria eu que, sob a máscara de executiva de uma grande empresa europeia, financiei aqueles assassinatos, em troca de garantias de lucros?

Em nossa busca incessante por simplificar o mundo, inclusive para entendê-lo, havíamos esquecido de ensinar a complexidade, de alimentar a capacidade de um indivíduo em olhar para o mesmo fenômeno a partir de pontos de vista e de interesses contraditórios.

O acúmulo de poeira, de medos e de incertezas tornava turva minha visão em relação ao meu companheiro. Não conseguia distinguir se, de outro lado, havia algum sinal de admiração. Muito menos se existia um futuro possível para nós dois em nosso porto de destino. Mas, para minha enorme surpresa, a gentileza daquele assassino arrependido por si só parecia me atrair.

Não foram poucas as vezes em que, em plena noite, me peguei

pensando: Será que *existe espaço para o amor numa guerra ou numa longa luta por sobrevivência?*

A mudança em nosso espírito foi, porém, também resultado de tudo que encontramos ao longo do caminho. Ou melhor, de quem encontramos pelo caminho.

Uma das pessoas mais marcantes fora Mohamad Aljaramani. Sírio originário de Sweida, ele fazia parte dos cinco milhões de pessoas que deixaram seu país. Assim como muitos ali, optara por tomar o caminho da Europa, em vez de permanecer em um campo de refugiados. Ele carregava consigo apenas seus problemas, dramas e o desespero. Quando o via caminhando, sua imagem me parecia a de alguém que levava consigo algo muito mais precioso do que seu passado. Numa enorme bolsa, guardava sua arte nas cordas de um oud.

Quando o questionei se não seria mais fácil chegar até a Europa sem o instrumento, sua resposta me fez sorrir.

— Eu sou o meu instrumento. Se eu não levá-lo comigo, não serei ninguém na Europa.

Depois de um longo silêncio, ele prosseguiu com seu argumento, o qual atendia a uma necessidade econômica, mas sobretudo psicológica.

— Precisarei de algum meio de subsistência. Eu não deixarei que a guerra abafe os sons que produzi por anos. Tenho um passaporte, uma identidade e uma música. E nada disso pode ser dissociado.

A guerra tivera um impacto dramático para os artistas. Muitos fabricantes de instrumentos tradicionais de Alepo viram seus ateliês destruídos pelas bombas. Porém, a maioria não desistiu e passou a produzir em locais subterrâneos, até que chegou o momento em que esses esconderijos também foram arrasados.

Aljaramani temia que os instrumentos terminassem destruídos. Durante suas conversas com outros músicos que também preparavam suas fugas da Síria, ele insistia na ideia com um certo tom de ordem: "Tragam todos os instrumentos que conseguirem".

— Reconstruir a Síria não significa apenas reerguer os prédios, mas também reabilitar sua cultura. E essa é uma das formas de resistência à guerra — disse-me ele.

A ideia, por vezes, acarretava situações dolorosas. Um dos músicos do grupo que mantinha na Síria, ao fugir, descobrira que seu instrumento não passava pelo buraco feito no arame farpado na fronteira com a Jordânia. A passagem havia sido aberta na noite anterior pelos contrabandistas. Em meio à escuridão total, a tentativa do músico de ampliar aquela pequena fresta deixou suas duas mãos ensanguentadas. A passagem pelo local tinha de ser rápida, antes que as forças de segurança o identificassem. Mas, sem conseguir ampliar o buraco e pressionado pelos demais refugiados que temiam ver tudo acabar ali, o músico foi forçado a abandonar seu instrumento naquela fronteira entre a dor e a esperança.

Os músicos não eram os únicos que me enchiam de alegria. Aos poucos fui descobrindo que os refugiados não apenas carregavam trouxas de roupas, mas também suas tradições e costumes. Aqueles desabrigados espalhados ao longo da rota rumo à Europa não tinham apenas histórias trágicas para contar, tinham sobretudo sementes, canções, vestidos e conhecimentos que, apesar das bombas, jamais seriam anulados.

As histórias que ouvíamos pelo caminho eram de sírios que desembarcaram na Europa logo no início da guerra e já tinham conseguido encontrar um trabalho e, mais do que isso, uma missão, fosse fornecendo, fosse produzindo artigos que praticamente haviam deixado de existir na Síria.

Lembro-me também da lendária história de Hassan Harastan, conhecido como o melhor fabricante do tradicional sabão de Alepo, a cidade tão bela antes de ser destruída pela guerra e que contava com reconhecimento internacional por sua produção milenar de sabão. Agora, no entanto, as cinquenta fábricas que lá existiam se encontravam paralisadas. A de Hassan havia sido tomada pelo fogo e, além disso, sua casa fora vandalizada. Não restou a ele alternativa a não ser fugir com toda a sua família.

A decadência daquela produção não era apenas um único problema para os sírios. Com o fim de sua produção, as empresas que distribuíam o produto pela Europa ficaram sem o fornecimento do sabão e passaram a enfrentar a ameaça de falência. Na periferia de Paris, o empresário Samir Constantini fora um dos que viu seu negócio definhar até a falência. Durante anos, ele fora o intermediário da venda do sabão de Alepo para lojas de luxo voltadas para a elite francesa.

Conta o mito que o executivo não se deu por vencido. Por meses e meses, procurou Hassan, que havia fugido dali, até que finalmente o encontrou no Líbano. Sua proposta era bastante ousada: levar o mestre fabricante de sabão para a França e retomar lá a produção daquela tradição de três mil anos. Juntos, poderiam reconstruir a fábrica de sabão de Alepo, só que dessa vez em Paris.

Hassan aceitou a sociedade, mas se recusou a entrar na Europa como refugiado. Ele era um dos ícones de uma cultura e queria ser reconhecido como tal. Fez questão de entrar na França como uma pessoa que tinha um contrato de trabalho e um plano de negócios, o que retardou a emissão de seu visto. Ele acabou sendo aceito pelas autoridades e, a partir de então, passou a sentir que sua vida estava salva. Sua família teria um futuro e a tradição do sabão de Alepo não morreria, ainda que passasse a ser produzido na França. A nova empresa não teve problemas em encontrar azeite de oliva de qualidade, necessário para a fabricação do sabão, mas teve de passar a importar louro da Turquia. Com a técnica ancestral de produção, toneladas de sabão passariam a ser fabricadas e exportadas até mesmo para a Ásia.

Enquanto cruzava um dos campos de trigo no caminho em direção ao sul da Jordânia, descobri que a preocupação dos refugiados sírios em manter sua cultura chegava ao ponto de muitos deles passarem a contrabandear um item tão simbólico para um recomeço: sementes. Sabendo que alguns de seus produtos não existiam em qualquer outro lugar, essas famílias carregavam sacos com sementes de trigo e até mesmo de berinjela, todos feitos de material resistente às condições do local.

Mas, com a guerra parecendo estar tão longe do fim e a chegada de uma seca sem precedentes atingindo os territórios mais férteis, os produtores sírios viam sua chance desaparecer. Graças aos refugiados, as sementes voltaram a ser plantadas e preservadas no vale do

Beeka, no Líbano, e também em alguns trechos do caminho que fiz pela Jordânia. Ao percorrer toda a extensão daquela produção, sabia que estava seguindo uma trilha marcada pela rebeldia contra a guerra. Era uma demonstração de que a destruição não seria total enquanto houvesse a coragem de alguns de recuperar suas vidas. Aquelas sementes seriam plantadas fora da Síria, mas carregavam consigo a esperança de que um dia retornariam aos campos de onde surgiram.

Certa tarde, à medida que cruzávamos um desses campos, a silhueta de um agricultor ganhava forma. Conforme nos aproximávamos, via que ele traçava com uma pequena enxada a trilha do canteiro onde as sementes seriam plantadas. Ele não olhava para trás, todo o seu foco e sua energia se voltavam para a construção do caminho. Eu me surpreendi com a precisão impecável daquelas linhas feitas à mão. Como conseguia aquilo sem nenhum instrumento de medição ou um ponto claro de chegada? Senti que recuperava um pouco da cientista em mim, atraída por toda aquela exatidão em meio a um cenário até então caótico. Parecia um sentimento fora de lugar, improvável, mas que certamente guardava alguma explicação.

E ela existia, mas tinha muito mais a ver com a capacidade de contemplar o futuro do que com qualquer argumento racional.

Quando já estávamos a poucos metros de distância do agricultor, não resisti e me dirigi a ele. Era sírio e provavelmente trabalhava para um produtor local. Aproximei-me para perguntar se estávamos no caminho correto para chegar até a estrada na direção de Amã. Em seguida, questionei-o sobre o que de fato me interessava: a incrível precisão de sua obra junto à terra.

Sua resposta mais parecia um poema, o qual nortearia minha vida por muitos anos:

— Se eu olhar constantemente para trás, para conferir ou para reparar algum desvio, vou produzir nada mais do que um canteiro torto, feito de curvas constantes. Só é possível forjar linha reta se meu ponto de referência se mantiver diante de mim, ainda que distante.

Em outras palavras, ele falava do futuro, do ponto fixo que precisava ser nossa referência, mesmo durante uma longa jornada. E minha preocupação era justamente essa, de que tivéssemos condição de nunca perder de vista nosso ponto de referência na vida.

Era também na Jordânia que muitos dos feridos sírios e iraquianos recebiam cuidados, na maioria das vezes em hospitais improvisados e mantidos por entidades internacionais. Ibrahim se queixava bastante de uma dor em seu peito e eu, de forma talvez um pouco egoísta, aconselhei meu companheiro de viagem a saber o que se passava com sua saúde. Minha justificativa era de que não poderíamos correr o risco de ele desenvolver um problema cardíaco num percurso que nos obrigaria a atravessar regiões desprovidas de qualquer tipo de infraestrutura.

Antes de seguir rumo ao Sul e de lá atravessar para o Egito, concluí que Amã seria, talvez, a última grande cidade com condições de atendimento médico. Sabia que lá não só o trânsito, mas também a presença de lojas ocidentais e de grandes hotéis internacionais mostravam que a estabilidade fazia estreita fronteira com o caos. No entanto, não entendia o motivo pelo qual Ibrahim se recusava a procurar ajuda médica e foi somente depois de uma conversa mais profunda que pude convencê-lo a aceitar a proposta que lhe faria.

Sugeri que evitássemos um hospital tradicional e que procurássemos uma ajuda alternativa. No centro da capital havia um prédio que fora antes um hotel, mas que, recentemente, tinha passado a acolher os Médicos Sem Fronteiras, uma entidade que atendia pessoas de toda a região. Ele aceitou a proposta e nos encaminhamos para lá.

Ao chegar à recepção, expliquei à funcionária o que Ibrahim sentia e ela nos orientou a buscar o setor de cardiologia, que ficava no quarto andar.

Enquanto andávamos pelos corredores até chegar ao local indicado, avistamos universitários, pedreiros, crianças, rebeldes e também idosos, estes já cansados de assistir à morte de seus netos. Cada uma daquelas pessoas tinha sua própria cicatriz íntima. Cada indivíduo ali parecia irradiar uma história singular. Todos, porém, certamente compartilhavam uma mesma realidade: a de vítimas da crueldade de uma guerra que há muito tempo vinha sacrificando toda uma sociedade. Eu tinha diante de mim pessoas que sofreram as mais diversas torturas, violações sexuais e que tiveram mãos e pés cortados pelo regime ou por terroristas. Cada quarto que se alinhava ao longo dos corredores funcionava, no fundo, como um abrigo seguro e a garantia de uma recuperação que ia além de um ferimento aberto ou da perda de uma perna.

A certa altura fomos informados de que Ibrahim seria atendido, mas, devido à longa fila de espera, teríamos de aguardar até o final do dia. Organizados e altamente profissionais, os representantes do MSF nos ofereceram um quarto grande, onde estavam também outras pessoas agendadas para atendimento.

— Não temos pressa, Ibrahim. Nós vamos ficar — tomei a decisão com firmeza.

Enquanto aguardávamos, escutávamos os relatos dos demais pacientes. Por mais afetados que estivessem pela guerra, pareciam certos de que ali poderiam curar o passado e começar a dar novos passos. Marhaf, o pintor que trabalhava nas obras em Daraa, havia sido atingido pela bala de um franco-atirador durante a onda de protestos contra Assad e acabou perdendo a mão. Um dia antes do incidente, um de seus primos tinha sido morto por um disparo vindo de um tanque.

— Quando o avistamos, notamos que ainda se mexia, mas o tanque ainda passaria mais três vezes por cima de seu corpo — ele nos contou, com os olhos marejados.

Bassam Nohi, veterinário, estava ali na esperança de voltar a enxergar com nitidez depois de ter sido preso em Daraa e lá ter seus olhos cobertos por seis dias.

— De hora em hora eu era espancado e atingido nos olhos. Quando retiraram a faixa, levei cerca de dois dias para começar a enxergar, mas, ainda assim, os pontos negros continuam a nublar minha visão.

Samir era um jovem universitário que havia sido atingido na mão por um atirador de elite, por haver desafiado o regime, não com armas, mas sim por meio das fotos que fizera com seu celular. Ele agora temia pela vida de seus pais e se recusava a informar seu sobrenome até mesmo para os médicos

— Só me sobraram dois dedos. Eu fui preso e, no cativeiro, o cheiro de morte era insuportável. Os corpos das pessoas espancadas eram reconduzidos às celas, onde apodreciam. Vi crianças de menos de dez anos morrendo nessas mesmas celas — disse-nos ele.

Todos ali concordavam que tinham de evitar a formação de uma nova geração de rebeldes no país.

Zaher Hariri, também ex-morador de Daraa e estudante de literatura árabe na universidade local, havia sido atingido por uma bomba.

— Assim que cheguei ao hospital, fui anestesiado. Quando acordei no dia seguinte, percebi que não tinha metade de um dos braços. Na realidade, eu não perdi parte do corpo com o estouro da bomba, fui punido pelos médicos por ter feito parte dos protestos. Mas consegui fugir de lá. Dois de meus irmãos desapareceram, outro conseguiu fugir para o Kuwait. Minha mãe já não tem mais lágrimas para chorar. Viver desta forma não faz qualquer sentido. Estou aguardando uma prótese para minha mão, mas com certeza voltarei para lutar na Síria. Preciso fazer minha parte para garantir um melhor futuro para meu país.

Transformada em uma estátua de sal, a mulher de Ló havia criado um desafio para a família do sobrinho de Abraão: a ausência de um descendente homem que pudesse manter as posses que Ló havia acumulado durante toda a sua vida.

Ló e suas duas filhas, depois da destruição de sua cidade, optaram por se refugiar em Zoar, cidade que ficava no topo de uma das montanhas da região. Mas, mesmo afastados de seus inimigos, temiam viver dentro do perímetro da cidade. O risco, segundo ele, era grande de que um dos sobreviventes de Sodoma o identificasse e liderasse uma rebelião popular e sem controle contra sua família.

Sendo assim, Ló decidiu ir viver em uma caverna, saindo apenas durante a madrugada para percorrer as vielas da cidade. Suas filhas, porém, cresceriam dentro daquelas paredes e nutririam a ideia de que, depois da destruição de Sodoma, toda a humanidade havia sido dizimada.

Numa dessas andanças de seu pai, foi a primogênita de Ló que aventou uma solução para o impasse que vivia a família e, em sua visão, a própria humanidade.

— Nosso pai já é velho, e não há homem na terra que possa se aproximar de nós — disse à caçula.

Ao retornar, Ló encontrou vinho, e em abundância.

— Venha, vamos dar vinho a nosso pai e, em seguida, deitemo-nos com ele, para que assim possamos conservar em vida a semente de nosso pai — sugeriu a primogênita.

E assim aconteceu, num ato que as duas meninas acreditavam fazer parte de um esforço para permitir a continuação de toda a raça humana. Na noite seguinte, foi a vez da irmã menor cumprir seu papel.

— Eu já ontem à noite me deitei com meu pai. Vamos dar-lhe de beber vinho também esta noite, e então entra você e deite-se também com ele, para que conservemos em vida a semente de nosso pai.

Ambas, meses depois, dariam à luz dois filhos homens de Ló. O incesto havia dado seus frutos. Os dois garotos eram, ao mesmo tempo, meios-irmãos e primos entre si, assim como filhos das filhas de seu pai. Para aquelas mulheres, aquela era a garantia da descendência de Ló que estava restabelecida.

Moabe, que nasceu da primogênita de Ló, partiria para liderar o povo dos moabitas, que ocuparia uma das parcelas de terra à beira do rio Jordão. Séculos depois, os moabitas seriam derrotados pelo rei de Israel, Davi, e ainda passariam a fazer parte das conquistas romanas na província da Arábia. Já a caçula de Ló daria à luz Ben-Ami, patriarca do reino de Amom, povo responsável por erguer a cidade de Rabá, que séculos depois se transformaria em Amã.

Mesmo garantindo herdeiros, Ló descobriria que ambos os povos seriam mais tarde impedidos de ter qualquer tipo de relação política ou comercial com Israel. E era no seio das famílias que descenderam dele próprio que as mais incômodas perguntas surgiriam e reverberariam por séculos: teria sido a pressão de uma sociedade patriarcal que modificou os relatos do que aconteceu naquela caverna para garantir que a culpa pelo incesto fosse das mulheres? Teria sido uma inversão da responsabilidade daqueles atos uma estratégia deliberada dos descendentes homens de Ló para preservar a imagem de seu pai?

19. A ANGÚSTIA

— Ibrahim, o senhor não tem nada. Quero dizer, não há qualquer problema aparente nesse exame clínico — disse a médica, uma jovem egípcia com traços fortes.

Pensei se ela usava seu jaleco branco como um escudo, como eu tantas vezes fizera no passado.

Depois de realizar todos os testes cardíacos necessários, a equipe que atendeu Ibrahim parecia estar tão aliviada quanto nós. No entanto, eu ainda não havia conseguido me livrar de algumas dúvidas: *Por que as dores dele persistem? Por que seu mal-estar* é *constante?*

Como se dispusesse de uma psicologia do tamanho do coração daquelas pessoas, a médica ajustou seu tom de voz e disse:

— Ibrahim, não é necessário que me conte como foi a sua experiência na Síria. Todos nós aqui sabemos, como médicos e não só como seres humanos, que a herança de uma guerra vai muito além de um ferimento grave no corpo ou de um corte profundo na pele. A guerra nos destrói por dentro e essa recuperação não é apenas física, mas sobretudo psicológica.

Ibrahim havia visto de tudo ao longo de sua vida. Tinha lutado e sobrevivido, não uma, mas várias vezes. O diagnóstico de que possivelmente estivesse sofrendo de algum problema psicológico era para ele praticamente inaceitável. Ele garantia que a dor que sentia era real e que de forma alguma estava criando qualquer sofrimento em sua cabeça. Apesar de todos os argumentos trazidos pela médica, parecia não haver maneira de convencê-lo de que a sensação de ouvir seu próprio coração antes de dormir relacionava-se com seu estado mental, constantemente em angústia e vigília. Tudo isso gerava um impacto físico, ou seja, somatizando no corpo as dores da mente. Na lógica de Ibrahim, entretanto, um combatente não era vulnerável à angústia, depressão e muito menos a um ataque de pânico. Afinal, alguém que tivera coragem de enfrentar e fugir do Estado Islâmico certamente não era um fraco.

Diante da médica, Ibrahim parecia inconformado com as palavras que ela lhe dissera e ofendido por ser considerado suscetível a fraquezas. Quem aquela mulher pensava que era para lhe dizer que a guerra o havia abalado? A doutora interrompeu seus pensamentos com um pedido:

— Venham aqui, por favor, gostaria de mostrar algo a vocês — disse ela.

Levantando-se calmamente, ela nos convidou a deixar seu consultório improvisado num dos quartos do antigo hotel e acompanhá-la a outro recinto. Subimos dois lances de escada e, quando ela abriu a porta de uma das salas, deparamo-nos com outro mundo: havia ali paredes decoradas com desenhos e pinturas coloridas, além de estantes com livros e diversos brinquedos.

Aquele era o andar reservado ao cuidado e tratamento de crianças vítimas da guerra. Havia desde aquelas que perderam um braço até as que perderam um irmão, a mãe ou sua casa. Para estar ali, muitas delas tiveram de fugir durante bombardeios e, protegidas apenas pela escuridão, tiveram de caminhar sozinhas até chegar a um lugar seguro. Naquela sala plena de cores, as crianças se divertiam ao mesmo tempo em que tentavam imaginar para si um novo destino, sem dores e longe dos traumas.

Ao contrário de nós dois, os jovens e adultos que ali estavam nem sequer sabiam por que se tornaram vítimas em seu próprio país. Ignoravam os motivos da guerra e tudo o que sabiam era que as respostas seriam dadas no tempo certo. Eu tinha a impressão de estar numa espécie de limbo, onde pessoas de bem viviam um drama psicológico profundo: o de milhões de crianças refugiadas.

— Ibrahim, todas essas crianças dizem a mesma coisa, que sentem uma dor, mas não sabem explicar de onde vem. Quando peço que coloquem a mão no local que dói, elas nem sequer conseguem fazer essa identificação.

Em um dos cantos do enorme salão e junto de várias crianças, havia um rapaz sentado no chão que não me parecia ser realmente um médico. Perguntei à doutora o que ele estava fazendo ali e ela disse que se tratava de um jovem brasileiro voluntário que havia desenvolvido uma técnica que ultrapassava a explicação lógica do sofrimento. Consistia em convidar as crianças a pintar, sem esclarecer-lhes os objetivos, nem explicitar que se tratava de um tratamento. Funcionava como um poderoso instrumento de ajuda para que muitos ali conseguissem expressar o que sentiam. Para ganhar a confiança das famílias, o jovem dormia e comia junto dos refugiados. Como voluntário, ajudava também com a limpeza dos quartos e com a cozinha.

— André nos trouxe algo que não conhecíamos, disse a médica.

Inspirado na filosofia de ensino Waldorf, de origem alemã, sua estratégia era dar voz às crianças e à sua criatividade através da arte. A ideia era permitir que experimentassem uma infância autêntica por algumas horas. Lembro que, ao longo do caminho até Amã, deparamo-nos com muitos jornalistas que, ao tentar mostrar ao mundo o sofrimento de milhões de refugiados, faziam questão de fotografar as crianças vitimizadas. Aquelas eram imagens sem alma e, de certa maneira, sem sentido. Também presenciei como alguns dos repórteres, na melhor das intenções, pediam que aquelas crianças traumatizadas contassem suas histórias e o que sentiam. Isso resultava em sessões de frustração para os jornalistas e de verdadeira infelicidade para aqueles menores que não tinham palavras para se exprimir.

O brasileiro contava com um "arsenal" potente: lápis, papel e a expressão dessas crianças. Em praticamente todos os desenhos, a mensagem que surgia era a mesma: a vontade de reconstruir um mundo em paz. Esse desejo se traduzia mesmo quando optavam por retratar a forma brutal como chegaram até o centro de tratamento.

A médica egípcia fez questão de mostrar alguns dos desenhos a Ibrahim e pedir que as crianças mais próximas explicassem o que significavam.

— Eu escolhi desenhar um barco. Foi assim que me pai conseguiu viajar até aqui — disse a síria Lulu, de seis anos.

Ao lado dela, Rauan se mostrava orgulhosa de ter desenhado a si mesma.

— Esta sou eu. Amo os desenhos porque fazem com que eu me sinta dentro do meu próprio sonho.

Sana ainda guardava em sua memória as imagens dos bombardeios.

— Esta é a nossa casa sendo atingida. Aqui você pode ver que até o Bob Esponja está triste — disse, apontando para o personagem representado com tanta inocência.

Linin, um garoto de nove anos vindo do Iraque, desenhou um arco-íris.

— Esta é a minha cidade, Bagdá, e este sou eu. Ah, o arco-íris é tão colorido! Eu sinto falta das cores do meu país e também de muitas outras coisas — disse.

Ahmed, um sírio de doze anos, desenhou aquilo com que tanto sonhava: sua família. Ele era uma das muitas crianças que estavam naquele centro sozinhas, após serem enviadas por seus pais na esperança de que sobrevivessem e se tornassem emissários da esperança já perdida em suas casas. No papel, o menino retratara seu pai, sua mãe e seu irmão. Desenhara também imagens que lembravam todo o seu país como pano de fundo. O que se via ali, na verdade, era o que Ahmed contemplava quando se punha além daquela realidade.

— Às vezes eu fecho os olhos e me sinto de novo em casa — disse-nos ele.

Algumas daquelas crianças faziam com que eu me lembrasse de meus irmãos, que quando pequenos eram para mim um mundo sob minha responsabilidade e cuidado. Imaginei, por alguns instantes, se algumas daquelas crianças não poderiam ser de alguma das famílias que trabalhavam na cimenteira. Senti, naquele momento, que não seria capaz de me perdoar se os tivesse agora diante de mim.

Nem todos ali desejavam pintar e ninguém era obrigado a se envolver na atividade. Um grupo de crianças de não mais que dez anos tentava repetir alguma brincadeira que havia aprendido no quintal de casa.

Outras, vindas do Iraque, colecionavam tampinhas de refrigerantes e as amontoavam, formando com elas algo parecido com um castelo.

Outros voluntários também ajudavam essas crianças a esquecer um pouco da guerra. Um deles, de Budapeste, assoprava bolhas de sabão e levava as crianças a abrirem a boca de encantamento! Ali elas se pareciam com os garotos de qualquer outra nacionalidade ou classe social. Corriam atrás daquela ilusão que em poucos segundos estaria desfeita.

André parecia saber bem o que estava fazendo e tinha na ponta da língua a dimensão do problema que via diante de si. Enquanto conversávamos com as crianças, o brasileiro dava seu depoimento e suas explicações à equipe de uma emissora de televisão vinda de algum lugar da Escandinávia. Enquanto eu fingia que pintava com uma das meninas, mantinha meus ouvidos atentos ao que ele dizia. De acordo com seu relato, mais de um milhão entre os refugiados sírios pelo mundo eram menores de idade. Muitos terminavam seus trajetos nas mãos de grupos criminosos que habitavam as periferias das cidades europeias. Uma boa parte passava a ser explorada sexualmente.

Contava, ainda, que outras tantas crianças não sobreviviam ao caminho, morrendo afogadas durante a travessia do mar Mediterrâneo. Em 2015, contava André, o número de morte de crianças refugiadas chegou a bater todos os recordes. O que mais parecia incomodá-lo era que as imagens desses verdadeiros assassinatos eram incapazes de mobilizar as autoridades e mudar o destino daquelas famílias. Foi durante aqueles meses que ocorreu a morte do menino Aylan Kurdi, que apareceu na beira do mar de uma praia na Turquia. O acontecimento havia completado um ano e gerou uma comoção no mundo todo. A imagem do menino se transformaria no símbolo da crise dos refugiados. Morreu vestido como qualquer criança que, em condições normais, estaria caminhando para a escola de manhã. Eu acredito que o impacto maior de sua imagem tenha sido por conta também da cor de sua pele e por não estar sujo ou ferido.

Aquela iniciativa lúdica e artística do brasileiro me parecia a expressão sem precedentes de uma empatia e solidariedade que emergia entre os refugiados, depois de longos meses submetidos a questionamentos vários, xenofobia e os desmandos de partidos que buscavam construir uma fortaleza contra aqueles "ameaçadores fugitivos", tão perigosos quanto desarmados.

A hipocrisia do meu país e de tantos outros na Europa era de tal proporção que os mesmos políticos que fechavam fronteiras, erguiam barreiras e, em silêncio, esperavam que a morte e a rejeição assustassem os refugiados, ofereciam também palavras de consolo aos pais de Aylan. Talvez o peso na consciência das famílias que assistiam a tudo acomodados em seus sofás confortáveis e salas de jantar tenha feito com que a Europa e os Estados Unidos passassem a buscar formas de doação em dinheiro para vítimas, ignorando o fato de que bastaria uma pressão popular sobre seus governos para que a guerra encontrasse algum tipo de solução. Mas, infelizmente, era mais conveniente enviar um casaco velho para uma instituição de caridade do que finalmente compreender que muitas vezes eram os seus impostos que financiavam o armamento dos grupos de combatentes que levaram à fuga desesperada de tantas famílias.

Tempos depois, o papa Francisco chegou a inaugurar em Roma, na sede da FAO (Organização das Nações Unidas para a Alimentação e a Agricultura), uma estátua em homenagem a Aylan. A imagem era a de um anjo chorando a morte do menino afogado, aparentando ter a mesma idade que ele. A comoção gerada pela estátua acabou por revelar a superficialidade da opinião pública mundial. Ou melhor, a frivolidade que permeava sua intenção de caridade e a vulgaridade de suas orações. Ninguém ali desejava uma estátua em sua homenagem, o que todos queriam era a garantia de um futuro. André contava que no mês que se seguira à morte de Aylan mais de setenta outras crianças morreram afogadas tentando cruzar o mar entre a Turquia e a Europa, praticamente nas mesmas condições que aquele garotinho. Um ano depois, pelo menos quatro mil e cem outras pessoas também naufragaram ao migrar para a Europa. O número era assustador. Por dia, eram em média onze pessoas que morriam em alto-mar.

— Na verdade, a Síria sofre a perda de toda uma geração de jovens, contava o brasileiro. A guerra deixou seu lastro na sociedade e passa a comprometer uma geração inteira, mesmo aqueles que estão conseguindo sobreviver. Enquanto trabalhamos para aliviar o sofrimento dos que foram afetados pela crise, a comunidade global insiste em fracassar diante da responsabilidade de proteger toda essa infância sacrificada.

Em meio ao horror da situação daquelas crianças, e de muitas outras que não tiveram a mesma sorte de terem sido acolhidas ali, Ibrahim e eu finalmente sentimos que era hora de buscarmos o nosso caminho.

Ao abrirmos a porta da enfermaria e voltarmos ao corredor do hospital improvisado, o mundo dos sonhos e das cores cessou e a realidade voltou a ganhar sombras escuras. O som das crianças acabou por ser substituído pelo da dor. Deparávamo-nos uma vez mais com a imagem de homens e mulheres exibindo rostos tomados pelo medo. Sem saber para onde iriam e sem saber o que seria do resto de suas vidas, muitos levavam em seus braços bebês que permaneciam em silêncio, exaustos de tanto chorar.

Já estávamos a caminho da escada escura quando senti minha camisa sendo puxada. Era uma das meninas que, de longe, tinha ficado nos observando durante todo aquele tempo. Sem falar uma palavra, ela pegou minha mão e me entregou um pedaço de papel dobrado. Quando abri, descobri que, aos olhos dela, seu país era ainda o paraíso. Ela me presenteou com um desenho do que seria a Síria futuramente, plena de montanhas ao fundo, ostentando um céu azul que envolvia um pasto verde onde se notava uma casinha imune a qualquer traço da guerra, rodeada apenas de árvores e uma bandeira.

Sobressaía a imagem de um homem que sorria e parecia fazer um convite a conhecer o país. Na bandeira lia-se a palavra "love", com uma convicção muito mais poderosa do que qualquer cartaz oficial de empresa aérea.

Se o menino Aylan fora levado por seu pai para fora da guerra, era porque este estava convencido de que as crianças precisavam ser protegidas daquela tragédia, de modo a manter sua ingenuidade e seus sonhos. Num hospital repleto de refugiados, pude constatar que a resistência por parte daquelas crianças vinha da imagem de paraíso que seus olhos insistiam em manter a salvo das bombas e dos crimes contra a humanidade. Mesmo que fosse apenas uma ilusão, como as bolhas de sabão, para elas o sonho era sua única defesa real.

Com cento e vinte e sete anos, Sara estava cansada. Já tinha vivido todas as etapas da criação. Havia fugido com Abraão, escapado da seca e aberto sua casa para desconhecidos. Ao longo de sua trajetória, sua fé cresceu e se consolidou quando, com noventa anos, teve seu filho. Mas ela ainda tinha outra missão a cumprir. Morrer.

Naqueles dias, ela e seu marido viviam em Kiriath Arba, mais tarde conhecida como Hebron. Seu corpo já não parecia sustentar a dimensão daquela existência, ainda que seu sorriso, sua inteligência e sua beleza jamais tenham desaparecido.

Abraão também tinha consciência de que aqueles seriam os últimos suspiros da matriarca de uma nação. Lembrava-se de que, quando a conheceu, ficou impressionado com seu nome: Sara, ou simplesmente "princesa". Uma mulher que não apenas acompanharia seu marido por toda a vida, mas que teria de ser exaltada por sua existência, por seu gesto de generosidade ao entregar Hagar a Abraão e por ter sido o verdadeiro pilar daquela missão.

O patriarca nem sequer soube exatamente quando Sara parou de respirar. O choro de Abraão ao lado da cama onde descansava a esposa fez com que ele se fechasse em um mundo próprio. Chorava em agradecimento e em reconhecimento ao papel que ela havia tido. Não tinha sido apenas uma fiel amiga; Sara, na realidade, havia sido a protagonista de sua vida.

E esse papel não acabaria com sua morte, ele se estenderia para todo o sempre. Kiriath Arba ficava situada em Canaã, a

Terra Prometida e, ao mesmo tempo, uma terra em que o casal ainda era visto como estrangeiro. A morte de Sara, portanto, era a oportunidade que Abraão tinha para declarar que, mesmo não sendo dali, era naquele solo que ambos permaneceriam. Vivos ou mortos. Estavam certos de que a promessa de uma nova terra por Deus era uma profecia que caberia a eles perpetuarem.

Abraão, um peregrino, não possuía qualquer tipo de propriedade naquele momento. Vivia uma situação aparentemente contraditória. Estava na terra na qual sua nação seria construída, por ordens de Deus, e ao mesmo tempo não tinha nem mesmo um metro quadrado em seu nome.

Para enterrar sua mulher, precisaria de um pedaço de terra e organizar um funeral. Muitos naquela cidade não entendiam o desejo do patriarca de comprar uma parcela de terra, se o costume local dos pagãos era de simplesmente cremar o corpo dos mortos.

Abraão não era um homem pobre. Para socorrer Ló, reuniu os trezentos e dezoito homens que trabalhavam para ele. E isso representava apenas a parcela de homens adultos, em idade para lutar. Somando as mulheres e as crianças, seu clã certamente ocuparia o equivalente a um pequeno vilarejo. Sua fortuna ainda foi ampliada depois que recebeu de Abimeleque animais, serviçais e mil moedas de prata. Entretanto, nenhuma propriedade ainda estava em seu nome.

Abraão se levantou, afastou-se do corpo de Sara e curvou-se perante o povo daquela terra, os hititas. As leis locais não permitiam a venda de terras a estrangeiros, mesmo que morassem na região.

Mas o patriarca tinha uma condição especial na cidade. Era considerado como um verdadeiro príncipe e, diante de seu pedido, não foram poucos os habitantes locais que se ofereceram para emprestar-lhe suas melhores sepulturas, sem cobrar qualquer tipo de recompensa.

Ainda que fosse uma personalidade naquela região, Abraão decidiu ir até os portões da cidade e, como qualquer outro, insistiu diante da população que gostaria que alguém lhe vendesse uma propriedade.

— Sei que sou um estrangeiro entre vocês, mas peço que me vendam alguma de suas terras para que eu possa enterrar meus mortos.

Escutando o apelo, a população que se aglomerava perto de um dos portões se aproximou do patriarca, dizendo-lhe:

— Senhor, ouça-nos. Você é um poderoso príncipe entre nós. Enterre sua mulher na tumba de seu desejo. Ninguém jamais recusará sua sepultura ao senhor.

A proposta foi imediatamente rejeitada por Abraão. E aquela não era a primeira vez que ele se recusava a receber esse tipo de benefícios. O rei de Sodoma já lhe havia oferecido todos os despojos da guerra, algo que o patriarca declinou, alegando que não queria que um dia o outro viesse a alegar que o havia enriquecido.

Mas Abraão sabia que era imprescindível possuir um pedaço de terra para garantir que seus descendentes pudessem um dia ser considerados como parte da população local. Além disso, temia que, em outras épocas, uma reação dos habitantes locais contra os estrangeiros levasse o túmulo de Sara a ser profanado.

Antes mesmo de buscar um vendedor, portanto, Abraão saiu à procura da autorização da população da cidade, um gesto inteligente e que acabaria por seduzir a opinião pública. Com a aprovação da comunidade, sabia que teria a legitimidade para ficar.

— Se vocês querem que eu sepulte a minha mulher aqui, por favor, peçam a Efrom, filho de Zoar, que me venda a caverna de Macpela, que fica na divisa de suas terras. Eu pagarei o preço total e assim serei eu mesmo dono de uma sepultura neste lugar — disse Abraão.

Efrom, de fato, estava sentado ali entre eles, no local destinado à reuniões, perto do portão da cidade. E falou em voz alta, para que todos pudessem escutar:

— De jeito nenhum, meu senhor. Escute! Eu lhe dou o terreno e também a caverna que fica nele. E, então, a minha gente será testemunha desse meu presente, para que o senhor possa sepultar a sua mulher.

Curvando-se, Abraão uma vez mais rejeitou a proposta.

— Escute, por favor! Eu quero comprar o terreno. Diga qual é o preço, que eu pago. E só então sepultarei a minha mulher ali.

Dando-se por vencido, o dono da propriedade entendeu que não tinha outra opção senão de apresentar um preço, ainda que insistisse que não era o valor que ali interessava.

— O terreno vale quatrocentas barras de prata. O que é isso entre nós dois? Vá e sepulte ali sua mulher.

A população reunida à sombra daquele muro esperava ouvir de Abraão uma contraproposta, certamente com um valor mais baixo. Mas, generoso, o patriarca deixou claro que estava disposto a pagar o preço solicitado, sem questionar. Não queria qualquer tipo de comentários de que teria barganhado sua presença na terra ou que tivesse pago menos do que os demais.

Em troca de quatro quilos e meio de barras de prata, Abraão ganhou o direito a uma parcela de terra. Seu ato de humildade diante daquele povo seria lembrado por muitas gerações, que entenderam que aquela negociação por uma propriedade era o caminho que o patriarca havia encontrado para fincar suas bases na Terra Prometida, mesmo que diante da morte de sua amada.

Abraão fez ainda questão de negociar seu desembarque oficial diante de todos, em total transparência e com testemunhas. Respeitou as regras e costumes locais e usou a terra adquirida apenas para o objetivo que havia inicialmente declarado. Mas, acima de tudo, conseguiu que Sara estivesse para sempre em Canaã. Essa certeza não tinha preço e era, uma vez mais, um gesto de absoluta confiança que ele depositava na promessa de Deus de que, naquele local, seus descendentes prosperariam. A morte da esposa havia sido, portanto, mais uma oportunidade de demonstrar sua fé.

Com a posse de um túmulo, e não de um palácio, Abraão buscava mostrar que Canaã era sua casa.

A propriedade de Efrom em Macpela, a leste de Manre, passou a ser do patriarca, com seu terreno, a caverna e todas as suas *árvores, até a divisa da propriedade. Com o futuro assegurado, Abraão sepultou Sara naquela caverna.*

Anos depois, aquele também seria o local onde ele mesmo seria enterrado, assim como Isaac, Rebeca, Lia e Jacó. Testemunha da história, a tumba dos patriarcas veria seu entorno mudar radicalmente ao longo dos séculos. A cidade de Hebron passaria a ser palco da mais antiga comunidade de judeus no mundo, ganhando um status especial nas colinas da Judeia. Foi conquistada por exércitos estrangeiros, viu sua população se revoltar contra os romanos e passou pelo controle dos governos bizantinos, árabes, mamelucos e otomanos. Mas sempre soube que, em seu centro, guardava a matriarca de toda a humanidade.

20. O DESERTO DO SINAI

Faríamos o trajeto entre Amã e o Sul da Jordânia em um ônibus de linha. Nosso objetivo era chegar a alguma fronteira que nos permitisse entrar no Egito. Deixar a estabilidade da Jordânia para trás e encarar uma aventura pelo Sinai representava, acima de tudo, o risco de um encontro com os grupos jihadistas. Abandonar o deserto de Wadi Rum e trocá-lo pela areia da península significava que teríamos de fechar um acordo com grupos locais, trocando dinheiro pela permissão de atravessarmos a região sob sua proteção.

Acostumados a ver um fluxo cada vez maior de refugiados, foram os beduínos que passaram a atuar como verdadeiros guias das pessoas em fuga da Síria. A península se tornara o novo front das investidas do Estado Islâmico. Ao contrário de outras regiões, o grupo não encontrou ali a resistência apenas da polícia local ou do exército, mas se deparou também com trincheiras construídas pelas próprias tribos de beduínos, que acusavam os terroristas de não serem muçulmanos. Na verdade, aqueles homens lutavam por sua sobrevivência, enquanto sua cultura estava diante de uma ameaça real.

Sentados ao redor do fogo, aguardávamos o chá que estava sendo preparado para nós. Um dos representantes locais nos contava que foram os militantes do EI no Sinai que haviam derrubado um avião da Metrojet, meses antes de nossa chegada. Ainda assim, não haviam conseguido tomar toda a região. O que assustava os jihadistas, segundo os beduínos, era o fato de que as tribos do Sinai se mantinham realmente unidas.

A verdade, porém, não era exatamente como aquele rapaz nos contava. Os jihadistas no Sinai eram formados por uma mistura de palestinos de Gaza, egípcios do vale do Nilo, estrangeiros e, claro, alguns radicais locais. O EI chegou a ter, por algum tempo, o apoio dos tarabins, que formavam uma das maiores tribos da península.

Seu avanço havia acontecido, como em todos os demais países da região, graças à instabilidade política que viviam. Com a queda de Hosni Mubarak no Cairo, em 2011, o colapso da segurança abriu uma fresta para os extremistas no Sinai. Alguns anos depois, eles criariam o Wilayat Sinai, um braço armado do EI na região, que era abastecido pela Líbia, um país falido e sem governo.

Nosso guia nesse trecho da jornada contava que os confrontos tinham afetado de forma muito dura a economia do Sinai, que se baseava, em grande parte, no turismo. Aos pés do monte Sinai, o Mosteiro de Santa Catarina sobrevivera por mais de mil e quinhentos anos. O local atraía cristãos de todo o mundo por ser conhecido como o lugar onde Deus falou com Moisés. No entanto, aquela região tão simbólica e cara a diferentes culturas havia sido obrigada a fechar suas portas em razão da violência extrema e do risco de sequestro de turistas.

Segurando a xícara de chá com as duas mãos, o beduíno diante de nós admitia que a situação atual era dramática. Nos vilarejos que circundavam o monastério, havia mais de cinco mil pessoas sem renda. Bazares e pequenos negócios foram fechados e as pessoas começavam até mesmo a vender seus camelos para sobreviver.

O fechamento do local era, de fato, um acontecimento marcante. Antes do surgimento do EI, a última vez em que isso havia ocorrido fora nos anos 1980, quando o Egito havia recuperado o Sinai e cessado a ocupação israelense. A narrativa política havia tentado manipular a história referente ao monastério, até então mantido pelos gregos ortodoxos. Do mesmo modo, alguns dos militares sob o governo de Morsi, da Irmandade Muçulmana, acusavam os fiéis a Santa Catarina de ter anexado ilegalmente certos territórios adjacentes e de dar nomes cristãos a locais de referência ancestral para os muçulmanos. Todo esse questionamento dava ensejo ao crescimento dos sentimentos anticristãos naquela região. Entretanto, para os beduínos apenas um único aspecto importava: o impacto da situação nos negócios.

Originário da tribo mesaied, aquele nosso guia representava a mistura entre um beduíno tradicional e um jovem conectado ao mundo moderno. A cada instante, ele se via obrigado a interromper a nossa conversa para atender ao celular, o qual ostentava na capa as cores de seu time preferido, o Real Madrid. Sob a túnica branca, era certo que vestia roupas de marcas falsificadas, geralmente produzidas e vendidas por chineses. Ele dizia ter aprendido inglês com os turistas e agora se valia dessa língua para estabelecer contatos que permitissem ou otimizassem a fuga de migrantes e refugiados. Por ele já haviam passado até mesmo grupos vindos de Bangladesh, também rumando em direção à Europa.

A realidade era que os beduínos haviam sofrido nos últimos anos uma mudança radical em seu estilo de vida. Passaram de povo de cultura seminômade a um estilo totalmente inserido no mundo moderno. Era particularmente o uso da tecnologia que parecia tornar a nova geração cada vez mais parecida com as populações urbanas do Oriente Médio. Consequentemente, afastavam-se cada vez mais das práticas tradicionais de seus avós.

Fato é que estávamos no Sinai e tanto as tradições quanto um determinado estilo de vida pareciam não ter grandes chances de mudar. Essa constatação ficou evidente quando nosso guia lançou-nos, subitamente, uma pergunta das mais simples:

— Desde quando vocês estão casados?

Era óbvio que, para aquelas pessoas que nos rodeavam, um homem e uma mulher que viajassem juntos só poderiam ser irmãos ou um casal. Do contrário, seria sinal de que a mulher em questão era uma prostituta, incapaz de impor sua posição na sociedade.

Optei por permanecer em silêncio e deixar que o homem da família, Ibrahim, respondesse a algo em que jamais eu havia pensado. O assunto ainda continuou por algum tempo, agora sob a forma dos votos de boa sorte, maldizendo quaisquer possibilidades de problemas de fertilidade:

— Allah ainda os abençoará com um filho, vocês verão. Não se pode duvidar de seu poder. Não se preocupem com isso — dizia o rapaz.

Agradecemos as orações e os votos que me ajudaram a segurar o riso diante das conclusões a que nosso guia havia prontamente chegado sobre nossa situação. Ibrahim, para a minha surpresa, colocou sua mão sobre a minha como que para assegurar-me de que estávamos unidos para superar qualquer dificuldade

Encerrados o chá e a negociação de um preço para nossa proteção durante a travessia, fomos levados a um albergue e hospedados num mesmo quarto, como marido e mulher.

— Você não acha que podem descobrir que estamos mentindo? — perguntei.

Ibrahim retirou sua mochila dos ombros, colocou-a no chão e, como ainda não o vira fazer, olhou-me diretamente nos olhos.

— Não, não é de todo uma mentira.

Voltou a segurar minha mão e, com um gesto inesperado, passou a recitar um dos trechos mais bonitos do Corão.

— Quando o amor vier chamar-vos, que ele vos guie, embora seus caminhos sejam agrestes e escarpados. Quando ele vos envolver com suas asas, cedei-lhe, embora a espada oculta na sua plumagem possa ferir-vos. E, quando ele vos falar, acreditai nele. Não imagineis que possais dirigir o curso do amor, pois o amor, se vos achar digno, determinará ele próprio o vosso curso.

Eu não sabia o que dizer. Não sabia a qual das vinte e duas interpretações do amor no islã Ibrahim se referia. Era certo que eu passara a sentir uma atração por aquele homem pouco mais jovem do que eu, fosse por sua sensibilidade, fosse por sua coragem. Todavia, não conseguia distinguir se era algo real ou se havia sido despertado apenas pelas circunstâncias. Eu tinha vontade de dizer sim a ele, mas não me permitiria entrar numa relação com um ex-jihadista.

Antes que eu pudesse responder, Ibrahim fez questão de romper a barreira que nos separava, explicando que a convivência comigo havia aberto nele a consciência de que o combate pela justiça passava pelo do amor. Passava também por entender aos demais e pela tolerância dentro do próprio islã. No entanto, Ibrahim sabia que seu passado não lhe dava quaisquer credenciais para se apresentar a mim como um pretendente. Mas, considerando tudo aquilo que vínhamos enfrentando juntos, ele finalmente decidiu se abrir.

— Por favor, diga sim — pedia ele.

Com sua mão ainda sobre a minha, levei-o até a única cama que havia naquele quarto. Antes que qualquer coisa acontecesse, sentia que precisávamos conversar. Talvez durasse horas, talvez não, mas meus instintos não se deixariam trair pelo clima de suspense no qual vivíamos. Naquele momento de tantas incertezas, surpreendi-me com a capacidade de Ibrahim de estar tão certo sobre nossa relação.

O silêncio que caía enquanto a noite chegava parecia propiciar um delicado momento de desabafo. Era como se tudo ali desejasse ouvir o que tínhamos a dizer um ao outro.

Qualquer relação que eu mantivesse com Ibrahim teria de passar por aquilo que ele acreditava ser o papel de uma mulher. Seria possível para um ex-jihadista aceitar uma cientista como esposa? Não seria apenas a situação que enfrentávamos que nos havia levado a uma inusitada aproximação? Eu tinha minhas dúvidas sobre como poderia conviver com um homem muçulmano como sua esposa. Durante anos fora esse um dos assuntos que mais discuti em casa com meus pais.

Era difícil expressar minhas preocupações e talvez a minha rejeição ao que me parecia uma profunda injustiça com as mulheres. Meus pais insistiam em me mostrar um outro lado da religião, principalmente através do exemplo que os dois, como casal, eram para mim. Insistiam na ideia de que não era a fé que preconizava uma posição inferior da mulher, mas sim a prática cultural que permitia e, até mesmo, incentivava os homens a serem assumidamente machistas. Mas a cada conversa em casa sobre esse assunto minha mãe se valia de uma espécie de mantra que me alertava sobre o fato de que outras culturas e outras religiões nem sempre concebiam as mulheres de forma tão positiva como eu imaginava.

A tese de minha mãe se referia à forma pela qual o Corão contava a história de Adão e Eva. De um jeito jocoso e até divertido, ela relatava como os cristãos usavam o trecho da maçã como forma de culpar a mulher pelo fato de a humanidade ter sido expulsa do paraíso.

— Sim, o trágico destino da humanidade se deu por nossa culpa! — ela me disse de forma irônica. — Mas, segundo o Corão, a reflexão sobre o risco de se chegar muito perto do fruto proibido era dirigida tanto a Adão quanto a Eva, e quando o tal pecado fora cometido a culpa não recaiu exclusivamente sobre a mulher. Ouça: "Eu não vos proibi de vos aproximardes daquela árvore e não vos disse que Satanás é vosso inimigo declarado?", afirmou o Senhor. E então, eles disseram: "Senhor nosso, incorremos na injustiça contra nós mesmos. Se Tu não nos perdoares, nem Te apiedares de nós, certamente estaremos entre os perdedores".

Enquanto eu me expressava com toda a seriedade, Ibrahim se divertia com minha narrativa, imaginando o que ocorria na cozinha de minha casa. Durante sua vida, a questão do casamento havia sido colocada em diversos momentos e ganhara força quando o EI tentou convencê-lo a tomar uma europeia como esposa. Chegaram a encontrar uma pretendente, belga, através de sites de relacionamento na internet. No entanto, o ex-jihadista declinou da proposta, alegando que preferia estar no front e que engajar-se num casamento só o desviaria de sua missão no combate.

Para desmontar meus argumentos, Ibrahim dispunha de uma premissa forte: a relação que ele me havia proposto não se adequava aos planos normais que as pessoas normalmente faziam. Tampouco a vida que tínhamos agora nos dava algum sinal sobre o que nos ocorreria no futuro. Ele dizia que eu me tornara para ele uma espécie de passaporte para um novo mundo e para o encontro consigo mesmo dentro do próprio islã. Percorrendo a imensidão do deserto, tivemos tempo suficiente para pensar no que estávamos fazendo. E também para descobrirmos um ao outro. Era como se a aridez do entorno não nos desse nenhuma outra opção senão a de nos olharmos e considerarmos seriamente o sentimento que para ambos era real.

Ali, naquele momento, eu havia decidido fazer minha parte na reconstrução do meu mundo, destruído pela guerra e pelo ódio. Aceitaria as promessas daquele sentimento de Ibrahim, mas o faria, também, para evitar que meu companheiro pudesse se engajar em uma outra paixão ainda mais perigosa, pela qual já havia sido seduzido outras vezes: a do extremismo. Provavelmente ingênua, eu me sentia agora capaz de vencer qualquer soldado radical, porque dispunha de uma arma inexistente no arsenal terrorista: o amor.

Ter um pedaço de terra poderia ser fundamental. Mas de nada serviria se Abraão não garantisse que seu descendente lhe daria netos, bisnetos e cada vez mais descendentes. Isaac, seu único filho, não estava ainda casado e o patriarca temia que todo o esforço que ele havia feito durante décadas fosse em vão diante da falta de herdeiros.

Abraão já estava velho quando, um dia, pediu que um de seus empregados mais fiéis e antigos, Eliezer, o escutasse.

— Ponha a mão por baixo da minha coxa e faça um juramento, Eliezer. Jure pelo Senhor que você não deixará que o meu filho Isaac se case com uma mulher de Canaã.

O patriarca lhe explicou os motivos daquele seu pedido. Mas era claro que tinha um plano desenhado e que precisaria ser implementado pelo melhor de seus empregados.

— Vá até a minha terra, na Mesopotâmia, e escolha entre meus parentes uma esposa para meu filho — ordenou o patriarca.

Preocupado diante da dimensão da ordem, o empregado questionou:

— Mas o que é que devo fazer se a moça se recusar a vir comigo? Não seria melhor levar comigo o próprio Isaac para a terra de origem do senhor?

Enfático, Abraão alertaria que essa opção não poderia sequer ser imaginada.

— De forma alguma. Não permita jamais que meu filho retorne

para lá. Deus me tomou da casa de meu pai e da terra de minha parentela e me jurou que à minha descendência daria esta terra em que hoje estamos, Canaã. Eliezer, não se preocupe. Deus enviará um de seus anjos para ajudá-lo na missão de trazer uma mulher para meu filho.

Depois de um longo silêncio e de entender que seu empregado, ainda assim, temia fracassar em sua missão, Abraão cedeu.

— Se a mulher, porém, não quiser segui-lo, você se tornará livre desse meu juramento. Mas por nada do mundo permita que meu filho retorne para aquelas terras.

Os dois homens selaram o acordo naquele momento, e então Eliezer partiu com dez camelos e enormes quantidades de presentes em direção à Mesopotâmia. Seu destino seria a cidade sob liderança de Naor, irmão de Abraão.

Depois de semanas de travessia, o empregado finalmente avistou no horizonte o povoado dos parentes do patriarca. Ainda fora dos muros do local, levou seus camelos até um poço para beber água. Ali, era o local em que moças de toda a cidade vinham buscar água para suas residências e para cozinhar para suas famílias.

O sol forte da região já começava a se pôr quando Eliezer se ajoelhou e pediu que aquele anjo prometido por seu patriarca desse sinais.

— Ó Senhor, Deus do meu patrão Abraão, permiti que um encontro com Vosso anjo seja possível. Eis que eu estou em pé junto à fonte de água na qual as filhas dos homens desta cidade vêm para tirar água. Eu vou dizer a uma dessas donzelas: "Por favor, abaixe o seu cântaro para que eu beba". E, se ela disser: "Beba, e também darei de beber aos seus camelos", então eu vou entender ser essa a mulher designada ao Vosso servo Isaac. Se isso acontecer, o desejo de meu patrão terá sido atendido.

Eliezer nem sequer havia terminado de orar quando reparou que a sombra de uma linda mulher se aproximava, com um pote de água em seu ombro. O fim do momento mais quente do dia era finalmente a hora em que as mulheres podiam sair dali para realizar seus deveres. Aquela donzela, sem saber que o empregado rezava, interrompeu-o espontaneamente com o barulho de seus gestos, enquanto enchia seus cântaros de água.

Correndo em sua direção, Eliezer se precipitou e pediu:

— Peço-lhe, deixe-me beber um pouco de água de seu cântaro.

Linda e intocada até então pelos homens da região, ela abriu um grande sorriso e respondeu:

— Beba, meu senhor. Mas vou tirar água também para os seus camelos. Podem beber o quanto for necessário.

Incrédulo, o servo de Abraão observava como a mulher trabalhava para fornecer água a seus animais, sem jamais perguntar quem ele era nem qual seu destino. Seria ela a futura esposa de Isaac?

Quando os camelos já estavam satisfeitos, Eliezer buscou entre os presentes um enorme pingente de ouro para o nariz da moça, e duas pulseiras para as suas mãos.

— De quem você é filha? Por favor, explique-me quem você é. Há também em casa de seu pai lugar para nós repousarmos?

A humildade daquela linda mulher a impedia até mesmo de se apresentar como uma pessoa independente ou de pronunciar seu nome.

— Eu sou a filha de Betuel, filho de Milca e Naor. Certamente há lugar em nossa casa para vocês. Também temos palha e muito pasto, e lugar para passar a noite.

Naor era o irmão de Abraão e a moça diante dele, Rebeca. Eliezer, aliviado, via naquelas respostas um sinal claro de Deus de que estava no caminho certo. Em silêncio, agradecia repetidamente. Bendito seja o Deus de meu senhor Abraão, que me guiou no caminho para a casa dos irmãos de meu senhor. Bendito seja o Deus de meu senhor Abraão, que me guiou no caminho para a casa dos irmãos de meu senhor.

Enquanto o servo de Abraão preparava seu grupo para seguir até a casa de Rebeca, a moça lhe explicou que iria na frente, para poder preparar o local e explicar a sua mãe sobre a vinda dos estrangeiros.

Quando chegou à casa, Rebeca, ofegante, passou a contar com todos os detalhes o que lhe havia ocorrido no poço de água e que o grupo estava a caminho. Mas, antes que sua mãe desse uma autorização, a história chamou a atenção de Labão, irmão de Rebeca. Ao escutá-la, correu até ela e viu que levava em seu nariz uma enorme argola de ouro, além de pulseiras dignas de uma princesa.

Labão não sabia de onde vinham aqueles presentes, mas não queria esperar para descobrir. Largou o trabalho que estava realizando no povoado e foi na direção do poço de água, encontrar-se com Eliezer e seus camelos.

— Entre, bendito do Senhor. Por que ainda está aqui fora? Já preparamos a casa para você e o lugar para seus camelos — disse Labão, entusiasmado com a visita do forasteiro desconhecido.

Aos fundos da propriedade da família de Rebeca, os camelos foram desatados e puderam se alimentar com palha e pasto. Os pés de Eliezer e dos homens que o acompanhavam ainda foram lavados, como se estivessem à beira de entrar em um local sagrado. O servo se deixava levar pela acolhida da família da moça e, diante dele, uma farta comida foi oferecida.

Apesar da fome que sentia, sabia que sua missão era sua prioridade.

— Não comerei até que tenha dito minhas palavras.

Em torno da mesa, aquela família aguardava com ansiedade para escutar o que Eliezer teria a dizer.

— Eu sou servo de Abraão. O Senhor o abençoou muito, de maneira que acumulou riquezas. Ovelhas e vacas, prata e ouro, servos e servas, camelos e jumentos. Com sua mulher Sara, deu à luz um filho, Isaac, já quando ambos eram demasiado velhos para isso. Será seu filho que herdará toda a sua riqueza e também, acima de tudo, a proteção de Deus em uma terra prometida.

Eliezer então explicou como, já idoso, o patriarca o fez jurar que não permitiria que seu filho se casasse com uma filhas dos cananeus. Também explicou como hesitou em acreditar que aquela missão teria êxito. Mas que, diante da acolhida que estava recebendo de Rebeca, sentia que estava na trilha certa.

— E agora estou aqui, um privilegiado entre vocês.

Emocionados, Labão e Betuel nem sequer deixaram Rebeca falar.

— Isso tudo vem de Deus. Então, não temos como opinar nem fazer qualquer objeção. Diante de você está Rebeca. Leve-a para ser a esposa de Isaac. O Senhor já se pronunciou. Cabe a nós respeitar.

Lançando-se de sua cadeira ao chão, Eliezer beijou a terra onde estava e agradeceu a Deus por ter cumprido sua missão. Transportado por uma felicidade enorme, o servo foi então buscar as sacolas que haviam sido transportadas no lombo daqueles camelos e distribuiu joias de prata e de ouro para todos naquela família. Para Rebeca, também trouxe alguns vestidos de luxo.

Uma festa tomou conta do povoado naquela noite estrelada. Eliezer e seus homens comeram e beberam junto de Rebeca e sua família.

Ao despertar no dia seguinte, o servo de Abraão estava apressado em retornar a Canaã para contar ao seu patrão a boa novidade e apresentar a Isaac sua futura esposa.

Mas ele seria surpreendido, pois ninguém naquela família esperava que a partida da única mulher entre as filhas fosse imediata.

— É melhor que ela fique com a gente alguns dias, pelo menos uns dez dias, para que possamos nos despedir, e depois poderá ir — sugeriu Labão.

Eliezer não aceitou a proposta, temendo que todos aqueles sinais divinos que haviam sido enviados acabassem sendo diluídos por uma hesitação qualquer da família.

— Por favor, não me detenha. O Senhor tem prosperado em mostrar meu caminho. Deixe-me partir, para que eu volte a meu amo — respondeu Eliezer.

Labão, então, decidiu finalmente consultar sua irmã, pela primeira vez desde que aquela negociação havia começado.

— Você quer partir com este homem?

— Sim — respondeu a moça.

Neste momento, todos na casa se ajoelharam

— Ó nossa irmã, seja a mãe de milhares de milhares, e que a sua descendência possua a porta das cidades de seus inimigos.

Assim, a caravana partiu da Mesopotâmia de volta para Canaã, refazendo o caminho que Abraão fizera décadas antes. Eliezer não queria e não poderia sequestrar Rebeca. Sua viagem teria de ser de sua própria vontade e, ao tomar tal decisão, ela mostrou que também era uma mulher de fé.

Para o patriarca, não havia em sua vida espaço para o fatalismo, pois sua confiança em Deus era total. Mas, para que as promessas fossem cumpridas, tomava iniciativas concretas. Sabia que o destino daquele povo dependeria de suas ações.

Mandou seu servo em busca do futuro, sem maiores detalhes ou indicações de quem seria a mulher que aceitaria viajar para casar-se em uma terra estrangeira.

Ele poderia ter garantido seus herdeiros e a confirmação da profecia buscando uma esposa para Isaac em Canaã. Além de evitar a viagem, Abraão também garantiria que seus descendentes deixassem de ser estrangeiros, já que teriam uma mãe cananeia. Mas, entre um atalho mais fácil e a crença na palavra de Deus, o patriarca ficou com a segunda opção.

O Senhor já lhe havia explicado que a destruição cairia sobre o povo de Canaã. Havia um dia em que os pecados daquela população se acumulariam de tal forma que o julgamento de Deus viria na forma de morte. Levar seu filho a casar com alguém que tivesse esse destino, portanto, não seria uma solução.

Seus dias estavam chegando ao fim, mas o patriarca havia aprendido em sua longa vida que os atalhos nem sempre são as distâncias mais curtas entre um ponto de partida e aonde se quer chegar.

Ele jamais teria imaginado que, anos depois, voltaria a se casar, dessa vez com Quetura, e dela teria seis filhos. E aqueles *descendentes dariam origem aos povos assureus, letuseus, leumeus, entre outros.*

Mas, sem esperar pela sorte que o futuro lhe reservaria, escolheu o caminho sustentável que lhe desse garantias para o dia em que ele não mais estivesse presente entre os cananeus. Os atalhos e o azar não faziam parte de sua vida. Nem de sua morte.

21. RESIDÊNCIA EUROPA

Sair do Sinai, deixar para trás o vermelho da areia e entrar nas principais estradas do Egito foi para nós um grande alívio. Tínhamos superado um território dos mais perigosos de nossa rota e deixado a região fortalecidos pela novidade de um amor declarado. Eu queria acreditar que nossa jornada estava chegando ao fim e que logo poderíamos usar aquela nova energia que se criava entre nós para começar a resolver nossa vida. A orientação que tínhamos recebido era de que as pessoas que nos ajudariam a cruzar o Mediterrâneo estariam na pequena cidade portuária de Roseta, a cerca de uma hora de carro de Alexandria. Por contar com uma vigilância menos intensa, o local era o preferido para o embarque de imigrantes ilegais e refugiados que tentavam chegar à Europa.

O Egito não era a rota mais óbvia. Afinal, uma passagem pela Turquia ou pela Líbia fazia muito mais sentido em termos geográficos. Mas o nosso caso desafiava fronteiras e lógicas aparentemente coerentes.

Ver o Mediterrâneo no horizonte me fez suspirar de novo. Aquele era o mesmo mar que banhava minha casa e, naquele momento, o fato de estar ali fazia com que me sentisse, ao mesmo tempo, tão distante e tão perto de minha mãe. Enquanto as horas pareciam ter sido suspensas pela imagem do mar, vinham à minha mente as descrições de Albert Camus sobre aquela fronteira natural que permitira à Europa evitar diversas invasões e se fechar em si mesma.

Como Camus havia concebido, aquele mar representava o traço de união entre dois continentes e dois tempos distintos. Tratava-se de uma rota para o pensamento. Em sua diversidade, cada uma de suas margens parecia trazer sua própria vida e lógica, ainda que, se vistas numa fotografia panorâmica, poderiam sugerir a composição de um mesmo cenário. De Marselha aos portos da Argélia, de Barcelona à Roseta, havia ali toda uma população que se nutria do céu e do mar.

Minha vida, como a do escritor franco-argelino, fora sempre intrinsecamente ligada ao mar. Tal qual Camus, eu havia crescido entre os sons das ondas e os relatos dos tambores da guerra. Enquanto leitora, admirava como ele era capaz de explicar tão sensivelmente como seu entorno social o levara a lutar contra as injustiças. Não havia sido a leitura de Marx sua inspiração para a crítica lúcida e a combatividade, mas sim suas bodas com o lugar que lhe havia marcado a infância e a juventude. Penso que aquele mar significou para Camus sua chance de pensar a existência com poesia, ironia e ceticismo concomitantes.

A humanidade vive de sensações, da experiência das cores e das ondas. Assim como Camus, eu não reivindicava ao mundo a racionalidade, mesmo sendo uma cientista. Tudo o que lhe exigia era a vida. Aquele caminho tão árido quanto lúcido que eu e Ibrahim escolhêramos reforçava cada uma das conclusões a que Camus – nascido na minha Argélia e filho da minha França – havia chegado e igualmente implantado em minha alma. Todas elas convergiam para uma só palavra: resistência. "O Homem não se desespera. Mesmo se o mal se abater sobre a humanidade, resista", dizia ele. Ao longo de minha juventude, eu havia devorado toda e qualquer produção de Camus, inclusive seu discurso na ocasião em que venceu o prêmio Nobel de Literatura. A constatação que fizera acerca do perigo nuclear me parecia agora o eco atemporal da história de minha família e também de meu papel naquele momento: "Cada geração acredita que tem o dever de refazer o mundo. A minha sabe, porém, que ela não o fará, mas a tarefa é, provavelmente, ainda maior. Ela consiste em impedir que o mundo se desfaça".

Era pela minha vida que eu lutava, para que não fosse desfeita e extinta, ainda que já estivesse irremediavelmente estilhaçada pelo tempo.

As coordenadas que tínhamos nos levariam a um local afastado do porto de uma cidade que havia sido, um dia, um famoso balneário de luxo para milionários ingleses. Fomos informados de que precisaríamos aguardar em um dos armazéns desativados até que chegasse a nossa vez de embarcar rumo a algum território da União Europeia, provavelmente a Grécia. Quanto tempo esperaríamos? Isso os capitães de araque pareciam não conseguir indicar. Tudo dependeria do mar, do fluxo de embarcações, da política migratória da Europa, da repressão do governo egípcio às redes de contrabando, da quantidade de migrantes, enfim, tudo dependeria de fatores tão imprevisíveis quanto perigosos.

Enquanto nos refugiávamos naquele armazém frio, era nos braços de Ibrahim que me sentia protegida, principalmente quando ouvíamos os outros narrando histórias daqueles que já não tinham mais condições de trazer à tona suas tragédias. Em Roseta, assim como na Argélia, aquela luz intensa que concedia vida era a mesma que, uma vez confrontada, gerava a mais soturna das penumbras, até ganhar a forma de uma sombra. Enquanto aguardávamos o dia do embarque com aquela pequena multidão, sentíamo-nos, uma vez mais, como parte de uma comunidade. Os dias iam gradualmente se transformando em semanas, e as semanas, em confidências.

Como em um sonho que vai enveredando por um pesadelo após outro, acabei descobrindo que aquele porto de saída em direção à Europa não era, na realidade, um local seguro. Como tinham nossa vida em suas mãos, os criminosos mostravam ali a sua total falta de escrúpulos. Os meses na jornada que nos levou até ali me fizeram reatar a esperança que eu guardava de que o ser humano poderia, sim, ser genuinamente generoso. Mas o que eu via ali, naquele barracão, não era exatamente essa face da humanidade.

As mulheres que não contavam com a proteção de um irmão, pai ou marido, eram invariavelmente vendidas como escravas ou, então, sequestradas e abusadas. O comércio desumano ocorria em público e sem qualquer constrangimento entre vendedores e compradores. Quanto mais eu descobria o que de fato ocorria naquele local, mais percebia que se tratava de um vale de lágrimas para muitos imigrantes.

À custa da confiança daquelas pessoas que estavam ali buscando alguma chance de futuro, esses grupos acabavam por sequestrá-las e por extrair proveito da situação. Para soltá-las, exigiam pagamentos. E quando não o recebiam, simplesmente matavam-nas ou as revendiam aos estrangeiros. De certa forma, os relatos que chegavam até nós desmentiam minha ideia de que cruzar o mar Mediterrâneo seria a parte mais arriscada da viagem.

Descobri, ainda, que a guerra na Síria não era, de forma alguma, o único desastre humanitário que o mundo estava vivendo. No barracão, pude notar que ferros improvisados serviam para marcar paredes imaginárias, cobertas com lençóis imundos achados nos lixões da cidade. Serviam também como fronteiras entre diferentes grupos que compartilhavam um só traço comum: a desilusão.

Nosso "vizinho" era o jovem Jamshid Shadab. Sempre calado, ele observava tudo à sua volta e coordenava a sobrevivência de seus amigos. Jamshid quase nunca se sentava, mantinha-se sempre de pé, com as mãos nos bolsos e o pensamento distante. Sua história, dizia ele, era da persistência da traição.

A primeira das traições ocorreu quando fora abandonado pelos soldados americanos no Afeganistão, depois de trabalhar para eles por sete anos como tradutor. Quando as tropas começaram a se retirar, ele foi decretado inimigo pelo Talibã. Os extremistas prometeram executar todos os que tivessem colaborado com os Estados Unidos e ele apelou ao governo americano para que fosse resgatado.

— Eles me traíram — disse-nos. — Nos últimos anos, a violência voltou com força no Afeganistão e os extremistas estavam cada vez mais próximos de mim. A delegação dos Estados Unidos em Cabul se recusou a me ajudar e eu não tive opção senão buscar refúgio na Europa — explicou.

A segunda traição aconteceu ao descobrir que, mesmo correndo risco de vida, não seria aceito na Europa.

Para chegar até ali onde estávamos, ele precisou abandonar Cabul, atravessar o Irã no porta-malas de um carro junto de mais quatro pessoas. Por sete horas, contou-nos ele, não puderam nem se mover nem falar. Ele ainda cruzou o Iraque de Leste a Oeste até conseguir entrar na Jordânia. Em seguida rumou para o Egito. Mesmo depois de tudo isso, ele se mostrava consciente de que sua vida não estava garantida.

A verdade é que todos nós ali enfrentávamos o mesmo drama do qual não podíamos escapar: não podíamos voltar para nossa casa, tampouco podíamos seguir adiante, e aqueles que poderiam nos resgatar não nos queriam por perto. Nosso purgatório acontecia no local onde vivíamos, composto de armazéns e barracos abandonados, onde nos amontoávamos ao lado de outros estrangeiros e de muito lixo. Convivíamos diariamente com ratos, com a fumaça tóxica constante gerada no porto e vulneráveis a toda sorte de doenças. A tensão que enfrentávamos já tinha levado mais de uma pessoa ali a perder a razão.

Ironicamente, notava-se numa das paredes dos armazéns o registro de um dos refugiados escrito em letras garrafais e batizando o local como "Residência Europa".

Só que nessa Residência Europa a realidade era bem distinta da do sonho europeu. Não existia aquecimento e procurávamos queimar tudo o que conseguíamos encontrar para manter o sangue circulando, nas noites frias. Em armários abandonados, cada família estocava o que lhes era prioritário e até o lixo era protegido como um tesouro, porque útil para o fogo utilizado para amenizar a temperatura baixa.

Com mais de mil pessoas naquele local e uma fumaça permanente, o silêncio da noite era marcado por tosse e gemidos incessantes.

A higiene pessoal também era um desafio. Existia apenas uma bica para a saída de água e a fila diária para encher garrafas era constante. Com pedaços de potes retirados do lixo, cada um criava o seu banheiro, transformando partes de um vidro quebrado em espelho e a água não potável em ducha fria. Os homens insistiam que fazer a barba era um hábito a ser mantido, porque fazia parte do esforço de todos para continuar parecendo humanos. Era considerado uma questão de dignidade.

Cobertores sujos eram usados como tapumes para que cada um pudesse fazer suas necessidades com alguma privacidade nos buracos encontrados no local. Com o decorrer das semanas, porém, esses orifícios ficaram cheios e, a cada ida ao "banheiro", era possível ver escorrer os dejetos por debaixo do tapume. Nossa cama era uma antiga balança que havia sido usada no armazém já desativado. Nunca dormíamos sozinhos, sempre havia uma pulga ou algum inseto para nos fazer companhia.

O frio se fazia ainda mais duro por causa das dezenas de buracos no teto do barracão. Sonâmbulos, exauridos e perdidos, aqueles estrangeiros mal descansavam e partiam para o caminho sem destino sob os astros. A porta sem fechadura adequada também era um motivo de preocupação. Não foram raras as brigas durante a noite, quando alguns dos imigrantes retornavam às suas "residências" indignados com sua situação. No entanto, ninguém se atrevia a fechar o local, temendo que fôssemos queimados vivos nos frequentes casos de cobertores que se incendiavam. Enquanto a noite caía, os grupos iam se protegendo contra o frio nos locais mais reservados no barracão, como se pudessem se proteger do inevitável.

Sem saber para onde a aventura de suas vidas nos levaria, os sinais de resistência se faziam espalhar pelos muros, com frases, alertas e apelos desesperados. "Por favor, ajudem-nos", dizia uma delas. "Abram as fronteiras", podia-se ler em outro muro. Em meio ao lixo, outro barraco escancarava em sua porta: "Eu só quero voltar para casa". Cada vez que passávamos por ali, eu sentia como se fosse minha consciência que tivesse me despertado certa noite e me levado até aquele local para registrar aquelas palavras. Para muitos, esse era um sonho impossível, uma vez que ninguém ali voltaria para casa, salvo se ela fosse como a mandíbula de um tubarão.

A resistência também acontecia em forma obstinada de vida. Num dos cantos do barracão, uma família de eritreus cuidava de um bebê que não devia ter mais de um mês. Hiwet nascera no caminho da fuga daquelas pessoas. Quando perguntei o que significava o nome, seu pai, Kosay, disse de forma orgulhosa:

— Em tigrínia, Hiwet quer dizer vida.

Entre as diferentes famílias ali, muitos afirmavam que talvez fosse mais seguro procurar um abrigo oficial do governo ou das entidades internacionais. Todavia, o medo de uma eventual deportação era maior que todo o incômodo que sentiam naquele armazém do desamparo. Circulavam rumores de que as autoridades ofereciam comida, cama e segurança numa residência, porém, ocultavam que muitos eram declarados como ilegais pelas autoridades, acabando por ser enviados de volta a seus países.

Existia ainda outra explicação para permanecermos no lixão. Aqueles que resistiam nos barracões esperavam por um sinal verde de seus coiotes para enfim embarcarem em direção à Europa. E essa fuga costumava ser mais fácil se distante dos locais oficiais de acolhimento.

A "Residência Europa" era mesmo um local dos mais irônicos. Enquanto nós, refugiados, tentávamos nos esconder do frio, do medo e das autoridades, eram os contrabandistas que circulavam com toda a segurança do mundo. Um grupo deles passava o dia sentado nas proximidades dos galpões, do outro lado de um esgoto. Ali eles se misturavam aos estrangeiros e passavam a liderar os grupos que protestavam quando surgia uma oportunidade de transferi-los para um centro adequado de acolhimento.

Jamshid, nosso vizinho, era um dos que se encontrava nas mãos desses grupos. Durante a travessia entre Cabul e o porto egípcio, ele já lhes havia pago cinco mil dólares para cumprir o trajeto. Não seria agora que ele desistiria de chegar ao continente europeu. Mesmo depois de três meses vivendo na "Residência Europa", ele conseguira guardar dentro de seu sapato o restante do dinheiro de que dispunha para pagar os dois mil e quinhentos dólares restantes exigidos pelos contrabandistas para seu acesso à Europa. Por outro lado, era evidente que todos ali não tinham quaisquer condições semelhantes à dele e tampouco tinham um destino seguro.

Naquela noite, Ibrahim acompanhou Jamshid até uma praça próxima aos barracões. Outros quatro afegãos se preparavam ali para acompanhar um contrabandista que havia prometido aos rapazes que os levaria até o barco. Enrolados em cobertores, eles levavam o medo estampado no rosto. Não sabiam se chegariam a algum lugar, nem se retornariam. O ex-tradutor do exército americano se despediu dos amigos e lhes desejou sorte. Era a quarta vez que o grupo tentava embarcar.

No mesmo barracão em que estávamos, era curioso notar como alguns grupos não se misturavam. As fronteiras eram muito bem delimitadas entre sírios e palestinos, entre africanos e afegãos e entre eritreus e somalianos. Todos ali, juntos, enfrentávamos os muros impostos por diferentes governos. Entretanto, repetíamos todos, em mínimos gestos, o que nos fora imposto culturalmente desde crianças.

Eu, franco-argelina tornada apátrida, sentia dificuldade em encontrar meu lugar. Ibrahim também não conseguia. Os sírios pareciam entender que nossa história tinha algo de incomum, qualquer coisa que lhes despertava suspeitas. Era como se pudessem ver nos olhos de Ibrahim os massacres cometidos pelos jihadistas, talvez contra aquelas mesmas famílias refugiadas ali. Seu silêncio incomodava a muitos, isso já estava claro.

Aos poucos, porém, passei a descobrir outros grupos com os quais tínhamos algo em comum: a língua francesa. Duas irmãs senegalesas, também esperando dias melhores na Europa, haviam realizado um trajeto que, no fundo, era muito maior e mais difícil que o nosso. Eu evitava contar minha história, mas impossível não reconhecer meu sotaque de Marselha. Tentava encobri-lo com atividades diárias silenciosas que sempre propunha às meninas, como tentar encontrar material para limpar nossas camas ou simplesmente observar a natureza para além do barraco onde estávamos. No entanto, sabia que certamente elas se questionavam sobre minha presença ali.

Numa noite, o assunto de minha origem acabou se tornando o tema central da conversa. Quando as irmãs me perguntaram de onde eu vinha, eu respondi de forma literal: passei pela Síria, Líbano,

Palestina e Jordânia. Para evitar o silêncio que daria lugar a mais perguntas dirigidas a mim, rapidamente inverti a conversa e pedi que elas me contassem como tinham chegado até ali.

Mouna e Khadija, ambas com pouco mais de vinte anos, haviam feito um trajeto que incluíra sequestros e, inclusive, muitos alertas de que nunca chegariam a seu destino. Acima de qualquer coisa, tudo aquilo pelo que passaram havia exigido delas muita coragem. A princípio, nenhuma das duas queria se transformar numa imigrante clandestina. Chegaram a ir até o consulado francês em seu país para tentar a obtenção de um visto regular para migrar, mas sua solicitação acabou por ser rejeitada, assim como a grande maioria dos pedidos feitos ali. A opção foi tomar o caminho mais longo, atravessando toda a África, passando por Mali, Níger, Chade e Líbia, até finalmentre entrarem no território dos faraós. Somente dali conseguiriam embarcar para o sonho europeu. Não contavam com mapas, nem tinham ideia das distâncias percorridas. Tinham apenas a falsa garantia dada pelos organizadores do trajeto a seus pais de que suas filhas alcançariam uma vida melhor. Elas eram as duas filhas mais velhas em uma família de sete irmãos, e tinham a incumbência de buscar os meios possíveis de subsistência.

Estar com as duas moças e ouvi-las era como estar imersa numa espécie de conto, cujo enredo me dava forças para entender que o que acontecera comigo fazia parte de uma realidade que afetava milhões de pessoas, inclusive em outros continentes. Eu conhecia bem o sacrifício dos imigrantes africanos, aprendi sobre eles nas histórias que ouvia desde criança na sala de meus pais. Mas, naquela época, eu sabia também que, uma vez terminada a história, eu tomaria o meu leite e iria dormir num lugar seguro. Ouvia aqueles relatos de meus pais como se fossem parte de uma gigante história de aventura. Afinal, estávamos falando de pessoas que tinham sobrevivido bravamente às mais severas adversidades. Agora, eu me via ao lado daquelas pessoas que, sem nada a perder e muitas vezes sem nem uma cama para dormir, optaram por tomar o caminho da esperança. Dessa vez, eu escutava os relatos não mais como uma aventura, mas sim como um drama cujo final ainda não estava escrito.

O vento daquele dia nas colinas verdes de Canaã impedia que os pastores continuassem a trajetória com seus rebanhos, obrigando-os a se proteger em grutas da região. Depois da linha do horizonte, o azul de um céu limpo contrastava com os contornos turvos de um mar não menos colorido.

Deitado dentro de sua tenda, Abraão sabia que estava vivendo seus últimos suspiros. Por cento e setenta e cinco anos, o patriarca havia se preparado para aquele instante. Distribuíra presentes, ensinamentos e destinos a milhares de pessoas.

Mas nem os anjos da morte tinham poder total sobre ele. Caberia ao próprio Abraão decidir quando deveria partir e voltar a se reunir com seus antepassados e com Sara no mundo dos mortos. Lutara contra o destino da mortalidade, mas sabia que, daquele ponto em diante, desfrutaria do status da imortalidade.

Dias antes, Deus havia enviado o arcanjo Micael para preparar o patriarca para sua morte. O enviado do Senhor se apresentou como um viajante qualquer. E Abraão, sem jamais perder seu costume, abriu a porta de sua casa ao estrangeiro. O patriarca sabia que já tinha visto aquele rosto antes, mas, com sua idade, tinha dificuldades em lembrar a identidade do homem.

Ao se dirigir a sua casa, ouviu de uma árvore com trezentos e trinta e um galhos um canto fúnebre. Ele tinha entendido que não se tratava de um mero viajante, mas tampouco sabia o que exatamente significava aquele momento. Manteve sua promessa de o acolher e, enquanto lavava os pés daquele estrangeiro, suas lágrimas escorriam e se misturavam com a água que o banhava. O arcanjo, diante do patriarca, tampouco conseguiu segurar seu choro, que ia se transformando em pérolas no chão da residência de Abraão.

Mesmo com os olhos embaçados, Abraão acabou por conseguir se lembrar de onde conhecia aquele rosto. Era, de fato, um dos homens que acompanhavam Deus momentos antes de partirem para destruir Sodoma.

A ceia entre Abraão e Micael se transformaria no início de sua despedida do mundo dos vivos. Enquanto comiam, o arcanjo revelou sua verdadeira identidade, dizendo que era a entidade que estaria agora entre o patriarca e Deus e que, enquanto estavam naquela mesa, seus filhos estavam sendo informados de sua morte por meio de um sonho. Para Isaac, ele viria na forma de um gigante que, com um brilho mais forte que sete sóis, anunciaria que o fim estava próximo.

Com uma voz firme, mas respeitosa, Abraão se negou a aceitar que sua missão tinha terminado.

— Recuso-me a entregar minha alma — disse ao anjo.

Surpreso diante de uma reação inédita, o arcanjo retornou ao Senhor e sugeriu a ele que Abraão fosse poupado, afirmando que, apesar de a morte fazer parte de todos os seres humanos, aquele homem em específico merecia continuar com sua vida na Terra. Negada a proposta, Abraão colocaria uma condição para liberar sua alma. Antes de morrer, queria ver com seus próprios olhos o universo que havia sido criado.

O acordo foi fechado e, numa carruagem que iniciou sua viagem sobrevoando o mar, Abraão foi levado a observar a beleza e a felicidade que existiam no planeta. Mas, daquela posição privilegiada, não deixou de se indignar ao ver que, apesar de seus gestos e ensinamentos por cento e setenta e cinco anos, o mal ainda existia.

O patriarca então pediu que o arcanjo, ao levá-lo para o reino dos mortos, também aniquilasse a vida dos criminosos. Micael parecia concordar com a proposta, considerando-a pertinente. Se o símbolo do bem será morto, porque não matamos também aqueles que espalham o desespero e o terror? Mas foi subitamente barrado por uma estrondosa voz celeste:

— Abraão, por jamais ter pecado, não tolera os pecadores. Mas Eu, criador do mundo, não tenho qualquer prazer em promover a destruição. Prefiro esperar pela morte dos pecadores, na esperança de que, nesse caminho, possam ainda se converter e viver de forma digna.

A ordem divina ainda mandou Micael conduzir aquela carruagem em direção ao céu para que Abraão observasse uma coisa. Ali, dois portões geralmente se abriam: um estreito e outro amplo. Em cada qual, um anjo verificava os bons gestos ou os pecados cometidos pelas almas que aguardavam para saber quais seriam seus destinos. Todas as ações da humanidade estavam registradas em enormes livros diante daqueles anjos. Aquele era o julgamento final, que colocava em uma balança a vida de cada morto.

Abraão acompanhava com especial interesse aqueles cujos percursos tinham tanto atos de bondade como de maldade. Aquelas almas precisariam passar por uma purificação, diante de chamas.

Naquele processo sem fim de um julgamento eterno, o patriarca reconheceu a alma de um de seus servos. Numa balança, o mal ainda prevalecia na contabilidade daquele caso específico. Se nenhum gesto de bondade extra fosse encontrado naqueles enormes livros referentes ao servo, ele seria levado ao inferno. Mas o patriarca, então, interveio, explicando aos anjos alguns dos gestos daquela alma que ele bem conhecia, e o salvou.

— Abraão, está na hora de retornar — exclamou Micael, que, em seguida, deixou o patriarca em seu leito em Canaã.

Ao despertar uma vez mais com os raios de Sol, Abraão pensou que havia vencido a batalha contra a morte. Afinal, estava vivo, ao lado de Quetura. Olhava pela fresta de sua tenda uma vida aparentemente normal em seu clã. Mas não deixava de se perguntar: quanto mais durará minha missão?

22. A ESCRAVIDÃO

A história das das irmãs africanas ainda guardava seu capítulo mais cruel. Elas não foram capazes de contar tudo em apenas uma noite e, por alguns dias, pareciam evitar a minha presença.

Eu sabia o motivo. A promessa de que continuariam a contar suas histórias num outro momento tinha cedido lugar à hesitação. Narrar tudo aquilo implicava uma reflexão interna a respeito do que estariam dispostas a revelar e do que preferiam deixar nas entrelinhas.

Muitos dias se passaram até que uma delas voltasse a falar comigo. Foi durante uma noite, enquanto eu me aquecia junto ao fogo e tentava ajeitar a madeira para que a chama ficasse mais forte. Subitamente, vi surgir a silhueta de alguém buscando um lugar junto a mim. Era Mouna, que parecia ter encontrado forças e vontade para retomar nossa conversa.

Eu não precisava dizer nada, sabia que tinha apenas de ouvir.

— O Níger foi a parte mais difícil de toda a viagem — disse ela, enfim. — O motorista do caminhão que nos levava com dezenas de outras pessoas explicou que não havia sido pago pelo grupo criminoso que havia organizado o trajeto. Isso significava que ele nos venderia em um mercado local, de modo a obter o dinheiro de que precisava. Fomos todos levados à praça onde acontecia o comércio de escravos, como naquelas cenas que vemos nos livros de história.

Segundo ela, toda aquela situação inusitada não passara de uma montagem engendrada pelo próprio grupo criminoso que seria responsável pelo transporte dos refugiados, a fim de extorquir ainda mais dinheiro das famílias. Depois de ser vendido a outros contrabandistas, todo o grupo foi levado a uma casa nas proximidades da mesma praça. Para que fossem liberadas dessa prisão, as irmãs africanas descobriram que precisariam pagar quinhentos dólares aos criminosos. Sem qualquer dinheiro disponível, elas e todas as pessoas que ali estavam foram autorizadas a telefonar para seus familiares e pedir-lhes que fizessem as transferências para as contas informadas pelos coiotes. Mouna contou que ela e a irmã só conseguiram sua liberdade depois de uma semana, quando finalmente sua família conseguiu reunir a quantia necessária. Com um tom de voz que sugeria um grande arrependimento, ela contou que nunca chegou a perguntar ao pai como ele havia conseguido aquela pequena fortuna.

O relato de Mouna era tão absurdo quanto somente a realidade pode ser. Apesar de efetuarem o primeiro pagamento, algumas das meninas mais jovens eram obrigadas a passar ainda por um ritual vodu, no qual se forjava uma maldição sobre suas famílias caso não pagassem a nova dívida que estavam prestes a assumir – dívida essa que elas nem sequer sabiam o quanto custaria.

Matando uma galinha diante de todos e deixando que o sangue do animal jorrasse sobre os presentes, um curandeiro local alertava que uma eventual desistência significaria um grande sofrimento para a pessoa e, principalmente, para sua família.

— Eles exigiram que eu lhes entregasse um pedaço da minha unha e um pelo de minha parte íntima para realizar o ritual — contou Mouna.

Tudo isso acontecia com o consumo de uma forte aguardente caseira. Durante os meses seguintes, o que Mouna descobriu é que a maldição não seria o resultado de alguma bruxaria, mas sim da violência do crime organizado, sempre disposto a tudo para cobrar supostas novas dívidas, inclusive a subornar o chefe do rito para garantir a eficiência de todo o esquema de extorsão.

Era evidente que os sonhos de muitas meninas vulneráveis eram impiedosamente transformados em sessões de tortura, mortes e escravidão. Não havia a menor possibilidade de voltarem ao início e escaparem daquele destino.

Durante o percurso em direção ao Egito, foram criadas outras situações para pagamentos de mais propina a agentes da polícia, de modo a justificar novas paradas. Para além disso, um episódio marcante aconteceu quando as meninas chegaram à fronteira entre a Líbia e o Chade. Sem dinheiro e, uma vez mais, aguardando o resgate a ser enviado pela família, as duas irmãs foram levadas a uma casa e forçadas a se prostituírem diariamente. Quando se recusavam a trabalhar, eram consequentemente trancadas e torturadas.

— Nós nem víamos o dinheiro que estávamos fazendo. Tudo ia diretamente para as mãos das pessoas que controlavam o local. Eu não tinha ideia de qual era o meu preço, do quanto eu valia ali naquelas circunstâncias.

Quando ousavam perguntar o motivo daquela sua exploração, qualquer um do grupo dizia que era para ajudar a sanar alguma nova dívida. Mouna contou que chegou a pedir para não continuar a viagem, mas a resposta que recebeu foi que já era tarde demais para uma desistência.

Outras meninas chegavam a tentar engravidar, num esforço para frear as exigências próprias da prostituição. Todavia, quando o grupo criminoso se dava conta da gravidez, simplesmente obrigava as moças a ingerir abortivos. E nem todas elas sobreviviam a essa "tática".

Num dado momento, as duas senegalesas finalmente conseguiram obter mais dinheiro através de sua família. A quantia era suficiente para que pagassem a nova exigência e, então, fossem liberadas e pudessem continuar viagem. Quando finalmente Mouna chegou a esse momento da narrativa, deu as mãos à irmã e ambas choraram juntas.

Fizeram então uma pausa nos relatos e começaram suas orações, enquanto o fogo que nos esquentava envolvia seus semblantes com um odor de purificação. Pairava no ar a esperança de que o que se queimava ali com a madeira eram as marcas de um passado dolorido por demais.

Calada, eu me via realmente diante da tradução viva dos poemas que havia estudado no colegial e que tanto me marcaram como garota.

As mulheres que choram, diziam os versos de Marceline Desbordes-Valmore, são justamente as que estão armadas para uma reação. Eram as que não desistiriam nem aceitariam seu destino. Nem o choro de Mouna e de sua irmã, nem sua oração diante de mim pareciam sinais de derrota ou de capitulação. O poema fazia com que as palavras "arma" e "lágrima" rimassem, criando entre o eu lírico e a leitora um sentimento tão austero quanto fraternal.

Diante de toda aquela história narrada com emoção e angústia, pensei que não era surpresa alguma o fato de que, na França, as primeiras narrativas a respeito dos absurdos da escravidão haviam sido escritas por mulheres. Estabelecera-se uma relação profunda entre as primeiras abolicionistas e o movimento pelos direitos das mulheres. Sem que os relatos de escravos fossem publicados, o caminho encontrado para o debate fora o da difusão de histórias de ficção contadas por mulheres que ousavam abordar o profundo mal-estar que sentiam a respeito do comportamento de seus pais e de sua sociedade. Aquele momento se tornara para mim uma cena de realismo brutal, a partir da qual constatei que a realidade poderia oferecer traços líricos mesmo em meio a todo horror e ignomínia a que eram submetidas as mulheres que resistiam a tudo em nome da conquista de sua liberdade.

Os versos e as entrelinhas que se inscreviam na vida das duas meninas, assim como na minha, estavam distantes do fim. Cada etapa superada parecia extraída de uma epopeia física e espiritual. Todas ali sabíamos que nunca mais seríamos as mesmas, que nossa vida jamais voltaria a ser o que era antes do início da caminhada e de toda a tragédia que se abatera sobre nós.

Por escolha, ou pela falta dela, havíamos decidido tomar um rumo perigoso. Naquele galpão se impunha para nós uma espécie de encruzilhada da humanidade, na qual diferentes histórias se encontravam de forma complementar e nos deixavam à mercê das mesmas fronteiras estabelecidas por todos.

Na verdade, todas ali éramos mulheres sequestradas e sem real possibilidade de escolha. Ninguém opta por tornar-se uma refugiada ou uma imigrante, mesmo que a vida a tenha impelido a cruzar fronteiras. A diversidade e a singularidade de cada uma daquelas culturas poderiam levar uma cientista química a pensar que a humanidade é, de fato, composta pelos mais diferentes elementos. Naquele refúgio, porém, uma unidade essencial parecia surgir e superar qualquer diferença de cor, religião, costumes ou idiomas. A unidade da busca pela sobrevivência e por uma vida digna ultrapassava todos os limites e desafiava todas as circunstâncias.

Aquele drama ganhava força porque todos ali éramos testemunhas e protagonistas do sofrimento constante, da desilusão profunda e da assustadora incerteza diante do futuro. Ibrahim um dia havia acreditado que os jihadistas tinham a resposta para as questões que consumiam sua alma. Ao lado dele, estava a família de Jamshid, vítima justamente dessa batalha espiritual. Hiwet, a menina cujo nome evocava a própria vida, nem sequer contava com um passaporte para seu espírito, enquanto Mouna e sua irmã seguiam resistentes na busca por condições mínimas de liberdade para sua alma. Eu, sob ordens e por impulso capitalista, um dia havia ajudado a financiar todo esse caos, toda essa infelicidade.

À revelia de tudo, o verso da poeta ecoava naquele armazém silencioso durante a noite: "Lembra-te do escravo que atravessa o mundo."

Não se passaram muitos dias até que Abraão fosse novamente surpreendido pela forte luz de um anjo que o vinha visitar. O patriarca já não sabia exatamente o que esperar daquela aparição e optou por simplesmente escutar.

— Sou a bebida amarga da morte e vim levar sua alma — disse o anjo.

Era, de fato, o anjo das trevas que estava diante dele, camuflado pela luz que usara para poder chegar mais próximo ao patriarca. Aquele era um anjo que jamais faria um acordo, nem com velhos, nem jovens. O anjo que jamais saberia o que era o sentimento de pena. O anjo que jamais chorara.

— Muito bem — disse Abraão ao enviado da morte. — Já que desta vez serei levado, gostaria de descobrir como isso verdadeiramente acontece.

Diante daquele homem, emergiu uma criatura com sete cabeças de serpente e quatorze rostos diferentes. O terror de tal imagem, por si só, mataria de forma instantânea os sete mil escravos que serviam a Abraão, naquele auge de sua riqueza. Mas seria o próprio patriarca que, diante daquela imagem de terror, tombaria doente em seu leito.

O céu limpo que dava espaço ao vento se transformara em uma noite escura e profunda, enquanto a morte se disseminava por Canaã. E, na boca de servo ou animal que se surpreendeu com a notícia da doença de Abraão, o enviado da morte deixou uma gota de veneno.

Em suas orações, enquanto rezava, Abraão voltou a fazer um novo pacto, desta vez com a morte. A vida dos mais de sete mil escravos seria restaurada, com a condição de que ele aceitasse entregar sua alma.

O patriarca, assim, esperou que todos os seus filhos, aqueles que constituiriam novas nações, estivessem ao seu lado, e então Deus retirou finalmente sua alma com um beijo. Entre hinos e um coral de anjos, o espírito imortal de Abraão foi levado ao céu, onde permaneceria em um dos pavilhões criados pelo Senhor por aqueles que o haviam ajudado.

Quanto ao seu corpo físico, seus filhos Isaac e Ismael o sepultaram na caverna de Macpela, ao leste de Manre, no campo que Abraão havia comprado para Sara.

Em seu enterro, velhos conhecidos, familiares e milhares de desconhecidos vieram prestar sua homenagem. Quem esteve *naquela procissão fúnebre teve a impressão de que, por alguns instantes, a humanidade era apenas uma grande família, reunida para se despedir de seu patriarca. Uma família de iguais, filhos espirituais de um só homem.*

Seus descendentes, então, partiram, cada qual com sua cultura e visão de mundo. Construíram mesquitas, sinagogas e igrejas, adaptaram sua fé pela bondade e rejeitaram a idolatria.

Naqueles instantes em um ato ecumênico, muitos se lembravam de que, quando Deus anunciou: "Que haja luz", quem apareceu foi o garoto Abraão, ainda cedo pelas trevas de uma caverna de Ur.

Entretanto, como se tratava de humanos, não faltaram também àquele momento os arautos do caos, pois muitos se preocupavam com o que poderia ocorrer com a humanidade diante da ausência de Abraão.

— A nau perdeu seu capitão — sussurravam estrangeiros que jamais tinham sido apresentados ao patriarca.

Nos anos que se sucederam à morte do patriarca, Ismael, o filho de Abraão e de Hagar, a escrava egípcia de Sara, foi pai de doze crianças. Suas terras e seus acampamentos receberam os nomes deles próprios. E cada um deles se transformou em chefe de sua própria tribo. Separados do restante dos descendentes de Abraão, eles se concentraram ao Leste do Egito, ao longo da estrada que seguia para a Assíria.

Os filhos gêmeos de Isaac e Rebeca, Esaú e Jacó, porém, não eram os sinônimos de paz, pois desde a barriga travavam uma luta por espaço. Quando ela ainda estava grávida, chegou a ter uma conversa com Deus.

— Senhor, o que acontece dentro de meu ventre? — questionou Rebeca, sem saber o que aquilo poderia significar.

E Deus respondeu:

— No teu ventre há duas nações. Tu darás à luz dois povos inimigos.

23. NAU

Eu nutria, como muitos outros europeus, a ideia de que a travessia do Mediterrâneo era o mesmo que um inferno e que ali se encontrava o trecho mais perigoso de todo aquele caminho tortuoso. Descobri, durante a conversa com as duas senegalesas, que tanto o mar quanto o horizonte adiante eram apenas mais uma etapa de todo um teatro do absurdo. Finalmente entendia o sentido do que fora ensinado na escola em Marselha, quando li de forma desatenta as palavras escritas por Baudelaire: "Sob todo o Sol, a Morte te admira nas tuas contorções, risível Humanidade. E com frequência, como tu, perfumando-se de mirra, mistura a tua ironia com a tua insensatez".

Antes mesmo de chegar a avistar o mar, muitos dos imigrantes já haviam ficado pelo caminho – mortos de fome, pelo calor do Saara, estuprados ou mesmo executados por não terem condições de pagar os resgates. Sabendo da busca desesperada de milhares de pessoas por fugir da extrema pobreza e da violência, os grupos responsáveis pelo terror se engajavam também no controle sobre as rotas da fuga. Contando com a cumplicidade de militares corruptos, o grupo promovia extorsões e obrigava os imigrantes a deixarem milhares de dólares em subornos para que pudessem cruzar fronteiras. Ao longo do caminho por diversos países, uma verdadeira indústria da clandestinidade havia sido estabelecida e sua rentabilidade estava fundamentada do desespero de famílias inteiras.

Se existia um número aproximado de vítimas mortais no mar Mediterrâneo, ninguém se atrevia a dizer qual era, nem quantos migrantes ficaram pelo caminho no deserto. A areia parecia fazer o trabalho de enterrar os corpos, seus nomes e suas histórias.

Não sabia dizer se o gosto salgado que eu sentia nos lábios era do mar revolto daquele inverno ou de minhas próprias lágrimas. Estávamos no píer do porto de Roseta, aguardando, finalmente, o nosso momento de embarcar depois de sete longas semanas de espera.

Ibrahim e eu fomos avisados naquela mesma noite de que nossa vez tinha chegado. Disseram-nos que tínhamos de nos aprontar já na madrugada. Não sabíamos e nem perguntamos quais foram os critérios que aqueles criminosos tinham usado para selecionar quem embarcava. Nem sequer dormimos naquela noite, inclusive por não sabermos exatamente o que "madrugada" significava àquela altura.

Cada um de nós ganhou um colete salva-vidas de cor laranja, visivelmente desinflado e que certamente não aguentaria nosso peso se viéssemos a naufragar. Tratava-se, uma vez mais, da simples manipulação dos sentimentos e angústias de todos nós. Fora-nos dada uma boia inexistente para um perigo real.

Amedrontados pelo mar, pela escuridão e pelos contrabandistas, aguardávamos para saber qual seria o próximo passo. Diante de nós, um antigo barco de cargas se aproximava. Era enorme, mas na verdade não passava de uma carcaça. A ferrugem e a pintura desgastada impediam que se lesse o nome que trazia em sua popa.

Na ânsia por maximizar seus lucros, os contrabandistas haviam abandonado o uso de pequenos barcos de borracha e passaram a recuperar nos cemitérios navais os inúmeros barcos abandonados por empresas de comércio e petroleiras. Em um deles era possível acomodar facilmente oitocentas pessoas. Com um motor adaptado e muita fumaça, o barco havia recebido algum tratamento para fazer a viagem. Os contrabandistas ainda apostavam na solidariedade europeia para aumentar sua renda. A quantidade de gasolina colocada era limitada, mas suficiente para chegar até certa região na qual os barcos europeus nos resgatariam.

Quanto mais o barco se aproximava do cais, maior era o empurra-empurra entre as pessoas que lutavam por um espaço. Mulheres com crianças no colo para não perdê-los e homens com nervos à flor da pele se misturavam a grupos armados que tentavam controlar a multidão.

Diante de nós estava um dos organizadores da viagem. A um dado momento, ele subiu em uma pilastra e anunciou que quem tivesse mais cem dólares extras poderia ficar no deck de cima do barco. O restante viajaria no porão, sem qualquer entrada de ar e sem chance de escapar caso houvesse um naufrágio. Ibrahim parecia ter antecipado essa situação e logo se adiantou com duzentos dólares na mão. Entre aquele exército de desesperados, não eram muitos os que poderiam arcar com aquela cobrança extra. Para uma família de seis pessoas, por exemplo, o pagamento significaria uma quantia de seiscentos dólares, uma verdadeira fortuna.

Aquele embarque mais parecia o espelho da sociedade. Os barcos replicavam as diferenças sociais que havia em terra: os mais ricos acessavam os locais mais seguros, enquanto os mais pobres eram abandonados nos porões, com grandes chances de morrer durante o trajeto.

À medida que famílias se apresentavam para o pagamento da taxa extra para a "primeira classe", a multidão se dividia em dois grupos. A separação era o retrato do mundo ao exibir, de um lado, uma maioria de árabes mais brancos e ricos esperando para embarcar no deck e, de outro, as centenas de negros e pobres sem dinheiro esperando que as portilhas abrissem para serem acomodados como cargas no porão. Face à face naquela plataforma, os olhares trocados por aqueles dois grupos mostrava a dimensão da disparidade humana, capaz até mesmo de dividir quem sofreria mais e quem encontraria algum alento para sua dignidade.

O embarque começaria pelos miseráveis, sem nome, sem documentos e sem nenhum valor. Cada um que olhava para dentro do porão não escondia a surpresa em seus olhos. Alguns hesitavam em dar um passo para dentro, mas eram imediatamente empurrados pelos contrabandistas. Qualquer um que se revoltasse era espancado ali mesmo. Todos ficariam sentados sobre as reservas de gasolina e sentindo a água gelada que vazava dos tubos podres. O lento fechamento daquela enorme comporta pareceu para mim tão solene e triste quanto o da tampa de um caixão.

Logo em seguida, chegou a vez dos privilegiados. Apesar do pagamento extra, nada ali lembrava uma "primeira classe". O pequeno local teve de abrigar mais de cento e cinquenta pessoas. Eu praticamente não tinha como me mover e permaneci sentada entre um pilar e o corpo de Ibrahim. Haviam-nos dito que a viagem até as ilhas gregas duraria dois dias, mas, com um tom bastante irônico, insistiram que muito antes disso os europeus já apareceriam para nos interceptar.

De onde estávamos, podíamos ver a cabine de comando, que contava com um timoneiro e dois homens fortemente armados ao lado. Sujos, eles bebiam e fumavam em excesso. Era impossível determinar a que região ou país pertenciam.

Lentamente e fazendo um barulho ensurdecedor, o barco passou a se mover, afastando-se do cais e logo encontrando um caminho de tráfego naquele porto egípcio. As ondas espirravam água para dentro, deixando claro que o dia seria marcado por um mar agitado e imprevisível. Agarrada aos braços de Ibrahim, praticamente não troquei com ele qualquer palavra por algumas horas. Em curtos intervalos de tempo, ele ajeitava sua mão junto da minha, num sinal de cumplicidade e amparo. O balançar do barco nos colocava numa situação de constante sonolência. Algumas crianças chegavam a dormir sobre seus pais, mas outras, que jamais haviam entrado em um barco, vomitavam sobre seus próprios pés.

Atrás de nosso barco, víamos que uma lancha nos acompanhava. Ali estavam integrantes do grupo que organizara a viagem. Só entendemos, porém, para que ela servia quando fui tirada de minha letargia por uma reação de surpresa de Ibrahim. O capitão amarrou o timão com cordas, de modo que ficasse travado. O plano era dos mais perversos: a tripulação simplesmente abandonaria o barco, saltando para a lancha e retornando ao Egito. Quanto ao nosso barco, ele havia sido colocado numa certa direção, na expectativa de que chegasse até alguma ilha europeia.

Enquanto desciam as escadas que os levariam até o barco de apoio, alguns dos passageiros tentaram se aproximar do capitão exigindo que ele se manifestasse.

— Nós pagamos por isso? — gritava um homem, enquanto uma chuva começava a cair.

Quando outro tentou segurar o capitão, levou um tiro na perna, disparado por um daqueles homens armados. O sangue do passageiro, a água da chuva, a gritaria e o balanço cada vez mais forte do mar deixavam claro que o impiedoso Mediterrâneo nos reservaria algumas surpresas.

Quando os criminosos já haviam ido embora, alguns dos passageiros tentaram desfazer os nós das cordas que seguravam o timão, mas não obtiveram sucesso. No horizonte, era visível que um temporal se aproximava, o que deixava o mar ainda mais instável. Sentindo que alguma coisa estava errada, os miseráveis alocados nos porões esmurravam as paredes e lançavam gritos ininteligíveis. Alguns tentavam abrir as escotilhas, enquanto outros temiam que aquela revolta custasse a vida de todos os outros. Venceu o egoísmo daqueles que haviam pago mais pela ilusão de segurança.

Quanto mais as ondas batiam no barco, maior era o tempo em que se ouvia o silêncio do motor improvisado. Se o timão estava fixo, isso significava que o barco estava à deriva, sendo levado de um lado a outro pelas ondas cada vez mais violentas. A meu lado, as pessoas já rezavam como se estivessem se despedindo da vida. Alguns vajantes começaram a ter alucinações. Os lucros com o desespero dos refugiados e imigrantes não previam garantias de sobrevivência.

Eu pedia insistentemente a Ibrahim que não se afastasse de mim. Poucos ali conseguiam ficar de pé enquanto o barco nos jogava de um lado ao outro no chão molhado. Não havia o que fazer, a não ser esperar que o mar se acalmasse ou algum resgate nos avistasse. De onde estávamos, ignorávamos que a carcaça já estava cedendo e um espaço entre as duas placas já começava a ser formar. O naufrágio era irreversível, apesar das orações. Qualquer movimento mais brusco tombaria o barco imediatamente. Um grupo de homens impedia que a única porta para o porão fosse aberta, temendo que a correria de mais de setecentas pessoas precipitasse o fim de todos.

O barco, então, começou a afundar, com os gritos daquelas centenas de pessoas sendo pouco a pouco silenciados pelo afogamento.

Morreram como ratos.

Nós, os privilegiados do deck, fomos resgatados uma hora depois por um barco da marinha costeira do Egito que havia recebido um alerta de naufrágio, provavelmente lançado pelos próprios contrabandistas. Ainda estávamos recebendo os primeiros cobertores quando um barulho estranho nos chamou a atenção, apenas para assistirmos àquele monstro de ferro descendo para o fundo do mar.

Ninguém jamais avisaria as famílias daquelas pessoas que elas não tinham sobrevivido ao último trecho de uma viagem repleta de perigos. Ninguém provavelmente se daria ao trabalho de enviar uma missão para resgatar aqueles corpos.

O choque que eu sentia diante da morte se confundia com um sentimento ambíguo de alívio e de temor. O barco que nos havia resgatado não era europeu, o que significava que seríamos levados de volta ao Egito. Dessa vez, iríamos pelos caminhos oficiais. De nada havia adiantado aquela jornada e de nada tinha valido aquele dinheiro que gastamos.

Foi a primeira vez que vi Ibrahim chorando copiosamente. Não era apenas um choro que vomitava uma angústia e parecia sufocar sua respiração, havia uma guerra sendo travada em sua mente e eu tinha de detê-la. Com um forte abraço declaramos, em silêncio, que havíamos ido longe demais e não nos tornaríamos sujeira acumulada pela maré.

EPÍLOGO

Abraão jamais recebeu qualquer prova de que um milagre o aguardava fora de Ur, sua cidade natal. Mesmo assim, não hesitou em nenhum momento em seguir os chamados que se multiplicaram ao longo de sua vida. O fato de depositar toda a sua confiança em um poder supremo fazia com que ele não visse fronteiras, reinos, secas ou disputas como barreiras a sua missão e a seu destino.

Ao longo de seu caminho, foi confrontado com a morte, com a incoerência e com as contradições de uma humanidade em transe. Mas, no fundo, tinha apenas a verdade entre seus bens. Ninguém, em mais de um século de sua jornada, pareceu-lhe irrelevante ou sem uma finalidade.

Como peregrino e beduíno, como patriarca e rebelde, jamais teve mais que uma tenda por onde passava. Estava sempre a caminho da cidade de Deus, fosse ela onde fosse, e portanto optou por não construir paredes ou acumular bens que o enraizassem em uma terra.

Sua tenda, por muitas gerações, passaria a ser o símbolo da peregrinação. Mas também de que, numa vida repleta de milagres e força, não havia nada que ele desejasse levar consigo. Abraão deixava o recado de que, na vida, jamais será possível possuir garantias sobre o futuro. Uma vida plena, em sua perspectiva, não envolve garantias do que o futuro lhe reserva. O que importa, então, é ter plena confiança na força espiritual que detém seu futuro em suas mãos.

Os alicerces de Abraão eram as palavras sagradas que, ao longo de sua vida, foram confirmadas e transformadas em verdades. Para ele, Deus não precisava provar nada. Mas era a tradução de suas promessas em feitos que mostrava aos seguidores do patriarca a dimensão daquela força.

Abraão, ao final de sua vida, sabia que havia aberto o espaço e as consciências para a chegada de um profeta. Na verdade, não seria apenas um, mas muitos que, mergulhados na complexidade do ser humano, acabaram por diferentes regiões com mensagens de paz, de esperança.

E não foram poucos os grupos que manipularam tais mensagens para atingirem objetivos egoístas e mundanos. Sua própria imagem seria, ao longo dos milênios, apropriada por diferentes comunidades, cada qual convencida de que ele era o seu pai. Mas, ironicamente, ao olhar para o lado, não viam os demais filhos de Abraão como seus irmãos.

Desde Ur, passando pela Babilônia, Harã, Canaã, Egito e tantos outros lugares, Abraão descobriu que o uso que os humanos fariam desses mistérios não passava de instrumentos de poder. Mas também descobriu que a espiritualidade não era algo de seres inferiores, incapazes de compreender as razões lógicas da vida e da morte. A espiritualidade era, no fundo, aquilo que unia grupos étnicos profundamente diferentes em suas aparências, mas intrinsecamente iguais e fadados ao mesmo destino. Todos nasciam, cresciam, envelheciam e desapareceriam.

Para descobrir que a humanidade era uma só e provar isso, ele viveu como um estrangeiro na terra das promessas, como um refugiado em terras que não eram dele. Entregou sua mulher, cometeu erros e aceitou abrir mão de suas parcelas mais férteis de terra. Acumulou riquezas, mas jamais as transformou em divindades.

Buscava uma cidade com fundações e cujo arquiteto, Deus, garantiria proteção. Ao longo do caminho, entendeu que tais cidade e residência não seriam encontradas naquele mundo que atravessou. A Terra Prometida para a qual o Senhor o havia conduzido ainda precisava ser inventada e fora o caminho traçado com seus herdeiros, seus desafios e testes que havia começado a dar a ela seu formato.

O caminho de Abraão se converteria na síntese de uma humanidade em permanente construção. Uma obra incompleta, com capítulos incertos, paradoxos e duros golpes. Com becos aparentemente sem saída, trilhas que levavam a lugares inóspitos e encruzilhadas tão marcantes como os dilemas mais atormentadores. Mas também um trajeto com aromas de bondade, de estrelas que iluminam a tolerância e de um riacho que, com uma corrente constante, está à disposição para limpar o passado e perdoar.

O patriarca das grandes religiões do planeta não ganharia esse status por sua idade. Muito menos por seus feitos. Mas por ter escancarado, em cada contorno de sua vida, a única verdade que não poderá jamais ser negada por ditadores, regimes, impérios, crenças ou leis mundanas. De que estamos juntos em uma viagem pelo cosmo a partir de um mistério comum, eterno, intolerante e indissociável: o da Criação.

O drama do retorno para Alexandria apenas era acentuado pela descoberta, a cada momento que passava, de que o número de mortos daquele nosso barco apenas aumentava. Ibrahim e eu havíamos tomado a decisão de que já bastava. Teria de haver um limite para nossa fuga, mesmo que ela exigisse que mudássemos de identidade.

Nas mãos das autoridades egípcias, fomos jogados no bairro de Borg El-Arab, um dos mais pobres da imensa Alexandria. Logo descobri que, no total, eramos mais de duzentos mil refugiados espalhados pelo país. Alguns, simplesmente por tentar fugir, terminaram presos na cadeia municipal de Karmouz.

Oficialmente, o que nos diziam era que teríamos de aguardar até que os países europeus, de uma forma coordenada, iniciassem um esquema de alocação de cotas para os refugiados, uma política que fora anunciada pela União Europeia com a pompa cínica dos eventos de Bruxelas como uma solução para as mortes no Mediterrâneo.

Na televisão colocada num dos cantos do teto de uma padaria em nossa rua, eu assistia como o noticiário de emissoras europeias insistia em mostrar que os governos da UE haviam, generosamente, aberto cento e sessenta mil vagas para refugiados e que nós seríamos distribuídos entre os vinte e oito países do bloco.

Isso deve ser uma piada de mau gosto, pensei comigo mesma.

Se éramos mais de duzentos mil apenas no Egito, outros quatro milhões no Líbano e tantos outros na Jordânia, Turquia e em outros países do Oriente Médio e Norte da Áfria, o que a Europa nos estava oferecendo eram migalhas. Chorei de ódio e de vergonha daqueles meus ex-líderes democráticos e supostamente com valores humanistas. Talvez eles achassem que estavam enganando a opinião pública em seus respectivos países. Mas, do outro lado daquele mar tingido de sangue, a proposta era motivo de desprezo por parte dos refugiados.

Não tínhamos opções reais. Embarcar uma vez mais em um barco seria repetir um erro quase fatal. Não poderíamos nos apresentar às nossas embaixadas e não podíamos cogitar uma vida decente naquela favela na periferia de uma cidade assolada pelo desemprego. Ibrahim, psicologicamente esgotado, precisava de tempo para respirar. Consideramos, então, que deveríamos dar uma chance e aguardar para saber se eventualmente nossos nomes poderiam ser sorteados em um programa de reassentamento na Europa.

Nos registramos nos escritórios da ONU, em Alexandria, com sobrenomes e nacionalidades falsas. Passamos a ser uma família síria. Mas sempre mantendo aquilo que nos definia: Hagar e Ibrahim. Enquanto esperávamos, partimos em busca de um dos itens mais cobiçados e mais vendidos no Egito: um passaporte sírio falso.

Entre os imigrantes e refugiados, todos sabiam que a pressão da comunidade internacional fazia com que os governos europeus buscassem dar asilo prioritariamente para os sírios, como se sua guerra fosse mais dramática que o massacre diário na República Democrática do Congo e tantas outras crises pelo mundo. Mas essa era a realidade e, de repente, turcos, paquistaneses e mesmo etíopes andavam orgulhosamente com seus documentos emitidos pelo governo de Assad. *A quem acham que enganam?*, eu pensava.

Mas, se numa guerra a verdade é a primeira vítima, anos de um conflito e um mundo em caos haviam aberto brechas para um mercado negro que vendia, acima de tudo, a esperança de um atalho.

— Nossos passaportes são verdadeiros. Não trabalhamos com documentos falsos — me disse um dos despachantes em Alexandria que era "especializado" em papéis sírios.

O serviço que ele oferecia nem sequer era um segredo e, todos os dias pela manhã, uma pequena fila se formava na calçada fora de seu minúsculo escritório. Sua esposa me contava, enquanto Ibrahim negociava um preço mais acessível, que malas de passaportes e carteiras de identidade haviam sido enviadas a eles por contrabandistas que operavam dentro da Síria. Quando alguma cidade caía nas mãos dos rebeldes, uma das primeiras providências dos grupos armados era saquear os cartórios oficiais e levar consigo itens que poderiam ser vendidos a preço de ouro: passaportes.

Ali dentro daquele pequeno local, o casal tinha tudo de que precisava. Uma máquina para fazer foto instantânea, o equipamento para colocar a foto no documento, uma velha chaleira sempre generosa, a fumaça permanente do cigarro do despachante e uma gaveta onde ele tinha troco para quase qualquer tipo de pagamento.

No melhor sentido de humor árabe, uma placa num dos cantos do escritório parecia ser o lema daquele criminoso inocente: "Jamais recuse um passaporte. Você nunca sabe o que seu país pode fazer contra você".

Entramos naquele local como indigentes e saímos oficialmente como sírios. Em nossa mente, nossa identidade nacional já havia sido lentamente borrada ao longo do caminho, traídos e ainda perseguidos. Aquele passaporte de uma terra estrangeira em minha mão, comprado de um farsante, com um nome fictício, era uma prova para mim de que as fronteiras do crime, da legalidade, da moral e da fé não davam conta da explosão de incoerência que era uma guerra. Nacionalidade? O que é isso? Para que serve? Para quem serve?

Eu não era cidadã por completo, ainda que, num pedaço de papel, fosse plenamente francesa. Agora, no entanto, eu era plenamente síria. E, como direito, tinha apenas o de fugir.

A verdade é que o sarampo da humanidade, como dizia Einstein sobre o nacionalismo, nos prendia dentro de fronteiras criadas pelo homem, erguidas para separar os homens e tão fictícias que chegavam a desafiar a natureza. Tão arbitrárias que não conseguiam, dentro de seus limites, superar sequer suas próprias incoerências, entre elas eu.

Minha revolta com o que representava o Estado parecia ser contraditória. Afinal, eu era, acima de tudo, vítima de um grupo terrorista. Mas, ao mesmo tempo, jamais consegui ser protegida por um Estado. Fui abandonada, perseguida, questionada e, agora que havia ganhado uma nova identidade, talvez fosse aceita. Eu era a mesma pessoa, mas uma vez na posse de documentos inventados, poderia assumir uma nova identidade. Minha recompensa era pensar que as trapaças que a vida tinha me reservado escancaravam, em um total silêncio, o absurdo da lógica do Estado e sua petulância de dizer quem eu era.

Ao longo daquele caminho, eu não apenas atravessei fronteiras. Também abandonei, ao longo da trilha, parte de minha identidade original. Alguns daqueles pedaços foram arrancados com força, outros esquecidos e muitos mais deliberadamente jogados às margens da estrada.

Ali, enquanto aguardava um milagre vindo da Europa, não sabia mais quem eu era. Ou quem seria nos anos que estavam por vir. Sabia que teria de esconder minha identidade passada se quisesse recriar meu futuro. Mas o que fazer com os cacos espatifados pelo chão e que, ao serem atravessados pelo sol, refletiam uma imagem totalmente deformada de mim? Ou seriam apenas partes de um retrato mais realista da complexidade de cada um de nós?

Vivendo sob o calor do Egito, não conseguíamos compensar a pobreza com as promessas vazias daqueles funcionários da ONU, sempre bem-intencionados, porém jamais com uma resposta efetiva para nossa agonia.

Dois anos depois, ficamos sabendo que, das cento e sessenta mil vagas que a Europa havia anunciado que daria aos refugiados, seus líderes egoístas acabaram por distribuir de fato menos de trinta mil. Não era por acaso que, em nosso bairro, ninguém jamais conheceu um refugiado que teve a sorte de ser chamado para o programa de reassentamento. Um de nossos vizinhos de quarto ainda ironizava quando ficou sabendo que o governo tcheco havia concedido asilo a dezessete pessoas em dois anos.

— Isso seria o equivalente a levar toda a minha família, salvo os primos, avós, tios, e alguns de seus filhos — dizia ele, rindo.

À medida que os meses iam passando, não foram poucos ali que buscaram dois caminhos ao mesmo tempo.

O primeiro era tentar iniciar pequenos trabalhos em Alexandria, como carpinteiros, pedreiros ou lixeiros. Nossa pensão de setenta e quatro dólares por mês distribuída pelas agências da ONU e a ração que nos chegava foram jogando, ao longo do tempo, em um abismo de miséria e depressão.

O outro caminho, inesperado, era buscar refúgio longe da Europa. Ficamos sabendo de programas interessantes no Canadá, no Chile e no Brasil, lugares distantes que apenas conhecíamos por seus estereótipos. Mas, nesses casos, optar por um desses destinos significaria ser transportados para muito longe de nossas realidades e, acima de tudo, de nossas famílias na Europa.

Ibrahim temia a opção canadense. Em seus treinamentos entre os jihadistas, fora ensinado que toda a inteligência militar e de contraterrorismo existente na Europa era compartilhada com o governo do Canadá. Sim, eles tinham um primeiro-ministro aparentemente aberto ao mundo, mas nosso caso não era o de um simples casal de refugiados. Nós dois éramos terroristas aos olhos da justiça.

— E o Brasil? — perguntei, sem muita noção do que estava dizendo.

— Você fala brasileiro? — ele retrucou.

— Não falo, Ibrahim. Mas lá eles falam português.

— Ah, e por acaso você fala português?

— Também não — respondi rindo.

Naquele momento, mais do que em qualquer outro, estávamos em um limbo. Não tínhamos medo apenas do mar, mas também de ficar em Alexandria. Em nossa alma, estávamos em um permanente êxodo, como os apátridas. Talvez nossa morte nos imortalizasse. Mas nem eu nem Ibrahim estávamos dispostos a terminar com nossa vida.

Foi apenas cinco semanas depois dessa nossa conversa que, numa das mercearias da rua, o assunto voltaria a se fazer presente. Enquanto aguardava na fila, com outros refugiados, eu me dei conta de que a família diante de mim levava consido papéis escritos em árabe, que diziam: "Cartilha para solicitantes de refúgio no Brasil".

Eu conseguia ler apenas alguns trechos, enquanto o senhor que os tinha em mãos conversava com sua esposa e os folheava freneticamente.

O que mais me chamou a atenção foi um trecho que, mesmo de longe, ficava claro. "Não devolução: os solicitantes de refúgio não podem ser devolvidos ou expulsos para um país onde a sua vida ou integridade física estejam em risco".

Do outro lado, um termo que, naquela depressão que vivíamos, saltava aos olhos: "Visto humanitário". Ao longo dos meses, eu tinha desenvolvido uma certa repulsa à palavra "humanitário". Tinha a impressão de que era o termo que as agências internacionais usavam para esconder a palavra esmola. Sentia-me uma mendiga da sociedade, de uma comunidade internacional que preferia, para poder dormir com a consciência tranquila, enviar band-aids e não uma solução à crise evidente.

Mas, naquela cartilha colorida, o termo humanitário parecia ganhar outro tom. Nunca soube dizer por que lia aquilo de forma diferente no documento brasileiro. Talvez fosse meu desespero, talvez certa alegria singela despertada por aqueles desenhos, quase infantis, num documento oficial.

Quando eles deixaram momentaneamente o panfleto de lado, perguntei à família se poderia levá-lo comigo. Saí correndo da mercearia para encontrar-me com Ibrahim. Pelo caminho, lia que o Brasil não exigia que apresentássemos nem carta de convite para entrar no país nem um comprovante de renda. Tampouco pareciam exigir muitos dos detalhes que Ibrahim temia que pudessem complicar nossa vida. Aceitavam até mesmo documentos com uma validade de menos de seis meses.

O texto ainda parecia generoso. Mas deixava claro que o governo não pagaria nem a passagem nem bancaria nossa estadia no país. Teríamos de gastar nossos últimos recursos. Se optássemos por aquele caminho, também teríamos de fazer o trajeto até o Cairo, de lá embarcar para Istambul, e só depois seguiríamos para o Brasil. Entraríamos em um voo, mas já com a garantia de sermos aceitos em seu destino final.

Ibrahim ainda hesitava e insistia que ir para uma terra totalmente desconhecida não seria a solução. Mas via em minha cara de decepção que aquela não era a resposta que eu esperava dele.

— Ibrahim, não podemos ficar mais nesta terra de ninguém. Jamais seremos uma família aqui. Temos de nos libertar de nosso passado. Temos de dar esse salto.

Eu, sem nem me dar conta, estava declarando o fim daquela pessoa que, por meses, tentou retornar à sua casa. Encerrava, naquela conversa íntima no escuro de nosso quarto, a esperança já pisoteada de que um dia pudéssemos voltar a Marselha ou aos nossos amigos de infância. A transformação de nossa identidade já havia ocorrido. Agora, restava apenas assumir a mudança. Naquele novo mundo, portanto, o nosso passado era tão distante fisicamente que já não seria um obstáculo visível.

Aquela jornada na qual o destino nos colocara nos havia enganado. Pensávamos que estávamos buscando uma trilha para voltar a ser quem éramos antes de nossos erros. Mas, de fato, a cada passo que dávamos, somávamos uma nova pedra ao caleidoscópio que a vida nos girava. Não havia volta e, agora eu via com clareza, nossa única saída era o futuro. Não o passado.

Enquanto eu derramava minha constatação de que éramos outros, Ibrahim se mantinha em total silêncio. Não falou uma só palavra e, então, acabei pegando no sono em meio a lágrimas que jamais pensei que ainda existiam em minha alma.

Quando o sol atravessou pela janela sem cortina, no dia seguinte, o peso de meu corpo impedia que eu fizesse qualquer movimento. Eu estava exausta e com medo de enfrentar mais um dia de desespero e angústia. Temia olhar nos olhos de Ibrahim e encontrar ali um muro.

No entanto, naquele colchão jogado no chão, ele me buscou por baixo do lençol, segurou minha mão de maneira carinhosa e sussurrou:

— Sabe como é Ibrahim em português? Abraão.

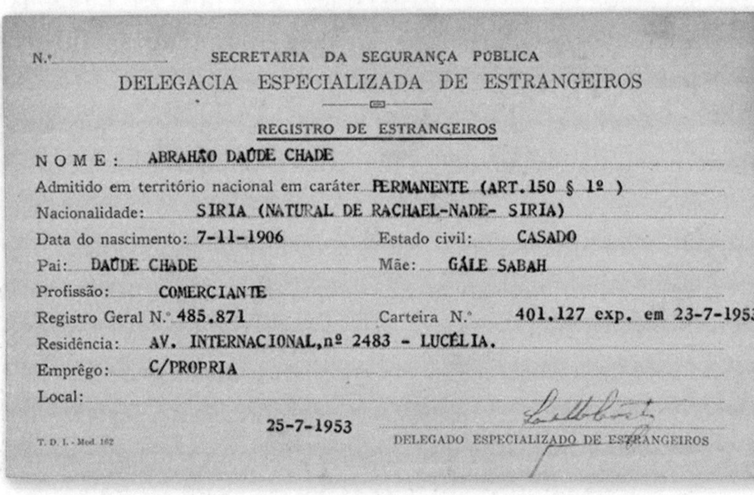

N.º

SECRETARIA DA SEGURANÇA PÚBLICA

DELEGACIA ESPECIALIZADA DE ESTRANGEIROS

REGISTRO DE ESTRANGEIROS

NOME: ABRAHÃO DAÚDE CHADE

Admitido em território nacional em caráter PERMANENTE (ART.150 § 1º)

Nacionalidade: SIRIA (NATURAL DE RACHAEL-NADE- SIRIA)

Data do nascimento: 7-11-1906 Estado civil: CASADO

Pai: DAÚDE CHADE Mãe: GÁLE SABAH

Profissão: COMERCIANTE

Registro Geral N.º 485.871 Carteira N.º 401.127 exp. em 23-7-1953

Residência: AV. INTERNACIONAL,nº 2483 - LUCÉLIA.

Emprêgo: C/PROPRIA

Local:

25-7-1953

T. D. I. - Mod. 162

DELEGADO ESPECIALIZADO DE ESTRANGEIROS

SOBRE O AUTOR

Tendo viajado a mais de setenta países, Jamil Chade percorreu trilhas com imigrantes, visitou acampamentos de refugiados na Europa, África e Oriente Médio e entrevistou criminosos de guerra, sobreviventes e heróis.

Correspondente do jornal *O Estado de S. Paulo* na Europa há quase vinte anos, Chade foi eleito um dos quarenta jornalistas mais admirados do Brasil e melhor correspondente brasileiro no exterior em duas ocasiões.

De seu escritório dentro da sede da ONU, em Genebra, o jornalista acompanhou algumas das principais negociações de paz do século atual e percorre diariamente corredores que são testemunhas da História.

Em sua trajetória, viajou com dois papas, conversou com ganhadores do prêmio Nobel, revelou escândalos de corrupção, acompanhou o secretário-geral da ONU por viagens pela África, caminhou pelo interior do território palestino e se reuniu com monarcas e presidentes.

Nos últimos dez anos, Chade publicou cinco livros no Brasil e nos Estados Unidos. Dois deles foram finalistas do Prêmio Jabuti. Na Suíça, também recebeu o prêmio Nicolas Bouvier por sua obra sobre a fome.

Chade é pai de dois imigrantes: Pol e Marc.

Este livro foi composto em Fairfield LH e impresso pela RR Donnelley
para a Editora Planeta do Brasil em abril de 2018.